从 零 开始

中文版

Office 2007

基础培训教程

老虎工作室

高长铎　孔涛　张玉堂　编著

人民邮电出版社

北　京

图书在版编目（ＣＩＰ）数据

Office 2007中文版基础培训教程 / 高长铎，孔涛，
张玉堂编著. -- 北京 ：人民邮电出版社，2010.7
（从零开始）
ISBN 978-7-115-22922-9

Ⅰ. ①O… Ⅱ. ①高… ②孔… ③张… Ⅲ. ①办公室
－自动化－应用软件，Office 2007－技术培训－教材
Ⅳ. ①TP317.1

中国版本图书馆CIP数据核字(2010)第086923号

内 容 提 要

本书系统地介绍了 Office 2007 中最常用的 3 个组件的使用方法，包括文字处理软件 Word 2007、电子表格软件 Excel 2007 和幻灯片制作软件 PowerPoint 2007。

本书充分考虑了初学者的实际需要，真正"从零开始"，可以使对 Office 2007 办公软件"一点都不懂"的读者，通过学习本书而掌握办公软件的基础知识和基本操作。

本书既可作为在职干部、专业技术人员以及办公管理人员的培训教材，也可供初学者自学使用。

从零开始——Office 2007 中文版基础培训教程

♦ 编　　著　老虎工作室　高长铎　孔　涛　张玉堂
　　责任编辑　李永涛

♦ 人民邮电出版社出版发行　　北京市崇文区夕照寺街 14 号
　　邮编　100061　　电子函件　315@ptpress.com.cn
　　网址　http://www.ptpress.com.cn
　　中国铁道出版社印刷厂印刷

♦ 开本：787×1092　1/16
　　印张：15
　　字数：389 千字　　　　　　　2010 年 7 月第 1 版
　　印数：1－5 000 册　　　　　2010 年 7 月北京第 1 次印刷

ISBN 978-7-115-22922-9

定价：29.00 元（附光盘）

读者服务热线：**(010)67132692**　印装质量热线：**(010)67129223**
反盗版热线：**(010)67171154**

老虎工作室

主　编：　沈精虎

编　委：　许曰滨　　黄业清　　姜　勇　　宋一兵　　高长铎
　　　　　田博文　　谭雪松　　向先波　　毕丽蕴　　郭万军
　　　　　宋雪岩　　詹　翔　　周　锦　　冯　辉　　王海英
　　　　　蔡汉明　　李　仲　　赵治国　　赵　晶　　张　伟
　　　　　朱　凯　　臧乐善　　郭英文　　计晓明　　孙　业
　　　　　滕　玲　　张艳花　　董彩霞　　郝庆文　　田晓芳

关于本书

随着计算机技术的飞速发展以及计算机的普及，计算机已成为人们办公和日常生活中必备的工具，越来越多的人需要掌握办公软件的使用方法。目前，广大的用户群主要使用微软公司的 Office 2007 套件中的 Word 2007、Excel 2007、PowerPoint 2007 组件，本书就是为需要掌握这些软件的基础知识和使用方法的初学者而编写的。

内容和特点

本书在内容的选取和章节的设置上充分考虑了初学者的实际需要，真正"从零开始"，可以使对 Office 2007 办公软件"一点都不懂"的读者，通过学习本书，较快地掌握该软件的基础知识和基本操作，从而可以使电脑在日常工作和生活中发挥更大的作用。

全书共 20 讲，可分为如下 4 部分。

- 第 1 部分：Office 2007 概述（第 1 讲），介绍了 Office 2007 的组件和版本，Office 2007 的新特性，Office 2007 与以前版本的兼容性以及如何获得 Office 2007 的帮助。
- 第 2 部分：文字处理（第 2 讲～第 10 讲），介绍了 Word 2007 的入门知识、文本编辑、排版、表格处理、对象的使用、引用的使用等。
- 第 3 部分：表格处理（第 11 讲～第 16 讲），介绍了 Excel 2007 的入门知识、工作表编辑、工作表格式化、公式的使用、数据管理和图表的使用等。
- 第 4 部分：幻灯片制作（第 17 讲～第 20 讲），介绍了 PowerPoint 2007 的入门知识、幻灯片制作、幻灯片效果设置和幻灯片的放映、打印与打包。

本书在内容上力求简明清晰、重点突出，在叙述上力求深入浅出、通俗易懂。每讲后都设有相应的习题，能够使读者更深入地理解所讲解的内容。

读者对象

本书既可作为在职干部、专业技术人员以及办公管理人员的培训教材，也可供初学者自学使用。

附盘内容及用法

本书所附光盘内容分为两部分。

1. ".avi" 动画文件

本书典型习题的绘制过程都录制成了".avi"动画文件，并收录在附盘的"avi\第×讲"文件夹下。

2. PPT 文件

本书提供了 PPT 文件，以供教师上课使用。

"`.avi`" 是最常用的动画文件格式，读者用 Windows 系统提供的 "Windows Media Player" 就可以播放 "`.avi`" 动画文件。选择【开始】/【所有程序】/【附件】/【娱乐】/【Windows Media Player】选项即可启动 "Windows Media Player"。一般情况下，读者只要双击某个动画文件即可观看。

注意：播放文件前要安装光盘根目录下的 "tscc.exe" 插件。

感谢您选择了本书，也欢迎您把对本书的意见和建议告诉我们。

老虎工作室网站 http://www.laohu.net，电子邮箱 postmaster@laohu.net。

老虎工作室

2010 年 5 月

目 录

Office 2007 概述

Office 2007 是微软公司开发的办公软件集，于 2006 年底正式发布。Office 2007 的全名是 2007 Microsoft Office System，习惯称为 Office 2007。与 Office 以前版本相比，Office 2007 不仅对用户界面进行了重新设计，在功能上有了很大的增强，还增加了一些新的组件，这不仅可以有效地提高个人用户的工作效率，还可以帮助企业用户实现统一的通信与协作，实现企业内容的高效管理，实现业务数据的深入透析和展现。本讲课时为 2 小时。

① 学习目标

◆ 了解 Office 2007 的组件和版本。

◆ 了解 Office 2007 的新特性。

◆ 了解 Office 2007 与以前版本的兼容性。

◆ 掌握获得 Office 2007 帮助的方法。

1.1 Office 2007 的组件和版本

Office 2007 包含了多个软件，称之为组件，每种组件有特定的功能。Office 2007 针对不同的用户群规划了多个版本，每个版本包含了相应的组件。

1.1.1 Office 2007 的组件

Office 2007 的组件包括桌面应用组件和服务器组件。桌面应用组件包括以下内容。

- Microsoft Office Word 2007：功能强大的文档编辑与排版程序，通过它不仅可以创建具有专业水准的文档，还可以快速生成精美的图示，快速美化图片和表格，甚至还能直接发表 blog、创建书法字帖。

- Microsoft Office Excel 2007：功能强大的电子表格程序，通过它不仅可以建立电子表格，还可以在表格中进行公式计算、排序、筛选、汇总表格中的数据，并以专业的图形和图表形式展现出来。

- Microsoft Office PowerPoint 2007：功能强大的演示文稿制作程序，通过它不仅可以建立图文并茂、色彩斑斓的幻灯片，还可给幻灯片加上动画效果，使演示文稿极具感染力。

- Microsoft Office Outlook 2007: 功能强大的时间安排和消息管理程序, 通过它不仅可以管理日常的信息、工作任务和时间安排, 还可以收发电子邮件, 甚至还可以收发、保存短信。
- Microsoft Office Access 2007: 桌面数据库程序, 通过它不需要懂深层的数据库知识, 也能用简便的方式创建、管理和使用数据库, 可以用来集中、高效地管理业务数据。
- Microsoft Office Publisher 2007: 制作出版物、印刷品、小册子的程序, 通过它可以方便地制作商务与营销材料。
- Microsoft Office InfoPath 2007: 信息收集程序, 通过它可以创建和部署电子表单解决方案, 以高效可靠地收集信息。
- Microsoft Office Communicator 2007: 统一的通信程序, 通过它可以快速、方便地通过网络进行通信, 通信方法可以是即时消息 IM、语音对话 VoIP 和视频通信。
- Microsoft Office OneNote 2007: 数字笔记本程序, 通过它可以收集、组织和记录信息, 如画一些图画, 插一些图片, 写一些笔记, 记一些数字, 甚至能直接录下现场的声音和图像, 是一个非常灵活的电子记事本工具。
- Microsoft Office Visio 2007: 图表制作和数据可视化程序, 使得 IT 和商务专业人士可以轻松地可视化、分析和交流复杂信息、系统和过程。
- Microsoft Office SharePoint Designer 2007: Web 站点开发与管理程序, 是 Office 以前版本中的 FrontPage 的升级和替代产品, 通过它可以使用最新的 Web 设计技术, 构建 Web 站点。
- Microsoft Office Project 2007: 项目管理程序, 通过它可以创建项目, 定义任务和资源, 并能在项目运作过程中随时跟踪和调整项目进度、报告, 以及总结项目状态。

在这些组件中, 普通用户最常用的是 Word 2007、Excel 2007、PowerPoint 2007 这 3 个组件。本书分别介绍它们的使用方法。

1.1.2 Office 2007 的版本

Office 2007 共有以下 6 个版本。

- Microsoft Office 家庭和学生版 2007: 包括 Word 2007、Excel 2007、PowerPoint 2007、OneNote 2007 共 4 个组件。
- Microsoft Office 标准版 2007: 包括 Word 2007、Excel 2007、PowerPoint 2007、Outlook 2007 共 4 个组件。
- Microsoft Office 中小企业版 2007: 包括 Word 2007、Excel 2007、PowerPoint 2007、Outlook 2007、Publisher 2007 共 5 个组件。
- Microsoft Office 专业版 2007: 包括 Word 2007、Excel 2007、PowerPoint 2007、Outlook 2007、Publisher 2007、Access 2007 共 6 个组件。
- Microsoft Office 专业增强版 2007: 包括 Word 2007、Excel 2007、PowerPoint 2007、Outlook 2007、Publisher 2007、Access 2007、InfoPath 2007 共 7 个组件。
- Microsoft Office 企业版 2007: 包括 Word 2007、Excel 2007、PowerPoint 2007、

Outlook 2007、Publisher 2007、Access 2007、InfoPath 2007、OneNote 2007、Groove 2007 共 9 个组件。

1.2 Office 2007 的新特性

与以前版本的 Office 相比，Office 2007 各组件的界面进行了革命性的改进，用户使用起来更加方便、灵活。另外，Word 2007、Excel 2007 和 PowerPoint 2007 增加了许多功能，原有的功能也得到了加强。

1.2.1 Office 2007 的新界面

当打开 Word 2007、Excel 2007 或 PowerPoint 2007 时，使用过 Office 早期版本的用户会发现程序窗口与以前大不相同。原来的菜单和工具栏设计已替换为一个包含各种按钮和命令的较宽的带形区域（称为功能区），以 Word 2007 为例，如图 1-1 所示。

图1-1　Word 2007 的功能区

一、　新颖方便的界面

使用过 Office 早期版本的用户，初次使用 Office 2007 时，可能有点不太习惯，因为与使用了多年的 Office 看起来不一样了。但静下心来稍微研究一下，就会发现这种新的设计可以为用户提供方便而不是制造麻烦。

二、　触手可及的命令

在 Office 2007 中，可以很容易找到所需要的命令，因为各个按钮分布在窗口顶部且以分组形式显示，将各种要素集中在一起，使得它们极易被看到。按钮也不会消失，它们总是显示在相应位置。

三、　主次有别的地位

Office 2007 把主要的、最有用、最常用的命令放置在最显眼的位置。例如，"粘贴"命令就是 Office 中最常用的命令之一，这些命令就不必再与菜单或工具栏上关系不大的一组命令共享空间。要记住：功能并没有消失，只是根据用户的使用情况对它们进行了排列。

四、　支持核心的组织

命令是根据用户在给定 Office 程序中要完成的核心任务进行组织的。其工作原理如下："功能区"为每个程序划分核心任务，每个任务由一个选项卡表示。例如，Word 中的主要任务是撰写文档，则该程序中显示的第一个选项卡就是【开始】选项卡。此选项卡收集了撰写文档时所需的主要命令，例如字体格式和文本样式。

五、 体现任务的分组

仔细观察选项卡上的内容之后会发现，许多命令按功能排列形成各个命令集。这些命令集称为组，可以将它们比作过去的工具栏。但它们的优势在于将完成某类型任务可能需要的全部命令集中在一起，从而使用户更容易看到它们。例如，【开始】选项卡包含一个称为"快速格式设置"的组，该组显示一系列带有可视化示例的文本样式，可以预览对所选文本应用用户指向的样式后的效果。

六、 恰到好处的显现

对于那些不在选项卡上主要组中的命令，情况又如何？现在，某些命令仅在用户执行相应操作时才会出现，而不是始终显示每个命令。例如，在 Word 中，当插入一幅图片后，就会出现所有形状对齐和排序命令，它们不再隐藏在子菜单中。

七、 重中之重的命令

Office 并没有舍弃所有工具栏。为了支持最常执行的操作（如保存和撤销），它提供了"快速访问工具栏"（QAT）。它的默认版本只包含几个命令，但可以轻松地对其进行自定义，使其包含任何命令。只需右键单击要添加的命令并选择"添加到快速访问工具栏"即可。在第一个选项卡的左侧将显示该命令的图标。

八、 似曾相识的项目

新版本没提供【文件】菜单，但用"Office 按钮"代替了【文件】菜单，其中包含习惯使用的几个命令，以及用于文件管理、清除和分发的新选项。可以通过单击某些组上的加号打开熟悉的对话框，查看该组中命令的更多详细选项或高级选项。有时，当用户单击某个命令时，系统会自动打开熟悉但经过精简的任务窗格（例如 Word 中的【样式】任务窗格），以帮助用户完成任务。

九、 能伸能屈的功能区

"功能区"是可缩放的，它甚至可以适应书写板大小的屏幕。如果屏幕分辨率降低，它会以更小的尺寸显示选项卡和组。在具有高分辨率的大屏幕上，"功能区"的性能最佳，显示了其设计的强大与深度。单击【快速访问工具栏】右边的█按钮，在打开的菜单中选择【功能区最小化】选项，即可最小化功能区。图 1-1 所示的 Word 2007 功能区最小化后的效果如图 1-2 所示。

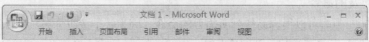

图1-2 最小化后的 Word 2007 功能区

1.2.2 Word 2007 的新特性

Word 2007 是一个功能强大的文档制作程序，帮助用户更快捷地创建专业水准的文档。通过使用大量的新工具，用户可以利用预定义的部件和样式快速建立文档，并且可以直接在 Word 中创作和发布博客。

一、创建专业水准的文档

- 添加构建基块（预定义内容的构建基块）并减少与复制和粘贴常用内容有关的错误。
- 快速样式可以帮助用户在整个文档内快速设置文本和表格的格式，从而节省时间。
- 文档主题对文档应用相同的颜色、字体和效果以获得一致的外观。

- SmartArt 图示和新的制图引擎有助于为文档添加专业水准的外观。与 Excel 2007 电子表格软件和 PowerPoint 2007 演示文稿图形程序共享的图示和图表有助于确保文档、电子表格和演示文稿具有一致的外观。

- 使用熟悉的 Word 界面创建包括图片、丰富的格式、拼写检查器以及更多内容的博客帖子，直接在 Word 中创作和发布博客。将博客从 Word 发布到许多广为人知的博客服务，其中包括 SharePoint Server 2007、MSN Spaces、Blogger、TypePad、Community Server 等。

- 公式生成器可以使用真正的数学符号、预制的公式和自动格式来建立可编辑的嵌入式数学公式。

- 实时字数在输入时记录了文档中的字数，并且在 Word 2007 的 Office Fluent 用户界面中始终可见。

- 版式功能提供了经过改进的项目符号列表和编号列表、编号列表样式以及新字体，用于改善屏幕阅读效果。

- 引文管理器和参考生成器使用户能够添加参考、脚注、尾注、目录、图表目录或引文目录。通过选择包括 APA、MLA、Chicago 样式手册及其他内容在内的预定义样式指南，可以自动设置参考的格式。

- 上下文拼写检查器可帮助用户避免常见的错误，并可以避免误用拼写相似的单词。

二、 轻松地创建专业文档

Word 2007 提供的编辑和审阅工具可以帮助用户比以往任何时候更加轻松地创建专业文档。

- 用更多的时间撰写，更少的时间设置格式。Office Fluent 用户界面以一种清楚且有组织的方式在用户需要时提供相应工具。直观的实时预览以及预定义的样式库、表格格式和其他内容可以帮助用户最大程度地利用 Word 2007 的强大功能。

- 只需几次单击即可将常用内容添加到文档中。Word 2007 引入了构建基块，用于向文档中添加常用内容。从预定义的封面、重要引述、页眉和页脚库中进行选择，使文档更具专业外观。甚至可以创建自己的构建基块来简化法律免责声明文本或其他常用材料等自定义文本的添加过程。

- 具有高度感染力的图形使内容的传达更为高效。新增的制作图表工具和绘图工具包括三维形状、透明度、投影和其他效果，可以帮助用户创建具有专业外观的图形，使文档卓有成效。

- 快速向文档应用新的外观。通过"快速样式"和"文档主题"，可以更改整个文档中文本、表格和图形的外观，使之符合用户喜好的样式或配色方案。

三、 放心地共享文档和内容

通过使用 Word 2007，可以与同事共享文档以便有效地收集反馈。用户可以防止出现不必要的文档分发情况，并可以确保在发布之前删除私人批注或隐藏文本。另外在使用 SharePoint Server 2007 时，关于重要文档的审阅和批准变得更加轻松了。

- 联机阅读更加轻松。阅读模式提供了沉浸式全屏阅读体验，从而无需再打印出文档。新的导航控件和版式显示改进措施使阅读体验比以往更加出色。

- 快速比较文档的两个版本。利用 Word 2007 可以轻松地找出对文档所做的更改，它通过一个新的三窗格审阅面板，可以帮助用户查看文档的两个版本，其中清楚地标出了删除、插入和移动的文本。

- 使用 Word 2007 和 SharePoint Server 2007 控制审阅过程。通过 SharePoint Server 2007 中内置的工作流服务，可以在 Word 2007 中启动、管理和跟踪文档的审阅和审批过程，这样就可以加速整个组织的审阅周期，而无需强制用户学习新工具。
- 从文档中删除不需要的信息。新增的"文档检查器"功能可以从文档中删除批注、修订、元数据或其他信息。
- 使用数字签名帮助保护文档。可以使用 Word 2007 对文档进行数字签名，这样阅读文档的人就能够知道文档在离开用户之后还未被更改。
- 将 Word 文档转换为 PDF 或 XPS。通过 Word 2007，不必使用第三方工具就可以共享可移植文档格式文件（PDF）和 XML 文件规范（XPS）格式的文档。

四、 跨越文档限制进入到重要的业务流程中

Word 2007 提供了许多整合点，使组织能够建立功能强大的解决方案，用户可以轻松地成功使用这些解决方案。Word 2007 的灵活性和互操作性使其成为建立托管文档解决方案的理想选择。

- Ecma Office Open XML 格式使开发人员能够空前方便地访问文档内容，从而可实现与各种程序和解决方案的广泛互操作。
- Ecma Office Open XML 格式支持的自定义方案使开发人员能够使用他们自己的自定义 XML 词汇在 Word 文档中承载他们自己的内容。自定义的 XML 内容直接承载在文件中，而不需要进行开销很大的转换。
- 文档信息面板能够将文档属性链接到 Microsoft Windows SharePoint Services 或其他外部数据源，从而可以让用户输入正确的元数据。
- 内容控制通过要求特定类型的信息或者添加可能无法编辑或重新设置格式的文档部分，从而对文档创作过程进行安排。
- Word 2007 中的数据绑定使开发者能够轻松地将外部数据源和自定义方案的内容链接到其 Word 文档。

1.2.3 Excel 2007 的新特性

Excel 2007 是一个功能强大的工具，可用于创建电子表格并设置其格式，分析和共享信息以做出更加明智的决策。使用丰富的直观数据以及数据透视表视图，可以更加轻松地创建和使用专业水准的图表。Excel 2007 融合了 SharePoint Server 2007 提供的 Excel Services 新技术，从而在更安全地共享数据方面有了显著改进。用户可以更广泛、更安全地与同事、客户以及业务合作伙伴共享敏感的业务信息。通过使用 Excel 2007 和 Excel Services 共享电子表格，用户可以直接在 Web 浏览器上导航、排序、筛选、输入参数，以及与数据透视表视图进行交互。

一、创建更好的电子表格

Excel 2007 使用户可以轻松地使用功能强大的增效工具。它还为用户的工作提供了更多空间并具有更高的性能。

- 享有更大的电子表格行列容量（100 万行和 16 000 列）。用户可以导入和处理大量数据，借助对双处理器或多核处理器的支持获得更高的计算性能。
- 快速设置单元格和表格的格式。可以使用单元格样式和表格样式库以所需方式快速设置电子表格的格式。表格包括自动筛选，但在滚动浏览数据时，列标题仍保留在视图中。自动筛选会自动填写和扩展任何表格。

- 公式编写经验。这包括可调整的编辑栏和基于上下文的公式自动完成，这样可以保
证每次输入公式的语法都正确。也可以在公式和函数内部引用指定的区域和表格。
- 创建具有专业水准的图表。只需单击几下，即可创建出具有动人视觉效果的专业水
准图表。用户可以使用预定义的图表布局和图表样式，或者手动设置轴、标题和其
他图表标签之类的每个组件的格式。可以使用令人叫绝的一些效果，如三维、柔和
阴影和消除锯齿效果，来帮助确定关键数据趋势并创建更引人注目的图形摘要。无
论使用的是哪一种应用程序，都可以以相同的方式创建图表并与之进行交互，因为
Excel 制图引擎在 Word 2007 和 PowerPoint 2007 中是一致的。
- 使用页面布局视图。可以使用页面布局视图来确切了解电子表格的打印方式并添加
或编辑页眉和页脚。调整页边距时可以直接看到页面将截断的位置，从而不必尝试
多次打印来进行调整。

二、改进电子表格分析功能

新的数据分析和可视化工具可以帮助用户更加轻松地分析信息、发现趋势以及访问公司
信息。

- 使用条件格式配合大量的数据可视化方案可以发现并说明重要趋势，并用彩色的渐
变（热图）、数据条和图标突出显示数据中的一些例外。
- 排序和筛选是可用来处理数据的两种最重要的基本分析方法。新的排序和筛选选
项，例如自动筛选中的多选、按颜色排序或筛选以及适用于特定数据类型的"快速
筛选"，使 Excel 2007 成为处理大量复杂数据的理想工具。
- 创建数据透视表视图或数据透视图更加轻松（方法是使用数据字段迅速重新定位数
据），可以汇总和找到所需的答案。只需将字段拖到要显示字段的地方即可。
- 利用对 SQL Server 2005 Analysis Services 的全面支持，可以在 Excel 2007 中灵活地
查询最新的业务数据。通过使用新的多维数据集函数，可以依据 OLAP 数据库创建
自定义报表。

三、与其他人共享电子表格和业务信息

利用 Excel 2007 可以更加轻松地共享电子表格和业务信息。而与 Excel Services 和新的 Excel
XML Format 的集成则可以更有效地交换信息。

- 使用 Excel 2007 和 Excel Services 可更安全地与其他人共享电子表格。Excel Services
以 HTML 格式动态地呈现 Excel 电子表格，从而使其他人可以在 Web 浏览器内访
问信息。由于与 Excel 2007 客户端的保真度很高，因此用户可以使用 Excel Services
在 Web 浏览器中进行浏览、排序、筛选、输入参数以及与数据透视表视图进行交互
等工作。
- 依据电子表格创建业务仪表板并在门户中共享仪表板。使用基于浏览器的仪表板，
可以跟踪业务的关键性能指标；可以从 Excel 电子表格、Excel Web Access 和
SharePoint Server 2007 创建仪表板。
- 可另存为 XPS 或 PDF 以便轻松共享。可以将电子表格转换为 XML 文件规范
（XPS）或可移植文档格式（PDF），以创建固定版本的文件，方便共享。
- 新的 Excel XML Format 能够实现更有效的信息交换。使用新的 Excel XML Format，

可以减少电子表格的文件大小并提高电子表格与其他数据源的互操作性。

四、 更加有效地管理业务信息

Excel 2007 和 Excel Services 可在服务器上管理和控制电子表格，以帮助保护重要的业务信息并帮助确保用户所使用的是最新的数据。

- 通过将电子表格发布到 SharePoint Server 2007 来集中管理敏感信息。可以帮助确保用户的组织成员所使用的是最新的业务信息，并防止相同文件出现多个版本。
- 保护机密的业务信息。同时有助于确保用户能够通过报表管理功能查看他们需要的数据。
- 使用数据连接库可以连接到外部信息源。使用数据连接库，可以快速连接到外部信息源（例如数据库和行业系统），并从中导入信息。使用 SharePoint Server 2007，用户组织的 IT 职员可以设置并管理"受信任"的数据连接库，使用户可以在没有任何帮助的情况下更加安全地连接到外部数据源。
- 在其他应用程序中利用 Excel 计算引擎。使用 Excel Services Web 服务应用程序编程接口（API），可以将 Excel 文件的服务器计算集成到其他应用程序中。

1.2.4 PowerPoint 2007 的新特性

PowerPoint 2007 使用户可以快速创建极具感染力的动态演示文稿，同时集成工作流和方法以轻松共享信息。从 Office Fluent 用户界面到新的图形以及格式设置功能，PowerPoint 2007 使用户拥有控制能力，从而创建具有精美外观的演示文稿。

一、创建动态演示文稿

使用新用户界面和新增的图形功能快速创建动态且具有精美外观的演示文稿。

- 使用新用户界面可以更快地获得更好的结果。PowerPoint 2007 中的新用户界面使创建、演示和共享演示文稿成为一种更简单、更直观的体验。现在，PowerPoint 所有丰富的特性和功能都集中在一个经过改进的、整齐有序的工作区中，这不仅可以最大程度地防止干扰，还有助于更加快速、轻松地获得所需的结果。
- 创建强大的动态 SmartArt 图示。在 PowerPoint 2007 中可以轻松创建关系、工作流或层次结构图。甚至可以将项目符号列表转换为 SmartArt 图示或者修改和更新现有图示。借助 Office Fluent 用户界面中的上下文相关图示菜单，用户还可以方便地使用丰富的格式选项。
- 帮助确保内容是最新内容。通过使用 PowerPoint 幻灯片库，用户可以轻松地重用存储在 SharePoint Server 2007 支持的网站上的现有演示文稿幻灯片。这不仅可以缩短创建演示文稿所用的时间，而且从网站中插入的所有幻灯片都可与服务器版本保持同步，从而帮助确保内容是最新的。
- 通过重新使用自定义版式可以快速、轻松地创建演示文稿。在 PowerPoint 2007 中，可以定义并保存自己的自定义幻灯片版式，这样便无需再浪费宝贵的时间将版式剪切并粘贴到新幻灯片中，或从具有所需版式的幻灯片中删除内容。借助 PowerPoint 幻灯片库，可以轻松地与其他人共享这些自定义幻灯片，以使演示文稿具有一致而专业的外观。
- 只需单击即可应用一致的外观。利用文档主题，只需单击一次即可更改整个演示文稿的外观。更改演示文稿的主题不仅可以更改背景色，而且可以更改图示、表格、图表和字体的颜色，甚至可以更改演示文稿中任何项目符号的样式。通过应用主题，可以确保整个演示文稿具有专业而一致的外观。

- 使用新工具和效果可以动态修改形状、文本和图形。现在，可以通过比以前更多的方式来操作和使用文本、表格、图表和其他演示元素。PowerPoint 2007 通过简化的用户界面和上下文菜单使这些工具随时可用，这样只需进行几次单击，便可使作品更具感染力。

二、 有效地共享演示文稿

PowerPoint 2007 显著地改进了用户共享和重用信息的方法。

- 与使用不同平台和设备的用户进行通信。通过将文件转换为 XML 纸张规格（XPS）和 PDF 文件，以便与任何软件平台上的用户共享，有助于确保利用 PowerPoint 演示文稿进行广泛交流。
- 同时减小文档大小和提高文件恢复能力。压缩的新 PowerPoint XML Format 可使文件容量显著减小，同时还可提高受损文件的数据恢复能力。这种新格式可以大量节省存储和带宽需求，并可降低 IT 人员的负担。
- 可将存储在 Windows SharePoint Services 中的演示文稿与 Outlook 集成。通过使用 Outlook 2007，可以随时随地与存储在 Windows SharePoint Services 中的信息进行完全交互。在重新连接到网络时，对 Outlook 2007 中存储的演示文稿所做的任何更改都将在服务器版本中反映出来。
- 轻松重用和共享内容。是否希望有更好的方法可以在演示文稿之间重用内容？通过 PowerPoint 幻灯片库，可以将演示文稿在 SharePoint Server 2007 所支持的网站上存储为单个幻灯片，以后便可从 PowerPoint 中轻松重用该内容。这不仅可以缩短创建演示文稿所用的时间，而且插入的所有幻灯片都可与服务器版本保持同步，从而确保内容始终是最新的。
- 将 Groove 2007 用于实时审阅会话。使用 Groove 2007，可在 Groove 工作区中启动 PowerPoint 演示文稿的实时审阅。可以与工作组成员实时协作，共同查看和处理同一个演示文稿，同时利用工作区中内置的演示信息和即时消息功能。

三、 有效地管理演示文稿

PowerPoint 2007 对演示文稿应用适当的保护并轻松启动审阅工作流。

- 直接从 PowerPoint 2007 中启动审阅或审批工作流。通过 PowerPoint 2007 和 SharePoint Server 2007，可将演示文稿发送给工作组以供审阅，或创建正式审批流程并收集对该演示文稿的签名，从而使得协作成为顺利、简单的流程。
- 帮助保护文档中的个人信息。使用文档检查器检测并删除不需要的批注、隐藏文本或个人身份信息，从而准备好与其他人共享演示文稿。
- 更安全地共享 PowerPoint 演示文稿。现在可为 PowerPoint 演示文稿添加数字签名，以帮助确保内容在离开用户之后不会被更改，或者将演示文稿标记为"最终"，以防止不经意的更改。使用内容控件，可以创建和部署结构化的 PowerPoint 模板，以指导用户输入正确信息，并帮助保护和保留演示文稿中不能更改的信息。

1.3 **Office 2007 与以前版本的兼容性**

Office 2007 的文件格式与以前版本不同，采用的是 XML 文件格式。这种文件格式有两大好处，一是文件尺寸大大减小，二是有加强的通用性。但是，也带来了一些不便，以前版本的 Office 不能打开 Office 2007 的文件。

1.3.1 Office 2007 文件的扩展名

由于 Office 2007 采用是 XML 文件格式，因此 Office 2007 文件的扩展名与 Office 以前版本也不同，在原有文件扩展名后增加一个字母 "x"。

- Word 2007 以前版本文档文件的扩展名是 ".doc"，Word 2007 文档文件的扩展名是 ".docx"。
- Excel 2007 以前版本工作簿文件的扩展名是 ".xls"，Excel 2007 工作簿文件的扩展名是 ".xlsx"。
- PowerPoint 2007 以前版本演示文稿文件的扩展名是 ".ppt" 或 ".pps"，PowerPoint 2007 演示文稿文件的扩展名是 ".pptx" 或 ".ppsx"。

1.3.2 Office 2007 保存为 Office 以前版本的文件

Office 2007 保存文件时，默认的文件扩展名是 Office 2007 的文件扩展名。Office 2007 也可以将文件保存为以前版本的文件。

在 Office 2007 的某一组件（如 Word 2007）中，新建一个文件后，在保存这个文件时，会弹出【另存为】对话框，在【另存为】对话框中的【保存类型】下拉列表框中，选择以前版本的文件格式，即可将文件保存为以前版本的文件。

在 Office 2007 的某一组件（如 Word 2007）中，打开 Office 2007 的一个文件后，选择【另存为】选项后，也会弹出【另存为】对话框，在【另存为】对话框中的【保存类型】下拉列表框中，选择以前版本的文件格式，即可将文件保存为以前版本的文件。

1.3.3 Office 2007 打开 Office 以前版本的文件

安装了 Office 2007 后，双击 Office 以前版本的文件，可以直接打开 Office 以前版本的文件。或者在 Office 2007 中，通过【Office】按钮打开 Office 以前版本的文件，也可以直接打开 Office 以前版本的文件。Office 2007 打开 Office 以前版本的文件，是以兼容模式打开的，在窗口的标题栏中会出现 "[兼容模式]" 的字样。

可以在兼容模式下把文件转换为 Office 2007 文件，转换后的文件可以使用 Office 2007 的新增功能或增强功能，操作步骤如下。

1. 单击【Office】按钮，在打开的菜单中选择【转换】选项。
2. 在弹出的【Microsoft Office Word】对话框（如图 1-3 所示）中单击 确定 按钮。

图1-3 【Microsoft Office Word】对话框

1.3.4　Office 以前版本打开 Office 2007 的文件

Office 以前版本无法直接打开 Office 2007 的文件，需要在原有的系统中安装 Office 更新和 Word 2007、Excel 2007 和 PowerPoint 2007 文件格式兼容包。安装完后，Office 以前版本就能打开 Office 2007 的文件了。

Office 更新以及 Word 2007、Excel 2007 和 PowerPoint 2007 文件格式兼容包可从 Microsoft Office Online 网站上下载，网址是 http://office.microsoft.com/china 或 http://office.microsoft.com/zh-cn。

1.4　获得 Office 2007 帮助

Office 2007 提供了强大的帮助功能，获得 Office 2007 帮助的方法是，通过【帮助】窗口和通过 Microsoft Office Online 网站。

1.4.1　通过【帮助】窗口获得帮助

Office 2007 的每个组件都为用户提供了一个【帮助】窗口，可用以下方法打开【帮助】窗口。

- 按 F1 键。
- 单击 ❷ 按钮。

使用以上任何一种方法，都会打开【帮助】窗口，以 Word 2007 为例，帮助窗口如图 1-4 所示。

图1-4　【帮助】窗口

在【帮助】窗口中，可进行以下操作。

- 单击一个帮助条目，打开该条目的下一级条目。单击某一条目，显示相应的帮助信息。
- 在【键入要搜索的字词】文本框中，输入要搜索的关键字，单击 🔍搜索 ▾ 按钮，开始搜索。搜索完毕后，窗口中列出与该关键字相关的条目，单击某一条目，显示相应的帮助信息。

首次使用 Office 2007 程序中的帮助功能时，联机【帮助】窗口在屏幕上以默认位置和大小显示。【帮助】窗口的显示方式可以更改。此后，再次打开【帮助】窗口时，所做的设置会得到保留。

Office 2007 中的每个组件都有一个单独的【帮助】窗口。也就是说，从某个组件（如 Word 2007）打开【帮助】窗口，然后转到另一个程序（如 Outlook 2007），再打开【帮助】窗口时，将看到两个单独的【帮助】窗口。Office 2007 可保持每个【帮助】窗口的独特设置。例如，Word 2007 的【帮助】窗口与 Outlook 2007 的【帮助】窗口设置为不同的位置、大小和"前端显示"状态。

1.4.2 通过 Microsoft Office Online 网站获得帮助

访问 Microsoft Office Online 网站有以下两种方法。

- 在【帮助】窗口中，单击【搜索】按钮右边的 ▾ 按钮，在打开的菜单中选择某一搜索项目后，则在【帮助】窗口的底部打开 Microsoft Office Online 网站的链接，单击某个链接，即可在浏览器中打开相应的网页，通过浏览网页，或打开网页中的链接，可获得帮助信息。
- 在浏览器的地址栏中输入 " http://office.microsoft.com/china " 或 "http://office.microsoft.com/zh-cn"，可打开 Microsoft Office Online 主页，通过浏览网页，或打开网页中的链接，可获得帮助信息。

1.5 习题

1. Office 2007 包含哪些组件？
2. Office 2007 都有哪些版本？
3. Office 2007 有哪些新特性？
4. 如何把 Office 2007 建立的文件保存为 Office 2003 格式？
5. Office 2003 要打开 Office 2007 建立的文件，需要事先做什么工作？
6. 如何获得 Office 2007 的帮助？

Word 2007 入门

Word 2007 是 Office 2007 的一个组件，主要功能是文字处理，用它可以方便地完成打字、排版、制作表格和图形处理等工作，是电脑办公的得力工具。本讲课时为 2 小时。

① 学习目标

◆ 了解Word 2007的主要功能。

◆ 熟练掌握Word 2007的启动与退出方法。

◆ 了解Word 2007的窗口组成。

◆ 了解Word 2007的视图方式。

◆ 熟练掌握Word 2007的文档操作方法。

2.1 **Word 2007** 的主要功能

Word 2007 有以下主要功能。

- 文本编辑：在文档中插入、删除、改写、复制、移动、查找和替换文本等。
- 文本排版：设置文本的字体、字号、边框、底纹、缩放、间距和位置等。
- 段落排版：设置段落的对齐、缩进、间距、边框、底纹、项目符号和编号等。
- 页面排版：设置页面大小、边距、边框、底纹、页眉、页脚、页码和分页等。
- 特殊排版：设置拼音指南、带圈文字、首字下沉和分栏等。
- 表格处理：表格的建立、编辑和设置等。
- 内容引用关联：建立目录、索引、题注、脚注和尾注等。
- 对象处理：形状、图片、艺术字、文本框和公式的编辑及设置等。

2.2 **Word 2007** 的启动与退出

Word 2007 的启动与退出是 Word 2007 的两种最基本操作。Word 2007 必须启动后才能使用，工作完毕后应退出 Word 2007，释放占用的系统资源。

2.2.1　Word 2007 的启动

启动 Word 2007 有以下常用方法。

- 选择【开始】/【所有程序】/【Microsoft Office】/【Microsoft Office Word 2007】命令。
- 双击一个 Word 文件图标（Word 2007 文件的图标是，Word 2007 以前版本文件的图标是）。

使用第 1 种方法启动 Word 2007 后，系统自动建立一个名为"文档 1"的空白文档。使用第 2 种方法启动 Word 2007 后，系统自动打开相应的文件，如果是 Word 2007 以前版本文件，则以"兼容方式"打开。

2.2.2　Word 2007 的退出

退出 Word 2007 有以下常用方法。

- 单击按钮，在打开的菜单中选择【退出 Word】命令。
- 如果 Word 2007 只打开了一个文档，单击 Word 2007 窗口右上角的【关闭】按钮，或双击按钮也可退出 Word 2007。

退出 Word 2007 时，系统会关闭所打开的所有文档，如果有的文档（如"文档 1"）改动过并且没有保存，系统会弹出如图 2-1 所示的对话框，询问用户是否保存文档。如果有多个文档没保存，系统会提示多次。有关保存文档的操作，参见"2.5.3 保存文档"小节。

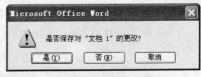

图2-1　提示保存文档

在图 2-1 所示的对话框中，可进行以下操作。

- 单击 是(Y) 按钮，保存文档，继续 Word 2007 的退出工作。
- 单击 否(N) 按钮，不保存文档，继续 Word 2007 的退出工作。
- 单击 取消 按钮，停止 Word 2007 的退出工作。

2.3　**Word 2007 的窗口组成**

启动 Word 2007 后，出现 Word 2007 窗口，如图 2-2 所示。Word 2007 的窗口由 4 个区域组成：标题栏、功能区、文档区和状态栏。

一、标题栏

标题栏位于 Word 2007 窗口的顶端，包括 Microdoft Office 按钮、快速访问工具栏、标题和窗口控制按钮。

- **Microdoft Office 按钮**：该按钮取代了 Word 2007 以前版本的【文件】主菜单，单击该按钮将打开一个菜单，用户可从中选择相应的文件操作命令。
- **快速访问工具栏** ：默认有保存（ ）、撤销（ ）和重复（ ）3 个命令按钮。单击最右边的 按钮，可重新设置其中的命令按钮。
- **标题栏**：标题栏包含文档名称（如：文档 1）和应用程序名称（Microsoft Word），其中应用程序名称是固定不变的，文档名称随操作文档的标题而不同。

- 窗口控制按钮 _ □ × ：分别是最小化按钮、最大化按钮和关闭按钮。

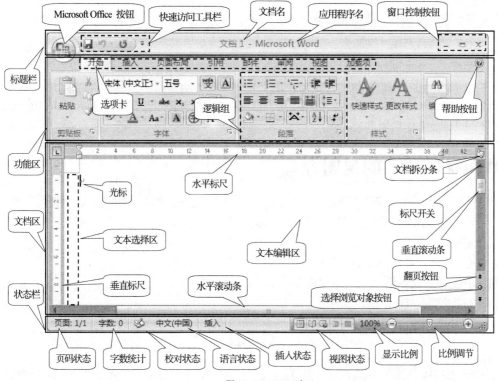

图2-2　Word 2007 窗口

二、功能区

Word 2007 的功能区取代了 Word 2007 以前版本的菜单栏和工具栏。功能区包含若干个与某种功能相关的选项卡。选项卡中包含与之相关的逻辑组，每个逻辑组中包含与之相关的工具。功能区中还有一个帮助按钮，单击该按钮会打开一个帮助窗口，从中可以获得 Word 2007 的帮助信息。

三、文档区

文档区占据了 Word 2007 窗口的大部分区域，包含以下内容。

- 标尺：标尺位于文档区的左边和上边，分别称为"垂直标尺"和"水平标尺"，设定标尺有两个作用，一是查看正文的宽度，二是设定左右界限、首行缩进位置以及制表符的位置。

- 滚动条：滚动条位于文档区的右边和下边，分别称为"垂直滚动条"和"水平滚动条"。使用滚动条可以滚动文档区中的内容，以显示窗口以外的部分。

- 文档拆分条：文档拆分条位于垂直滚动条的上方，拖动它可把文档区分成两部分。

- 标尺开关：标尺开关位于文档拆分条的上方，单击该按钮可显示或隐藏标尺。

- 文本选择区：文本选择区位于垂直标尺的右侧，在这个区域中可选定文本。

- 文本编辑区：文本编辑区位于文档区中央，文本编辑工作就在这个区域中进行。文档在进行编辑时，有一个闪动的光标，以指示当前编辑操作的位置。

- 翻页按钮：翻页按钮有两个，一个是前翻页按钮，一个是后翻页按钮，位于垂直滚动条下方。默认情况下，单击其中一个按钮将前翻一页或后翻一页。如果单击了选择浏览对象按钮，选择的不是"页面"对象，单击该按钮用来浏览前一个对象或后一个对象。

- 选择浏览对象按钮：位于翻页按钮中间，单击该按钮，弹出一个菜单，用户可从中选择要浏览的对象（如页面、表格、图等）。

四、状态栏

状态栏位于 Word 2007 窗口的最下面，用于显示文档的当前状态，包括页码状态、字数统计、校对状态、语言状态、插入状态、视图状态、显示比例和比例调节。在状态栏中，利用比例调节按钮或滑块，可改变文档的显示比例。

2.4 Word 2007 的视图方式

Word 2007 提供了 5 种视图方式：页面视图、阅读版式视图、Web 版式视图、大纲视图和普通视图。单击状态栏中的某个视图按钮，或选择功能区【视图】选项卡的【文档视图】组（见图 2-3）中的相应视图按钮，就会切换到相应的视图方式。另外，在 Word 2007 窗口中，还包含一个【文档结构图/缩略图】窗格（默认情况下，该窗格不显示），在此窗格中，还可以显示文档结构图/缩略图。

图2-3 【文档视图】组

2.4.1 页面视图

单击状态栏中的 回 按钮，切换到页面视图。在页面视图中，文档的显示与实际打印的效果一致。在页面视图中可以编辑页眉和页脚、调整页边距、处理栏和图形对象。图 2-4 所示为页面视图。

图2-4 页面视图

2.4.2 阅读版式视图

单击状态栏中的 按钮，切换到阅读版式视图。在阅读版式视图中，文档的内容根据屏幕的大小以适合阅读的方式显示。在阅读版式中，还可以进行文档的编辑工作。图 2-5 所示为阅读版式视图。

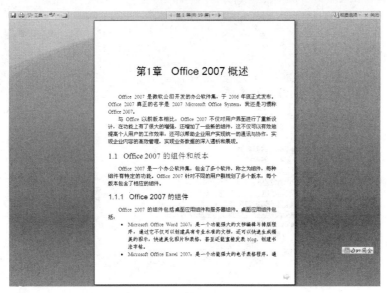

图2-5　阅读版式视图

2.4.3　Web 版式视图

单击状态栏中的 ▣ 按钮，切换到 Web 版式视图。在 Web 版式视图中，可以创建能显示在屏幕上的 Web 页或文档，文本与图形的显示与在 Web 浏览器中的显示是一致的。图 2-6 所示为 Web 版式视图。

图2-6　Web 版式视图

2.4.4　大纲视图

单击状态栏中的 ▣ 按钮，切换到大纲视图。在大纲视图中，系统根据文档的标题级别显示文档的框架结构。该视图特别适合用来组织编写大纲。图 2-7 所示为大纲视图。

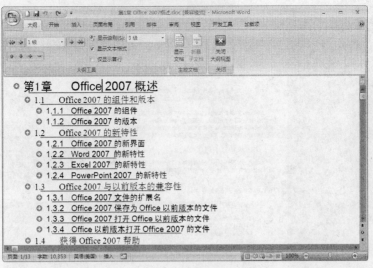

图2-7 大纲视图

2.4.5 普通视图

单击状态栏中的■按钮，切换到普通视图。在普通视图中，主要显示文档中的文本及其格式，可便捷地进行内容的输入和编辑工作。图 2-8 所示为普通视图。

图2-8 普通视图

2.4.6 文档结构图

类似于大纲，文档结构图是根据文档的标题级别显示的框架结构。通过文档结构图，不仅可以清楚地看到文档的结构，还可以在文档中快速定位。在【视图】选项卡的【显示/隐藏】组（见图 2-9）中，选择【文档结构图】复选项后，在 Word 2007 窗口中，出现【文档结构图/缩略图】窗格，窗格中显示文档结构图，如图 2-10 所示。

图2-9 【显示/隐藏】组

图2-10　文档结构图

2.4.7　缩略图

缩略图就是把每一页缩成一个小图片。通过缩略图，可以看到当前页的大致情况。在【视图】选项卡的【显示/隐藏】组（见图2-9）中，选择【缩略图】复选项后，在 Word 2007 窗口中，出现【文档结构图/缩略图】窗格，窗格中显示缩略图，如图2-11 所示。

图2-11　缩略图

2.5　**Word 2007** 的文档操作

Word 2007 文档是 Word 2007 所产生的文件，包含用户所输入的文本以及所建立的各种对象，还包含文本及对象的格式设置。正确理解文档的基本概念，对正确使用 Word 2007 至关重要。Word 2007 常用的文档操作包括新建文档、保存文档、打开文档、关闭文档、预览文档、打印文档等。

2.5.1　基本概念

下面介绍文档的一些基本概念，这不仅有助于深入理解文档，还有助于正确使用 Word 2007。

一、文本

文本是文档的重要组成部分，包括西文符号或汉字。文本通常通过键盘输入，一些特殊的文本（如★）需要通过功能区中的工具输入。在文档中，文本按顺序依次排列。文本可以设置字体、字号等格式。有关文本的编辑操作，在"第 3 讲 Word 2007 的文本编辑"中详细介绍，有关文本的格式设置，在"4.2 文本排版"中详细介绍。

二、行、段和页

文档由一个或多个页面组成，页面都有固定的长、宽和边距。通常情况下，文本在页面自左至右排列，当文本到达页面的右边缘时，会自动折行。因此，在输入文本时，除非特别需要，无需人工控制分行。一个页面中可以包含一个或多个段落，在输入文本时，按 Enter 键表示前一段落的结束，以及一个新段落的开始。一个段落至少有一行，也可以有多行。对一个段落，可设置相应的缩进、对齐等格式。有关段落的格式设置，在"4.3 段落排版"和"4.4 设置项目符号和编号"节中详细介绍。有关页面的格式设置，在"5.1 页面排版"节中详细介绍。

三、对象

对象是文档的另一重要组成部分，是预先设定好的内容及其表现形式，如表格、形状、图片等。对象通常通过功能区中的工具来创建。在文档中，对象有嵌入和非嵌入两种排列方式，嵌入式对象可以像一个字符一样与文本在一行上并排，非嵌入式对象则不能，非嵌入式对象有多种排列方式，可使文档的版面丰富多彩。有关表格的操作，在"第 7 讲 Word 2007 表格处理"中详细介绍，有关其他对象的操作，在"第 8 讲 Word 2007 对象的使用（一）"和"第 9 讲 Word 2007 对象的使用（二）"中详细介绍。

2.5.2 新建文档

启动 Word 2007 时，系统会自动建立一个空白文档，默认的文档名是"文档 1"。在 Word 2007 中，还可以再新建文档，新建文档有以下方法。

- 按 Ctrl+N 键。
- 单击 按钮，在打开的菜单中选择【新建】命令。

使用第 1 种方法，系统会自动建立一个默认模板的空白文档。使用第 2 种方法，将弹出如图 2-12 所示的【新建文档】对话框。

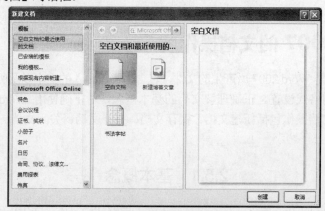

图2-12 【新建文档】对话框

在【新建文档】对话框中，可进行以下新建文档的操作。

- 单击【模板】列表框（最左边的窗格）中的一个选项，【模板列表】列表框（中间的窗格）显示该组模板中的所有模板。

- 单击【模板列表】列表框中的一个模板选择该模板，【模板效果】列表框（最右边的窗格）显示该模板的效果。
- 单击 创建 按钮，基于所选择模板，建立一个新文档。

2.5.3 保存文档

Word 2007 工作时，文档的内容驻留在计算机内存和磁盘的临时文件中，没有正式保存。保存文档有两种方式：保存和另存为。

一、保存

在 Word 2007 中，保存文档有以下方法。

- 按 Ctrl + S 键。
- 单击【快速访问工具栏】中的 按钮。
- 单击 按钮，在打开的菜单中选择【保存】命令。

如果文档已被保存过，系统自动将文档的最新内容保存起来。如果文档从未保存过，系统需要用户指定文件的保存位置以及文件名，相当于执行另存为操作（见以下内容）。

二、另存为

另存为是指把当前编辑的文档以新文件名或新的保存位置保存起来。单击 按钮，在打开的菜单中选择【另存为】命令，弹出如图 2-13 所示的【另存为】对话框。

图2-13　【另存为】对话框

在【另存为】对话框中，可进行以下操作。

- 在【保存位置】下拉列表中，选择要保存到的文件夹，也可在对话框左侧的预设保存位置列表中，选择要保存到的文件夹。
- 在【文件名】下拉列表中，输入或选择一个文件名。
- 在【保存类型】下拉列表中，选择要保存的文件类型。应注意：Word 2007 以前版本默认的保存类型是 ".doc"，Word 2007 的保存类型则是 ".docx"。
- 单击 保存(S) 按钮，按所做设置保存文件。

2.5.4 打开文档

在 Word 2007 中，打开文档有以下方法。

- 按 Ctrl+O 键。
- 单击 按钮，在打开的菜单中选择【打开】命令。

采用以上方法，会弹出如图 2-14 所示的【打开】对话框。

图2-14 【打开】对话框

在【打开】对话框中，可进行以下操作。

- 在【查找范围】下拉列表中，选择要打开文件所在的文件夹，也可在对话框左侧的预设位置列表中，选择要打开文件所在的文件夹。
- 在打开的文件列表中，单击一个文件图标，选择该文件。
- 在打开的文件列表中，双击一个文件图标，打开该文件。
- 在【文件名】下拉列表中，输入或选择所要打开的文件名。
- 单击 打开 ⑩ ·按钮，打开所选择的文件或在【文件名】下拉列表中指定的文件。

打开文档后，便可以对文档进行文本编辑、文档排版、页面设置、表格处理、插图处理等操作，在对文档操作的过程中，要撤销最近对文档所做的改动，单击【快速访问工具栏】中的 按钮即可，并且可进行多次撤销。

2.5.5 打印预览

虽然 Word 2007 是"所见即所得"的文字处理软件，但由于受屏幕大小的限制，往往不能看到一个文档的实际打印效果，这时可以用打印预览功能预览打印效果，一切满意后再打印，这样可避免不必要的浪费。

单击 按钮，在打开的菜单中选择【打印】/【打印预览】命令，进入打印预览状态，这时功能区只有【打印预览】选项卡，如图 2-15 所示。

图2-15 【打印预览】选项卡

【显示比例】组中工具的功能如下。

- 单击【显示比例】按钮，弹出【显示比例】对话框，可在对话框中设置显示比例，默认的显示比例是"整页"。
- 单击【100%】按钮，将文档缩放为正常大小的100%显示。
- 单击【单页】按钮，一次只能预览文档的一页。
- 单击【双页】按钮，一次只能预览文档的两页。
- 单击【页宽】按钮，更改文档的显示比例，使页面宽度与窗口宽度一致。

【预览】组中工具的功能如下。

- 选择【显示标尺】复选项，则打印预览时显示标尺。
- 选择【放大镜】复选项，则打印预览时鼠标指针变成⊕状，在页面上单击鼠标左键，预览的页面放大到"100%"显示比例。放大页面后，鼠标指针变成⊖状，单击鼠标左键又恢复到原来的显示比例。
- 单击【减少一页】按钮，系统尝试通过略微缩小文本大小和间距，将文档缩成一页。
- 单击【下一页】按钮，定位到文档的下一页。
- 单击【上一页】按钮，定位到文档的上一页。
- 单击【关闭打印预览】按钮，关闭打印预览窗口，返回到文档编辑状态。

2.5.6 打印文档

在 Word 2007 中，打印文档有以下常用方法。

- 按 Ctrl+P 键。
- 单击 按钮，在打开的菜单中选择【打印】/【打印】命令。
- 单击 按钮，在打开的菜单中选择【打印】/【快速打印】命令。

用最后一种方法将按默认方式打印全部文档一份，用前两种方法则弹出如图 2-16 所示的【打印】对话框。

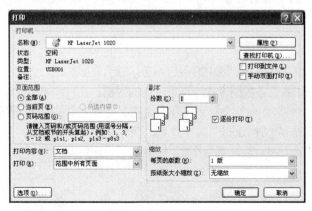

图2-16 【打印】对话框

在【打印】对话框中，可进行以下操作。

- 在【名称】下拉列表中，选择所用的打印机。
- 单击 属性(P) 按钮，弹出一个【打印机属性】对话框，从中可以选择纸张大小、方向、纸张来源、打印质量和打印分辨率等。

- 选择【打印到文件】复选项，则把文档打印到某个文件上。
- 选择【手动双面打印】复选项，则在一张纸的正反面打印文档。
- 选择【全部】单选项，则打印整个文档。
- 选择【当前页】单选项，则只打印光标所在页。
- 选择【页码范围】单选项，可以在其右侧的文本框中输入打印的页码。
- 如果事先已选定打印内容，则【选定的内容】单选项被激活，否则未被激活（按钮呈灰色），不能使用。
- 在【份数】文本框中，可输入或调整要打印的份数。
- 选择【逐份打印】复选项，则打印完从起始页到结束页一份后，再打印其余各份，否则起始页打印够指定份数后，再打印下一页。
- 在【每页的版数】下拉列表中选择一页打印的版数。
- 在【按纸张大小缩放】下拉列表中选择一种纸张类型。
- 单击 选项(O)... 按钮，弹出一个【Word 选项】对话框，在对话框的【打印选项】组（见图2-17）中，可设置相应的打印选项。
- 单击 确定 按钮，按所做设置进行打印。

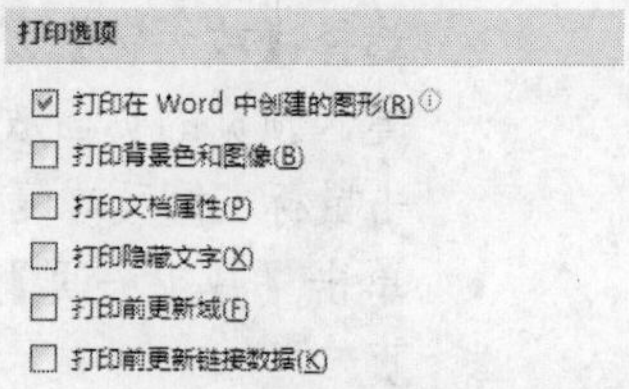

图2-17 【打印选项】组

2.5.7 关闭文档

在 Word 2007 中，关闭文档有以下常用方法。

- 单击 Word 2007 窗口右上角的【关闭】按钮 X。
- 双击 按钮。
- 单击 按钮，在打开的菜单中选择【关闭】命令。

关闭文档时，如果文档改动过并且没有保存，系统会弹出如图 2-1 所示的【Microsoft Office Word】对话框（以"文档1"为例），以确定是否保存，操作方法同前。

2.6 习题

启动 Word 2007，依次打开功能区中的各选项卡，查看有哪些组，各组中有哪些工具；在文档中输入一些内容，分别切换到各视图方式，观察它们的区别；在打印机上打印文档一份；以"我的第 1 个文档.docx"为文件名，保存文档到【我的文档】文件夹中；新建一个文档，在文档中输入一些内容，以"我的第 2 个文档.docx"为文件名，保存文档到【我的文档】文件夹中；关闭"我的第 2 个文档.docx"，再打开"我的第 2 个文档.docx"；退出 Word 2007。

Word 2007 的文本编辑

使用 Word 2007 时，大量的工作是对文档进行编辑。汉字输入是文档编辑的重要工作，因此，应熟练掌握汉字输入法的使用。在安装 Office 2007 时，同时安装了微软拼音输入法 2007，该输入法功能强大、使用方便。文档编辑也是文档格式化的前期工作。文档编辑的常用操作包括移动光标与选择文本，插入、改写与删除文本，移动与复制文本，查找、替换与定位文本等。本讲课时为 2 小时。

(i) 学习目标

◆ 熟练掌握微软拼音输入法2007的使用方法。

◆ 熟练掌握移动光标与选择文本的方法。

◆ 熟练掌握插入、删除与改写文本的方法。

◆ 熟练掌握复制与移动文本的方法。

◆ 熟练掌握查找、替换与定位文本的方法

3.1 使用微软拼音输入法 2007

微软拼音输入法 2007 是在早先版本的开发经验积累之上，结合最新的自然语言方面的研究成果，并遵循以用户为中心的设计理念开发的一款多功能汉字输入工具。

微软拼音输入法采用拼音作为汉字的录入方式，使使用户不需要经过专门的学习和培训，不需要特别记忆，只要知道汉字读音，就可以使用这一工具。微软拼音输入法采用基于语句的连续转换方式，可以不间断地输入整句话的拼音（全拼或简拼），不必关心分词和候选，这样既保证思维流畅，又提高了输入效率。

3.1.1 输入法界面

在 Windows XP 或 Windows Vista 语言栏上单击键盘按钮，在打开的【输入法】菜单（见图 3-1）中选择【微软拼音输入法 2007】命令，出现微软拼音输入法 2007 的状态条。

可使用快捷键来快速切换输入法。

- 按 Ctrl+空格键，可打开或关闭先前选择的汉字输入法。
- 按 Ctrl+Shift 键，可选择下一个输入法。

微软拼音输入法 2007 的状态条集成在系统的语言栏中，语言栏上的按钮是可以定制的，图 3-2 显示的语言栏集成了微软拼音输入法 2007 的全部按钮。

图3-1　【输入法】菜单

图3-2　微软拼音输入法 2007 的全部按钮

单击状态条上的按钮可以切换输入状态或者激活菜单。状态条上各按钮的功能如下。

- 输入法按钮：单击该按钮，打开如图 3-3 所示的输入法菜单，可选择一种新的输入法。
- 输入风格按钮：单击该按钮，打开如图 3-4 所示的输入风格菜单，可选择一种新的输入风格。
- 切换中/英文输入按钮：当前状态表示中文输入状态，单击该按钮，按钮变成，为英文输入状态。按 Shift 键也可切换中/英文输入状态。
- 切换全/半角符号输入按钮：当前状态表示全角符号输入状态，单击该按钮，按钮变成，为半角符号输入状态。按 Shift+空格键，也可切换全/半角符号输入状态。
- 切换中/英文标点输入按钮：当前状态表示中文标点输入状态，单击该按钮，按钮变成，为英文标点输入状态。按 Shift+. 键，也可切换中/英文标点输入状态。
- 选择字符集按钮：单击该按钮，打开如图 3-5 所示的字符集菜单，可选择一种新的字符集。简体中文收录了现代汉语的通用汉字；繁体中文收录了繁体汉字等非规范汉字和现代汉语传承字；大字符集是简体和繁体字符集之和，覆盖了 GBK 中的绝大多数汉字和符号。

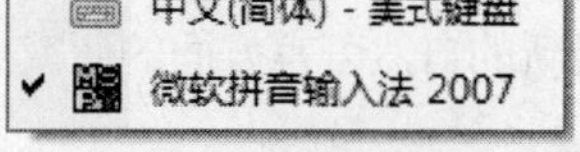

图3-3　输入法菜单 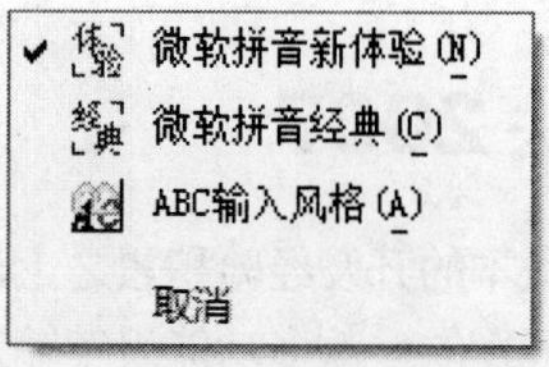　　　　　　图3-4　输入风格菜单 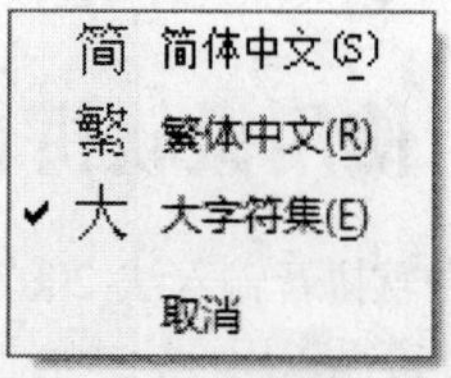　　　　　　图3-5　字符集菜单

- 开启/关闭软键盘按钮：单击该按钮，打开如图 3-6 所示的软键盘，通过鼠标单击软键盘上的按键，输入相应的字符。再次单击该按钮，关闭软键盘。微软拼音输入法 2007 提供了 13 种软键盘布局，图 3-6 所示为 PC 键盘布局。通过功能菜单的【软键盘】选项，可选择所需要的软键盘布局。
- 开启/关闭输入板按钮：单击该按钮，打开如图 3-7 所示的输入板，用鼠标在输入板左侧的区域中写字，输入板中央的汉字识别区域中显示识别出来的候选字，单击其中的一个字，即可输入该字。再次单击该按钮，关闭输入板。

图3-6　软键盘

图3-7　输入板

- 打开功能菜单按钮 : 单击该按钮,打开如图 3-8 所示的功能菜单,可从中选择一个命令,完成相应的功能。
- 打开帮助菜单按钮 : 单击该按钮,打开如图 3-9 所示的帮助功能菜单,可从中选择一个命令,打开相应的帮助文件。

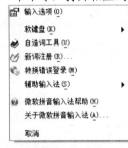

图3-8　功能菜单

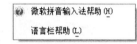

图3-9　帮助功能菜单

3.1.2　输入法规则

微软拼音输入法 2007 大致包括拼音字母规则、拼音编辑规则、选择字词规则和确认输入规则 4 种规则。

一、拼音字母规则

微软拼音输入法 2007 采用的汉字拼音方案遵照 1958 年 2 月 11 日第一届全国人民代表大会第五次会议批准的《汉语拼音方案》。为了便于录入,微软拼音输入法 2007 用字母 v 表示 ü。此外,《汉语拼音方案》中一些特殊发音汉字在微软拼音输入法 2007 中也采用了不同的记法。微软拼音输入法 2007 与《汉语拼音方案》的不同之处如表 3-1 所示。

表 3-1　　　　　　　　　　　微软拼音输入法的特殊拼音

汉语拼音方案	微软拼音输入法
ü	v
诶 ê	ea
噷 hm	hen
哼 hng	heng
呒 m	mu
嗯 n, ng	en

二、拼音输入规则

微软拼音输入法 2007 默认的输入风格是"微软拼音新体验"，在这种输入风格下输入汉字时，会出现【组字/拼音】条和【候选文字】条，如图 3-10 所示。

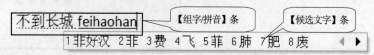

图3-10 【组字/拼音】条和【候选文字】条

【组字/拼音】条中有已经转换了的汉字（如图 3-9 中的"不到长城"）和待转换的拼音（如图 3-9 中的"feihaohan"），还有一个表示当前位置的光标（"feihaohan"后面闪烁的黑条）。【候选文字】条中会同时存在多个未经转换的拼音音节。输入法自动掌握拼音转换汉字的时机，以减少【候选文字】条的闪烁。

在"微软拼音新体验"输入风格下，一旦键入了大写字母，输入法则自动停止随后的汉字转换过程，直到确认输入为止。除了大写字母外，输入法还能识别以 http、ftp 和 mailto 开头的地址。

微软拼音输入法 2007 拼音输入有以下几种方式。

- 全拼方式：按规范的汉语拼音输入全声母和韵母。
- 简拼方式：对于一些常用词，只输入声母。
- 混拼方式：对于一些常用词，有的音节全拼，有的音节简拼。

在输入汉字时，如果把拼音拼错，可以在【组字/拼音】条中修改。拼音转换成汉字后，还可以将其反转成拼音。拼音常用的修改操作如下。

- 按 ← 键或 → 键，光标向左或右移动一个拼音字母或汉字。
- 按 Home 键或 End 键，光标移动到起始或末尾。
- 输入拼音字母，拼音字母插入到光标处。
- 按 Backspace 键，删除光标左侧的拼音字母。
- 按 Delete 键，删除光标右侧的拼音字母。
- 按 Shift + Backspace 键或 [ ] 键将光标右边的汉字反转成拼音。

三、选择字词规则

在输入汉字时，微软拼音输入法 2007 会把认为最有可能的拼音自动转换成汉字，把不能确定的保留拼音，同时在【候选文字】条中显示可能选择的文字。可以在输入过程中进行更正，挑选出正确的候选；也可以在输入整句话之后进行修改。

从【候选文字】条中选择字词有以下常用操作。

- 按空格键，选取【候选文字】条中的第 1 个字或词。
- 按数字键，选取【候选文字】条中的相应编号的字或词。
- 按 [ ] 或 [ ] 或 Page Up 键，【候选文字】条中的汉字前翻一页。
- 按 [ ] 或 [ ] 或 Page Down 键，【候选文字】条中的汉字后翻一页。
- 单击【候选文字】条中的汉字，选取相应的汉字。

微软拼音输入法 2007 的自动转换可能不是用户所需要的，这时，只需要在【组字/拼音】条中移动光标，然后再在【候选文字】条选择相应的字或词即可。例如，要输入"大家喜欢和她去打球。"在完整句子输入完之后，自动转换成"大家喜欢和**他**去打球。"按左右方向键将光标移到"他"的左边，如图 3-11 所示。

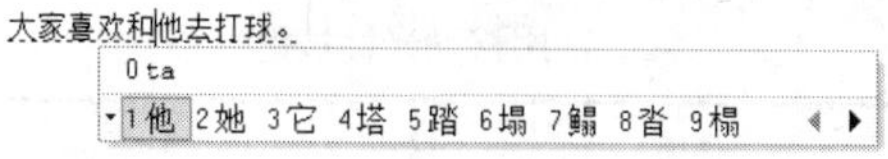

大家喜欢和他去打球。

图3-11 在【组字/拼音】条中移动光标

这时的【候选文字】条与前面略有不同，出现了 0 号拼音候选，它是光标右边汉字或词组的拼音。如果一开始敲错了拼音，现在可以选 0 号候选重新编辑拼音字母。在这个例子中选择 2 号候选。

四、确认输入规则

在确认输入之前，【组字/拼音】条中的内容并没有传递给编辑器，这时如果按了 Esc 键，【组字/拼音】条中的内容将全部丢失。要完成输入过程，有以下常用操作。

- 按 Enter 键，【组字/拼音】条中的内容，包括未转成汉字的拼音，将全部传递给编辑器，未转成汉字的拼音不再进行转换。
- 按空格键，如果【组字/拼音】条中所有拼音都进行了转换，把转成的所有汉字传递给编辑器。如果还有未转成汉字的拼音，则把拼音转换成【候选文字】条中的第 1 个字或词。如果未转成汉字的拼音很多，则需要多次按空格键。

3.2　移动光标与选择文本

在 Word 2007 中，为了能在文档的某一位置进行插入或编辑，需要先移动光标到相应的位置。Word 2007 对文本的许多操作（如设置字体、字号等）都需要先选择文本。

3.2.1　移动光标

在 Word 2007 的文档编辑区内有一个闪动的竖条，称为插入点，俗称为光标。光标用来指示文本的插入位置，光标的位置也叫当前位置，光标所在的行叫当前行，光标所在的段叫当前段，光标所在的页叫当前页。移动光标有两种方法：用鼠标移动和用键盘移动。

一、用鼠标移动光标

用鼠标可以把光标移动到文本的某个位置上，有以下常用方法。

- 当鼠标指针为 I 状时，表明鼠标在文本区，这时单击鼠标左键，光标就移动到文本区的指定位置。
- 当鼠标指针为 I͞、I͟ 或 ͞I 状时，说明鼠标在空白编辑区，这时双击鼠标，光标就移到空白编辑区的相应位置，并自动设置该段落的对齐方式为左对齐、居中或右对齐。有关段落的对齐方式，参见 "4.3.1 设置对齐方式" 小节。

如果要移动到的位置不在窗口中，可先滚动窗口，使目标位置出现在窗口中。滚动窗口有以下常用方法。

- 单击水平滚动条上的 ◁、▷ 按钮，窗口向左、右滚动。
- 单击垂直滚动条上的 ∧、∨ 按钮，窗口向上、下滚动一行。
- 拖动水平或垂直滚动条上的滚动滑块，使文档窗口较快地滚动。
- 默认状态下，单击 ★、▼ 按钮，窗口向上、下滚动一页。

二、用键盘移动光标

用键盘移动光标的方法如表 3-2 所示。

表 3-2   常用移动光标按键

按键	作用	按键	作用
←	向左移一个字符	Ctrl+←	向左移一个词
→	向右移一个字符	Ctrl+→	向右移一个词
↑	上一行	Ctrl+↑	前一个段落
↓	下一行	Ctrl+↓	后一个段落
Home	行首	Ctrl+Home	文档开始
End	行尾	Ctrl+End	文档最后
PageUp	上一屏	Ctrl+PageUp	上一页的底部
PageDown	下一屏	Ctrl+PageDown	下一页的顶部
Alt+Ctrl+PageUp	窗口的顶端	Alt+Ctrl+PageDown	窗口的底端

3.2.2   选择文本

在 Word 2007 中，被选择的文本底色为浅蓝色。选择文本后，按任意一个方向键（←、→、↑或↓键），或在文档任意位置单击鼠标左键，即可取消选择状态。选择文本有两种方法：用鼠标选择和用键盘选择。

一、用鼠标选择文本

用鼠标选择文本有两种方法：在文本编辑区内选择和在文本选择区内选择。在文本编辑区内选择文本有以下方法。

- 按住鼠标左键拖动鼠标，选择从拖动开始位置到拖动结束位置之间的字符。
- 双击鼠标左键，选择双击位置处的单词。
- 快速单击鼠标左键 3 次，选择单击位置所在的段。
- 按住 Ctrl 键单击鼠标左键，选择单击位置所在的句子。
- 按住 Alt 键和鼠标左键拖动鼠标，选择竖列文本。

文档正文左边的空白区域为文本选择区，在文本选择区中，鼠标指针变为 ⇗ 状。在文本选择区内选择文本有以下方法。

- 单击鼠标左键，选择单击位置所在的行。
- 双击鼠标左键，选择单击位置所在的段。
- 按住鼠标左键拖动鼠标，选择从拖动开始行到拖动结束行之间的字符。
- 快速单击鼠标左键 3 次，选择整个文档。
- 按住 Ctrl 键单击鼠标左键，选择整个文档。

二、用键盘选择文本

使用键盘选择文本有以下方法。

- 按住 Shift 键移动光标，从光标起初位置到光标最后位置间的文本被选择。表 3-3 列出了选择文本的快捷键。
- 按 F8 键后移动光标，光标起始到结束位置间的文本被选择。
- 按 Ctrl+Shift+F8 键后移动光标，从光标起始位置到光标最后位置间的竖列文本被选择。按 $\boxed{\text{Esc}}$ 键可取消所选择的竖列文本。

- 按 $\boxed{\text{Ctrl}}$+$\boxed{\text{A}}$ 键，选择整个文档。

表 3-3 　　　　　　　　　　　　　　　选择文本用的快捷键

按键	将选择范围扩大到	按键	将选择范围扩大到
$\boxed{\text{Shift}}$+$\boxed{\uparrow}$	上一行	$\boxed{\text{Ctrl}}$+$\boxed{\text{Shift}}$+$\boxed{\uparrow}$	段首
$\boxed{\text{Shift}}$+$\boxed{\downarrow}$	下一行	$\boxed{\text{Ctrl}}$+$\boxed{\text{Shift}}$+$\boxed{\downarrow}$	段尾
$\boxed{\text{Shift}}$+$\boxed{\leftarrow}$	左侧一个字符	$\boxed{\text{Ctrl}}$+$\boxed{\text{Shift}}$+$\boxed{\leftarrow}$	单词开始
$\boxed{\text{Shift}}$+$\boxed{\rightarrow}$	右侧一个字符	$\boxed{\text{Ctrl}}$+$\boxed{\text{Shift}}$+$\boxed{\rightarrow}$	单词结尾
$\boxed{\text{Shift}}$+$\boxed{\text{Home}}$	行首	$\boxed{\text{Ctrl}}$+$\boxed{\text{Shift}}$+$\boxed{\text{Home}}$	文档开始
$\boxed{\text{Shift}}$+$\boxed{\text{End}}$	行尾	$\boxed{\text{Ctrl}}$+$\boxed{\text{Shift}}$+$\boxed{\text{End}}$	文档结尾

3.3　插入、删除与改写文本

文档中插入、删除与改写文本是最常用的文本编辑操作，在操作过程中要注意当前是插入还是改写状态。如果状态栏的【插入/改写】状态区中显示的是"插入"二字，则表明当前状态为插入状态。单击【插入/改写】状态区或按 $\boxed{\text{Insert}}$ 键，【插入/改写】状态区中显示的是"改写"二字，则表明当前状态为改写状态。

3.3.1　插入文本

在插入状态下，从键盘上键入的字符会自动插入到光标处。如果要插入汉字，应通过汉字输入法输入汉字。实际应用中，经常遇到无法从键盘上直接输入的符号，如"※"。通过【插入】选项卡的【符号】组或【特殊符号】组，可插入这些符号。

一、通过【符号】组插入特殊符号

在 Word 2007 功能区【插入】选项卡的【符号】组（见图 3-12）中，单击 $\boxed{\Omega\ \text{符号}\ \text{·}}$ 按钮，打开如图 3-13 所示的【符号】列表。

在【符号】列表中，单击一个符号，可插入相应的符号；选择【其他符号】选项，弹出如图 3-14 所示的【符号】对话框。

图3-12　【符号】组

图3-13　【符号】列表

图3-14　【符号】对话框

在【符号】对话框中，可进行以下操作。

- 在【字体】下拉列表中，选择一种字体。
- 在【子集】下拉列表中，选择一个子集，符号列表中显示相应的符号。
- 在符号列表中，单击要插入的符号，选择该符号。
- 单击 自动更正(A)... 按钮，弹出【自动更正】对话框，让用户输入一串字符，在文档编辑过程中，一旦输入这串字符后，系统自动更正为所选择的字符。
- 单击 快捷键(K)... 按钮，弹出【自定义键盘】对话框，让用户为所选择的字符定义一个快捷键。
- 单击 插入(I) 按钮，选择的符号插入到光标处，对话框不关闭，但并不影响文档的编辑操作。

二、通过【特殊符号】组插入特殊符号

在 Word 2007 功能区【插入】选项卡的【特殊符号】组（见图 3-15）中，单击预设的符号按钮，可插入相应的符号。单击 符号 按钮，打开如图 3-16 所示的【特殊符号】列表。

在【特殊符号】列表中，单击一个符号，可插入相应的符号；选择【更多】选项，弹出如图 3-17 所示的【插入特殊符号】对话框。

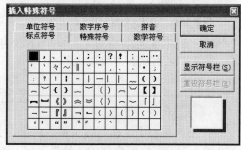

图3-15　【特殊符号】组　　　图3-16　【特殊符号】列表　　　图3-17　【插入特殊符号】对话框

在【插入特殊符号】对话框中，可进行以下操作。

- 单击不同的选项卡，会出现不同的特殊符号页。
- 单击要插入的符号，对话框右下角会给出放大显示。
- 单击 确定 按钮，选择的符号插入到光标处，同时关闭对话框。

三、插入日期时间

实际应用中，经常遇到输入当前时间和日期的情况。可以根据当前日期或时间直接输入，也可以通过功能区的工具插入。

单击【插入】选项卡【文本】组中的 按钮，弹出如图 3-18 所示的【日期和时间】对话框。

在【日期和时间】对话框中，可进行以下操作。

- 在【语言】下拉列表中，选择哪种语言的日期格式。
- 在【可用格式】列表框中，选择一种

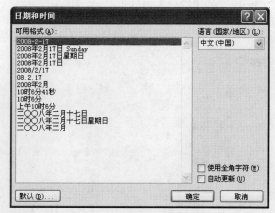

图3-18　【日期和时间】对话框

日期或时间格式。

- 如果选择【使用全角字符】复选项，日期或时间中的字符使用全角字符。
- 如果选择【自动更新】复选项，日期和时间按域方式插入，通过命令能自动更新。
- 单击 默认 (D)... 按钮，把选择的日期或时间格式作为默认的格式。
- 单击 确定 按钮，在光标处插入日期和时间。

3.3.2 删除文本

删除文本有以下方法。

- 按 Backspace 键删除光标左面的一个汉字或字符。
- 按 Delete 键删除光标右面的一个汉字或字符。
- 按 Ctrl+Backspace 键删除光标左面的一个词。
- 按 Ctrl+Delete 键删除光标右面的一个词。
- 如果选择了文本，按 Backspace 键或 Delete 键，删除选择的文本。
- 如果选择了文本，把选择的文本剪切到剪贴板，删除选择的文本。

3.3.3 改写文本

改写文本有以下方法。

- 在改写状态下输入文本，会覆盖掉光标处原有的文本。
- 选择要改写的文本，输入改写后的文本。
- 删除要改写的文本，输入改写后的文本。

应当注意的是，在改写状态下输入文本时应特别小心，若不及时取消改写状态，很有可能会把不想改写的内容改写掉，造成不必要的麻烦。

3.4 复制与移动文本

在文档输入过程中，如果有与前面一样的文本要输入，无须每次都重复输入，可复制已输入的文本。如果输入的文本位置不对，也无须删除而重新输入，可将其移动到目标位置。

3.4.1 复制文本

要复制某些文本到目标位置，必须先选择它们，然后用鼠标拖动或通过剪贴板将选择的文本复制到目标位置。

一、用鼠标复制

移动鼠标指针到选择的文本上，鼠标指针形状变为 状，按住 Ctrl 键拖动鼠标，这时鼠标指针变成 状，旁边有一条表示插入点的虚竖线，当虚竖线到达目标位置后，松开鼠标左键和 Ctrl 键，选择文本被复制到目标位置。

二、通过剪贴板复制

先将选择的文本复制到剪贴板上，再将光标移动到目标位置，然后把剪贴板上的文本粘贴到光标处。

复制文本后，如果复制内容的字符格式与目标位置的字符格式不同，则在复制内容的右下方有一个粘贴选项按钮，单击该按钮，会弹出如图3-19 所示的粘贴选项，用户可根据需要选择保留原来的格式，或匹配目标的格式，或仅保留文本，也可设置默认的粘贴选项。

图3-19　粘贴选项

3.4.2　移动文本

要移动某些文本到目标位置，必须先选择它们，然后用鼠标拖动或通过剪贴板将选择的文本移动到目标位置。

一、用鼠标移动

移动鼠标指针到选择的文本上，当鼠标指针形状变为 时，按住鼠标左键并拖动鼠标，这时鼠标指针变成 状，旁边出现一条表示插入点的虚竖线，当虚竖线到达目标位置后，松开鼠标，选择的文本就被移动到目标位置。

二、通过剪贴板移动

先将选择的文本剪切到剪贴板上，再将光标移动到目标位置，然后把剪贴板上的文本粘贴到光标处。

文本移动完成后，在移动文本的右下方有一个粘贴选项按钮，其作用同复制文本，不再重复。

3.5　查找、替换与定位文本

在文档编辑过程中，经常要在文档中查找某些内容，或对某一内容进行统一替换，或把光标定位到文档的某处。对于较长的文档，如果手工完成不仅费时费力，而且可能会有遗漏。利用Word 2007 提供的查找、替换和定位功能，可以很方便地完成这些工作。

3.5.1　查找文本

按 Ctrl+F 键或单击【开始】选项卡【编辑】组中的 查找 按钮，弹出【查找和替换】对话框，当前选项卡是【查找】，如图 3-20 所示。

在【查找】选项卡中，可进行以下操作。

- 在【查找内容】文本框中，输入要查找的文本。
- 单击 查找下一处(F) 按钮，系统从光标处开始查找，查找到的内容被选择。可多次单击该按钮，进行多处查找。
- 单击 更多(M) >> 按钮，展开搜索选项（见图 3-21），可设置查找选项。

图3-20　【查找】选项卡

图3-21　搜索选项

在【搜索选项】分组框中，可进行以下操作。

- 在【搜索范围】下拉列表中，可选择查找范围（全部、向上、向下）。
- 如果选择【区分大小写】复选项，查找时区分英文字母的大小写。
- 如果选择【全字匹配】复选项，只查找与查找内容匹配的单词，否则查找包含该内容的文本。
- 如果选择【使用通配符】复选项，在查找文本中可使用通配符，表 3-4 列出的通配符可以作为查找字符处理。
- 如果选择【同音】复选项，可查找与输入英文单词同音的所有单词。
- 如果选择【查找单词的各种形式】复选项，可查找输入英文单词的所有形式（包括复数、过去时、现在时等）。
- 如果选择【区分全/半角】复选项，查找时区分全角和半角字符。
- 单击 格式(D) ▼ 按钮，会弹出一个选项菜单，包含【字体】、【段落】、【制表位】和【样式】等选项，单击其中任一项会打开其对话框，从中可以选择要查找内容的格式。
- 单击 特殊格式(E) ▼ 按钮，会弹出一个选项菜单，从中可以选择要查找的特殊字符，如段落标记、制表符、分栏符等。

表 3-4   常用的通配符及其功能

通配符	功能	实例
?	任意单个字符	s?t 查找 "sat" 和 "set"
*	任意字符串	s*d 查找 "sad" 和 "started"
[]	指定的单个字符	s[iou]n 查找 "sin"、"son"、"sun"
[-]	某范围内任意的单个字符	[r-t]ight 查找 "right"、"sight" 和 "tight"
[!]	除方括号中字符之外的单个字符	[m!a]st 查找 "mist" 和 "most"，但不查找 "mast"
[!x-z]	方括号内字符范围以外的任意单个字符	t[!a-m]ck 查找 "tock" 和 "tuck"，但不查找 "tack" 和 "tick"
{n}	前一字符或表达式连续出现 n 次	Fe{2}d 查找 "feed"，但不查找 "fed"
{n,}	前一字符或表达式至少 n 次重复	Fe{1,}d 查找 "fed" 和 "feed"
{n,m}	前一字符或表达式连续出现 n 到 m 次	10{1,3}查找 "10"、"100" 和 "1000"
@	前一字符或表达式出现一次以上	lo@t 查找 "lot" 和 "loot"，但不查找 "loost"
<	指定的字符串出现在词的开头	<(inter)查找 "interesting" 和 "intercept"，但不查找 "splintered"
>	指定的字符串出现在词的结尾	(in)>查找 "in" 和 "within"，但不查找 "interesting"

3.5.2   替换文本

按 Ctrl+H 键或单击【开始】选项卡【编辑】组中的 替换 按钮，弹出【查找和替换】对话框，当前选项卡是【替换】，如图 3-22 所示。

将【替换】选项卡与【查找】选项卡不同的操作介绍如下。

- 在【查找内容】文本框中，输入被替换的文本。
- 在【替换为】文本框中，输入替换后的文本。

- 单击 替换(R) 按钮，替换查找到的内容。
- 单击 全部替换(A) 按钮，替换全部查找到的内容，并在替换完后弹出一个对话框，提示完成了多少处替换。
- 单击 查找下一处(F) 按钮，系统从光标处开始查找，查找到的内容被选择。

图3-22 【替换】选项卡

使用全部替换时应特别小心，往往会把不想替换文本给替换了。例如要把"中国"替换为"China"，如果使用全部替换，"发展中国家"中的"中国"也会被替换为"China"。

3.5.3 定位文本

在【查找和替换】对话框中，打开【定位】选项卡，如图 3-23 所示。

图3-23 【定位】选项卡

在【查找和替换】对话框的【定位】选项卡中，可进行以下操作。

- 在【定位目标】列表框中，选择要定位的目标。
- 在【输入页号】文本框中，输入一个数，指示要定位到哪一项。
- 单击 前一处(S) 按钮，定位到前一处。
- 单击 下一处(T) 按钮，定位到下一处。
- 单击 关闭 按钮，关闭该对话框。

3.6 习题

1. 建立一文档，内容如下，以"故事.docx"为文件名保存到"我的文档"文件夹中。

> 从前，有一座老山，老山下有一条老路，老路通往一座老庙，老庙里住着一个老和尚，老和尚坐在一把老椅子上，在讲一个老故事，故事是：
>
> "从前，有一座大山，大山下有一条大路，大路通往一座大庙，大庙里住着一个大和尚，大和尚坐在一把大椅子上，在讲一个大故事，故事是：
>
> '从前，有一座小山，小山下有一条小路，小路通往一座小庙，小庙里住着一个小和尚，小和尚坐在一把小椅子上，看新和尚练棍棒←↑→↓↖↗↘↙、练拳脚〈〉《》「」『』【】〔〕〖〗、练太极■□▲△▼▽◆◇○◎●★☆，小和尚看得前仰后合、忘乎所以，从小椅子上摔了下来。因受惊吓，晚上发烧到44.4℃。'"

2. 假定"我的文档"文件夹中有一文档"狼来了.docx",修改该文档。

文档原始内容：

狼来了

从前，有一个在山上方羊。有一天这个小孩突然大汉："狼来了，狼来了，狼来了！在地里的农民听道了叫喊，急忙那这镰刀扁担……跑上了山坡。大家看了一看，那儿来的狼阿？小孩哈哈大小，说："我这是脑这完呢"农民大声批评小孩，教他不要说慌。

国了好几天，狼长这大嘴，见了羊就咬……小孩大喊："浪来了，救命呀"大家都因为小孩有在说慌，结果狼咬死了。小孩跑的快，检了一条命。从此以后，他再也不说谎了。

过了今天，有听见再喊："浪来了，狼来了" 在地里的农民听到喊声，有都跑到上，大家又骗了，还是小孩在玩。

修改后的内容：

狼来了

从前，有一个小孩在山上放羊。

有一天，这个小孩忽然大喊："狼来了，狼来了！"在地里干活的农民听到了，急忙拿着镰刀、扁担……跑上了山。大家一看，羊还在吃草，哪儿来的狼呀？小孩哈哈大笑，说："我是闹着玩呢。"农民批评了小孩，叫他以后不要说谎。

过了几天，又听见小孩在喊："狼来了，狼来了！"农民们听到喊声，又都跑到山上，大家又受骗了，还是小孩在闹着玩。

过了几天，狼真的来了，张着大嘴，见了羊就咬……小孩大喊："狼来了，救命呀！"大家都以为小孩又在说谎，谁也没上山，结果羊全被狼咬死了。小孩跑得快，捡了一条命。

从此以后，他再也不说谎了。

Word 2007 的排版（一）

文档的文本编辑完成后，Word 2007 根据默认的设置自动进行了排版。这些排版往往满足不了实际需要，需要用户进一步排版，以使文档更加美观漂亮、层次分明、重点突出。最常用的文档排版操作有文本排版和段落排版。本讲课时为 2 小时。

ⓘ 学习目标

◆ 了解Word 2007排版的级别和方式。

◆ 熟练掌握文本排版的方法。

◆ 熟练掌握段落排版的方法。

◆ 熟练掌握设置项目符号和编号的方法。

4.1 排版的级别和方式

Word 2007 根据文档中排版对象范围的大小，分成了文本排版、段落排版、页面排版、节排版4 个排版级别。另外，排版有两种方式：先输入文本后设置格式和先设置格式后输入文本。

4.1.1 排版的级别

Word 2007 有以下 4 个排版级别。

- 文本排版：对文档中的文字进行格式化，如设置字体、字号等。
- 段落排版：对文档中的段落进行格式化，如设置缩进、对齐等。在编辑文本时，按 Enter 键之后，开始一个新段落，输入的回车符隶属于前一段落。
- 页面排版：对文档中的页面进行格式化，如设置纸张、边距等。
- 节排版：用来对文档中的一节进行格式化。节用来划分文档为几个不同的部分，每一部分可设置不同的格式，如不同的起始页码。默认情况下整个文档是一节，插入一个分节符（参见第 5 讲）后，文档被分成两个节，插入的分节符隶属于前一节段落。

4.1.2　排版的方式

排版有以下两种方式。

- 先输入文本后设置格式：这是常用的排版方式，先把注意力用于文本编辑，然后再把注意力用于排版。使用这种方式进行文本排版时，先选择文本，然后再设置文本格式。使用这种方式进行段落排版时，先把光标移动到段落中，或选择要排版的段落（可以多个），然后再设置段落格式。
- 先设置格式后输入文本：先将光标动到开始输入文本的位置，然后设置文本格式或段落格式，这时输入的文本采用所设置的格式。

4.2　文本排版

在 Word 2007 中，文本排版常用的格式设置包括字体、字号、字颜色、粗体、斜体、下划线、删除线、上标、下标、大小写、边框、底纹、突出显示等。文本排版通常使用【开始】选项卡【字体】组（见图 4-1）中的工具来完成。

图4-1 【字体】组

在设置文本格式时，如果选择了文本，那么设置对选择的文本生效，否则对光标后输入的文本生效。

4.2.1　设置字体、字号和字颜色

在文本排版中，最基本的排版操作是设置字体和字号，另外，在一些特殊场合，往往还需要设置字的颜色。

一、设置字体

字体是指字的形体结构，通常一种字体具有统一的风格和特点。字体分中文字体和英文字体两大类，通常情况下，中文字体的字体名为中文（如"宋体"、"黑体"等），英文字体的字体名为英文（如"Calibri"、"Times New Roman"等）。通常情况下，英文的字体名对英文字符起作用，中文的字体名对英文、汉字都起作用。Word 2007 默认的英文字体是"Calibri"，默认的中文字体是"宋体"。

单击【字体】组 宋体(中文正文) 中的 按钮，打开字体下拉列表，列出供选择的字体，从中可选择要设置的字体。以下是字体设置示例。

中文字体名	效果示例	英文字体名	效果示例
宋体	中文 Word 2007	Calibri	Word 2007
黑体	中文 Word 2007	Times New Roman	Word 2007
隶书	中文 Word 2007	Courier New	Word 2007
幼圆	中文 Word 2007	Arial	Word 2000
仿宋_GB2312	中文 Word 2007	French Script MT	Word 2007
楷体_GB2312	中文 Word 2007	Freestyle Script	Word 2007

二、设置字号

字号体现字符的大小，Word 2007 默认的字号是"五号"。单击【字体】组 五号 中的 按钮，打开字号下拉列表，可从中选择一种字号。

- 单击 A^+ 按钮或按 Ctrl+] 键，选择的文本增大一级字号。
- 单击 A^- 按钮或按 Ctrl+[键，选择的文本减小一级字号。

在 Word 2007 中，字号有"号数"和"磅值"两种单位，表 4-1 列出了两种单位之间的换算关系。

表 4-1　　　　　　　　　　　　"号数"和"磅值"换算关系

号数	磅值	号数	磅值	号数	磅值	号数	磅值
初号	42 磅	二号	22 磅	四号	14 磅	六号	7.5 磅
小初	36 磅	小二	18 磅	小四	12 磅	小六	6.5 磅
一号	26 磅	三号	16 磅	五号	10.5 磅	七号	5.5 磅
小一	24 磅	小三	15 磅	小五	9 磅	八号	5 磅

以下是字号设置示例。

初号 小初 一号 小一 二号

小二 三号 小三 四号 小四 五号 小五 六号 小六 七号 八号

三、设置字颜色

Word 2007 默认的字颜色是黑色。【字体】组中的 按钮所设置的文字的颜色为最近使用过的颜色。单击【字体】组中的 按钮右边的 按钮，打开颜色列表，单击其中一种颜色，文字的颜色设置为该颜色。

需要注意的是，如果把字的颜色设置成和底色一样，将看不到这些字。

4.2.2　设置粗体、斜体、下划线和删除线

一、设置粗体

单击【字体】组中的 B 按钮或按 Ctrl+B 键，设置文字的粗体效果，再次单击 B 按钮或按 Ctrl+B 键，取消所设置的粗体效果。

二、设置斜体

单击【字体】组中的 I 按钮或按 Ctrl+I 键，设置文字的斜体效果，再次单击 I 按钮或按 Ctrl+I 键，取消所设置的斜体效果。

三、设置下划线

单击【字体】组中的 U 按钮或按 Ctrl+U 键，文字的下划线设置为最近使用过的下划线，单击【字体】组中的 U 按钮右边的 按钮，打开一个下划线类型列表，单击其中的一种类型，文字的下

划线设置为该类型。设置了下划线后，再次单击【字体】组中的 <u>u</u> 按钮或按 Ctrl+U 键，则取消所设置的下划线。

四、设置删除线

删除线就是文字中间的一条横线，单击【字体】组中的 ═ 按钮，给文字加上删除线，再次单击该按钮，则取消所加的删除线。

以下是粗体、斜体、下划线、删除线设置示例。

正常字体　**粗体**　*斜体*　<u>下划线</u>　~~删除线~~

粗体+斜体　　<u>***粗体+斜体+下划线***</u>

<u>单线下划线</u>　　　　　　只在 <u>字下</u> 加线　　　　<u>双线下划线</u>
<u>点下划线</u>　　　　　　　<u>粗线下划线</u>　　　　　　<u>划线下划线</u>
<u>点划线下划线</u>　　　　　<u>双点划线下划线</u>　　　　<u>波浪线下划线</u>

4.2.3　设置上标、下标和大小写

一、设置上标

单击【字体】组中的 × 按钮或按 Ctrl+⇧+= 键，设置文字为上标，再次单击【字体】组中的 × 按钮或按 Ctrl+⇧+= 键，则取消上标的设置。

二、设置下标

单击【字体】组中的 × 按钮或按 Ctrl+= 键，设置文字为下标，再次单击【字体】组中的 × 按钮或按 Ctrl+= 键，则取消下标的设置。

三、设置大小写

单击【字体】组中的 Aa▾ 按钮，打开如图 4-2 所示【大小写】菜单，从中选择一个命令，即可进行相应的大小写设置。

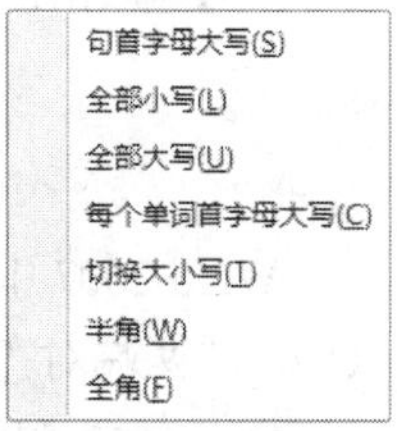

句首字母大写(S)
全部小写(L)
全部大写(U)
每个单词首字母大写(C)
切换大小写(T)
半角(W)
全角(F)

图4-2　【大小写】菜单

以下是上标和下标设置示例。

$$a_3x^3+a_2x^2+a_1x+a_0=0$$

4.2.4　设置边框、底纹和突出显示

在文本排版中，有时为了使某些文字更加醒目，这时，往往需要对文字设置边框、底纹或突出显示文本。

一、设置边框

单击【字体】组中的 A 按钮，给文字加上边框，再次单击该按钮，取消所加的边框。单击【段落】组中 ▦ 按钮右边的 ▾ 按钮，在打开的框线类型列表中选择【外侧框线】，也可给文字加上边框。

二、设置底纹

单击【字体】组中的 A 按钮，给文字加上灰色底纹，再次单击该按钮，则取消所加的底纹。单击【段落】组中 ▭ 中的 ▾ 按钮，在打开的颜色列表中选择一种颜色，给文字加该颜色的底纹，如果选择【无颜色】选项，则取消文字的底纹。

三、设置突出显示

突出显示就是将文字设置成看上去像是用荧光笔做了标记一样。单击【字体】组中的 ᵃᵇ 按钮，突出显示的颜色为最近使用过的突出显示颜色，单击【字体】组中 ᵃᵇ 按钮右边的 ▾ 按钮，打开一个颜色列表，单击其中的一种颜色，即选择该颜色为突出显示的颜色。

如果选择了文本，该文本用相应的突出显示颜色标记，如果没有选择文本，鼠标指针变成 ⷮ 状，用鼠标选择文本，该文本用相应的突出显示颜色标记。再次用相同的突出显示的颜色标记该文字，则取消突出显示的设置。

以下是字符加边框和底纹的示例。

汉字加边框	汉字加底纹

4.3　段落排版

两个回车符之间的内容（包括后一个回车符）为一个段落。段落格式主要包括对齐、缩进、行间距、段间距以及边框和底纹等。段落排版通常使用【开始】选项卡【段落】组（见图 4-3）中的工具来完成。

图4-3　【段落】组

在设置段落格式时，如果选择了段落，那么设置对选择的段落生效，否则对光标所在的段落生效。

4.3.1　设置对齐方式

Word 2007 中段落的对齐方式主要有"两端对齐"、"居中"、"右对齐"、"分散对齐"。其中，"两端对齐"是默认对齐方式。设置对齐方式有以下方法。

- 单击【段落】组中的 ▤ 按钮，将当前段或选择的各段设置成"两端对齐"方式，正文沿页面的左右边对齐。
- 单击【段落】组中的 ▤ 按钮，将当前段或选择的各段设置成"居中"方式，段落最后一行正文在本行中间。
- 单击【段落】组中的 ▤ 按钮，将当前段或选择的各段设置成"右对齐"方式，段落最后一行正文沿页面的右边对齐。
- 单击【段落】组中的 ▤ 按钮，将当前段或选择的各段设置成"分散对齐"，段落最后一行正文均匀分布。

以下是段落对齐的效果。

培训班开学通知书	居中对齐
_____先生/女士:	左 对 齐
"微机实用操作"培训班将于 5 月 18 日开课，时间是每星期四下午 2:00~4:00，由经验丰富的专家讲授，采取边学习边实践的教学方法，请准时上课。	两端对齐
上　课　地　点　：　三　楼　微　机　室	分散对齐
2007 年 5 月 16 日	右 对 齐

4.3.2　设置段落缩进

段落缩进是指正文与页边距之间保持的距离，有"左缩进"、"右缩进"、"首行缩进"、"悬挂缩进"等方式。用工具按钮设置段落缩进有以下方法。

- 单击【开始】选项卡【段落】组中的 ▣ 按钮一次，当前段或选择各段的左缩进位置减少一个汉字的距离。
- 单击【开始】选项卡【段落】组中的 ▣ 按钮一次，当前段或选择各段的左缩进位置增加一个汉字的距离。

Word 2007 的水平标尺（见图 4-4）上有 4 个小滑块，这几个滑块不仅体现了当前段落或选择段落相应缩进的位置，还可以设置相应的缩进。

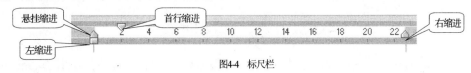

图4-4　标尺栏

用水平标尺设置段落缩进有以下方法。

- 拖动首行缩进标记，调整当前段或选择各段第 1 行缩进的位置。
- 拖动左缩进标记，调整当前段或选择各段左边界缩进的位置。
- 拖动悬挂缩进标记，调整当前段或选择各段中首行以外其他行缩进的位置。
- 拖动右缩进标记，调整当前段或选择各段右边界缩进的位置。

以下是段落缩进的示例。

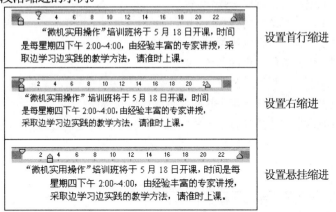

4.3.3　设置行间距

行间距是段落中各行文本间的垂直距离。Word 2007 默认的行间距称为基准行距，即单倍行距。

单击【段落】组中的 ▣ 按钮，打开如图 4-5 所示的【行距】列表，列表中的数值是基准行距的倍数，选择其中一个，即可将当前段落或选择段落的行距设置成相应倍数的基准行距。

图4-5　【行距】列表

4.3.4　设置段落间距

段落间距是指相邻两段除行距外加大的距离，分为段前间距和段后间距。段落间距默认的单位是"行"，段落间距的单位还可以是"磅"。Word 2007 默认的段前间距和段后间距都是 0 行。

单击【段落】组中的 <kbd>≣</kbd> 按钮，打开如图 4-5 所示的【行距】列表，选择【增加段前间距】选项，即可将当前段落或选择段落的段落前间距增加 12 磅，选择【增加段后间距】选项，即可将当前段落或选择段落的段落后间距增加 12 磅。

增加了段前间距或段后间距后，【行距】列表中的【增加段前间距】选项将变成【删除段前间距】选项，【增加段后间距】选项将变成【删除段后间距】选项。选择一个选项，可删除段前的间距或段后间距，恢复成默认的段前间距或段后间距。

4.3.5　设置边框和底纹

除了对文本设置边框和底纹外，有时为了使某一段落更加醒目，往往需要对段落设置边框和底纹。

一、设置边框

选择整个段落，单击【段落】组 <kbd>⊞▾</kbd> 中的 <kbd>▾</kbd> 按钮，在打开的边框列表中选择【外侧框线】选项，选择的段落加上边框，如果选择【无框线】选项，则取消段落边框，如果选择【边框和底纹】选项，系统弹出如图4-6所示的【边框和底纹】对话框，当前选项卡是【边框】选项卡。

在【边框和底纹】对话框中，可进行以下操作。

- 在【设置】列表框中，选择边框的类型。
- 在【样式】列表框中，选择边框的线型。
- 在【颜色】下拉列表中，选择边框的颜色。
- 在【宽度】下拉列表中，选择边框的宽度。
- 在【预览】分组框中，单击相应的某个按钮，设置或取消边线。
- 在【应用于】下拉列表中，选择设置边框的对象，设置段落的边框应选择"段落"。
- 单击 <kbd>确定</kbd> 按钮，完成边框的设置。

以下是段落边框设置的示例。

微机实用操作培训班将于 5 月 18 日开课,时间是每星期四下午 2:00~4:00, 由经验丰富的专家讲授,采取边学习边实践的教学方法,请准时上课。	实线边框
微机实用操作培训班将于 5 月 18 日开课,时间是每星期四下午 2:00~4:00, 由经验丰富的专家讲授,采取边学习边实践的教学方法,请准时上课。	双线边框
微机实用操作培训班将于 5 月 18 日开课,时间是每星期四下午 2:00~4:00, 由经验丰富的专家讲授,采取边学习边实践的教学方法,请准时上课。	阴影边框

如果要取消边框，只要在图 4-6 所示的【边框和底纹】对话框中的【设置】列表框中选择【无】即可。

二、设置底纹

在图 4-6 所示的【边框和底纹】对话框中，单击【底纹】选项卡，结果如图 4-7 所示。

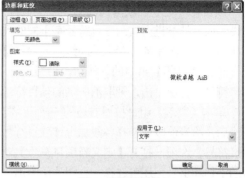

图4-6 【边框和底纹】对话框　　　　　　　　图4-7 【底纹】选项卡

在【底纹】选项卡中，可进行以下操作。

- 在【填充】下拉列表中，选择填充颜色。
- 在【样式】下拉列表中，选择填充图案的样式。
- 在【颜色】下拉列表中，选择图案的颜色（注意，只有选择了样式后才可选择颜色）。
- 在【应用于】下拉列表中，选择设置底纹的对象，设置段落的底纹应选择"段落"。
- 单击 确定 按钮，完成底纹的设置。

以下是底纹设置的示例。

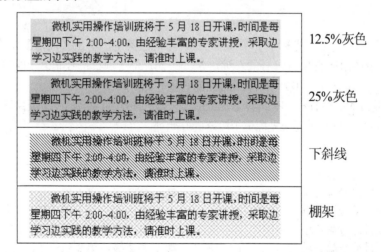

如果要取消底纹，只要在图 4-7 所示的【底纹】选项卡对话框中的【填充】下拉列表中选择【无填充色】选项，并且在【式样】下拉列表中选择【清除】选项即可。

4.4 设置项目符号和编号

在 Word 2007 中，可以方便地为段落添加项目符号或编号，还可以创建多级列表，以便合理清楚地组织文档内容。

4.4.1 设置项目符号

项目符号是放在段落前的圆点或其他符号，以增加强调效果。段落加上项目符号后，该段自动设置成悬挂缩进方式。项目符号有不同的列表级别，第1级没有左缩进，每增加一级，左缩进增加相当于两个汉字的位置，不同级别的项目符号，采用不同的符号。

单击【段落】组中的▤按钮，用最近使用过的项目符号和列表级别设置当前段或选择各段的项目符号。再次单击，则取消所加的项目符号。

单击【段落】组▤按钮右边的▾按钮，打开如图4-8所示的【项目符号】列表，选择一种项目符号后，给当前段或选择各段加上该项目符号，列表级别是最近使用过的列表级别；选择【定义新项目符号】选项，打开【定义新项目符号】对话框，从中可选择一个新的项目符号，或设置项目符号的字体和字号，还可选择一个图片作为项目符号。

图4-8 【项目符号】列表

设置了项目符号后，如果光标位于项目符号第一项的段落中，单击【段落】组中的▤或▤按钮，将增加或减少该组所有项目符号的左缩进。如果光标位于项目符号非第一项的段落中，单击【段落】组中的▤或▤按钮，将为项目符号增加或减少一级列表级别。

按 Tab 键或按 Shift+Tab 键也可以增加或减少一级列表级别（除第一个项目符号外，第一个项目符号改变缩进），只不过要求光标位于段落的开始处。

以下是项目符号的示例。

● 项目符号第1项	1. 第1级，第1项
● 项目符号第2项	■ 第2级，第1项
● 项目符号第3项	◆ 第3级，第1项
● 项目符号第4项	◆ 第3级，第2项
● 项目符号第5项	■ 第2级，第2项
● 项目符号第6项	2. 第1级，第2项

4.4.2 设置编号

编号是放在段落前的序号，以增强顺序性。段落加上编号，该段自动设置成悬挂缩进方式。段落编号是自动维护的，添加和删除段落后，Word 2007 自动调整编号，以保持编号的连续性。编号也有列表级别，其定义与项目符号的列表级别类似，只不过不同的列表级别，用不同的编号样式。

单击【段落】组中的 ▤ 按钮，用最近使用过的编号方式和列表级别设置当前段或选择各段的编号。再次单击该按钮，取消所加的编号。

单击【段落】组中 ▤ 按钮右边的 ▾ 按钮，打开如图 4-9 所示的【编号】列表，选择一种编号后，给当前段或选择各段加上这种编号，列表级别是最近使用过的列表级别；选择【定义新编号格式】选项，打开【定义新编号格式】对话框，在此对话框中可选择一个新的编号类型，还可设置编号的字体和字号。

设置段落编号时，如果该段落的前一段落或后一段落已经设置了编号，并且编号的类型和列表级别相同，系统会自动调整编号的序号使其连续。

设置了编号后，如果光标位于第一个编号的段落中，单击【段落】组中的 ▤ 或 ▤ 按钮，将增加或减少该组所有编号的左缩进；如果光标位于其他编号的段落中，单击【段落】组中的 ▤ 或 ▤ 按钮，将为编号增加或减少一级列表级别。

按 Tab 键或按 Shift+Tab 键也可以增加或减少一级列表级别（除第一个编号外），只不过要求光标位于段落的开始处。

图4-9 【编号】列表

以下是编号设置的示例。

1.	编号第 1 项	1.	第 1 级，第 1 项
2.	编号第 2 项	a)	第 2 级，第 1 项
3.	编号第 3 项	i.	第 3 级，第 1 项
4.	编号第 4 项	ii.	第 3 级，第 2 项
5.	编号第 5 项	b)	第 2 级，第 2 项
6.	编号第 6 项	2.	第 1 级，第 2 项

4.4.3 设置多级列表

多级列表是指多级项目符号或多级编号，以增强文档内容的层次结构。多级列表最多可以有 9 级。

单击 ▤ 按钮，打开如图 4-10 所示的【多级列表】列表，选择一种多级列表类型后，给当前段或选择各段加上相应的项目符号或编号；选择【定义新的多级列表】选项，打开【定义新多级列表】对话框，在此对话框中，可为某一级别指定项目符号或编号的类型；选择【定义新列表样式】选项，打开【定义新列表样式】对话框，在此对话框中，可定义一个列表样式。

设置了多级列表后，如果光标位于第一级的第一个列表的段落中，单击【段落】组中的 ▤ 或 ▤ 按钮，将增加或减少该组所有多级列表的左缩进；如果光标位于其他多级列表的段落中，单击【段落】组中的 ▤ 或 ▤ 按钮，将为多级列表增加或减少一级列表级别。

图4-10 【多级列表】列表

按 Tab 键或按 Shift+Tab 键也可以增加或减少一级列表级别（除第一级的第一个列表外），只不过要求光标位于段落的开始处。

以下是多级列表示例。

```
1    育才大学
     1.1    文学院
            1.1.1    中文系
            1.1.2    历史系
     1.2    理工学院
            1.2.1    数学系
            1.2.2    物理系
            1.2.3    化学系
     1.3    法学院
```

4.5 习题

1. 建立以下文档。

十位最杰出的物理学家

英国《**物理世界**》杂志在世界范围内对 100 余名一流物理学家进行了问卷调查，根据投票结果，评选出有史以来 10 位最杰出的*物理学家*，刊登在新推出的千年特刊上，他们是：

1. 爱因斯坦（德国）
2. 牛顿（英国）
3. 麦克斯韦（英国）
4. 玻尔（丹麦）
5. 海森伯格（德国）
6. 伽利略（意大利）
7. 费曼（美国）
8. 狄拉克（英国）
9. 薛定谔（奥地利）
10. 卢瑟福（新西兰）

在当代物理学家眼中，爱因斯坦的狭义和广义相对论、牛顿的运动和引力定律再加上量子力学理论，是有史以来最重要的三项物理学发现。

接受调查的物理学家们还列举了 21 世纪有待解决的一些主要物理学难题：

- ✓ 量子引力
- ✓ 聚变能
- ✓ 高温超导体
- ✓ 太阳磁场

2. 建立以下文档。

关于在新生中举办"我与计算机"的征文通知

各班级新生：

  在新生入学之际，为激发学习计算机的热情、交流学习计算机的经验，校团委将于 2010 年 9 月 1 日～9 月 30 日在全校新生中举办以"我与计算机"为主题的征文活动。现将有关事项通知如下：

  一、征文时间：即日起至 2010 年 9 月 30 日止。

  二、征文对象：全校新生均可自愿参加。

  三、征文组织办法：以班级为单位收集征文，送交校团委宣传部。

  四、征文具体要求：

  1．作品要求叙述学习计算机的**经验、收获、心得和乐趣**。

  2．体裁不限，作品不超出 3000 字。如果作品附有图片，图片不得超过一页 16 开纸，需打印的图片，请尽量用彩色打印。不得附有与内容无关的图片。

  3．参赛作品用楷书在稿纸上誊写清楚，也可用计算机打印。稿件上首页第一行请详细写明班级及作者姓名。第二行写作品标题，文字请居中。接下去直接写正文。

  4．每位参赛者最多送两件作品，每件作品单独装订。

  5．<u>参赛作品不退稿，请作者自留底稿。</u>

  6．本次征文比赛不收取参赛费及其他任何费用。

  五、奖项设置：本次征文评出一等奖 5 名、二等奖 10 名、三等奖 20 名、鼓励奖 30 名，所有获奖者均发给**证书、奖品**。

校团委

2010 年 9 月 1 日

第5讲

Word 2007 的排版（二）

Word 2007 默认的纸张大小是 A4 纸（21 厘米×29.7 厘米），上、下页边距是 2.54 厘米，左、右页边距是 3.18 厘米。如果以上设置不满足需要，可以重新设置。另外，Word 2007 提供了一些特殊的排版格式，如拼音指南、带圈字符、首字下沉、分栏等。本讲课时为 2 小时。

i 学习目标

◆　熟练掌握页面排版的方法。

◆　掌握特殊格式排版的方法。

5.1　页面排版

页面排版包括设置纸张、页面背景，插入分隔符、页眉、页脚和页码。

5.1.1　设置纸张

纸张的设置包括设置纸张大小、设置纸张方向和设置页边距。通常使用【页面布局】选项卡【页面设置】组（见图 5-1）中的工具来完成。

一、设置纸张大小

图5-1　【页面设置】组

单击【页面设置】组中的 □纸张大小· 按钮，打开如图 5-2 所示的【纸张大小】列表。

从【纸张大小】列表选择一种纸张类型，将当前文档的纸张设置为相应的大小；如果选择【其他页面大小】选项，弹出【页面设置】对话框，当前选项卡是【纸张】，如图 5-3 所示。

在【纸张】选项卡中，可进行以下操作。

- 在【纸张大小】下拉列表中选择所需要的标准纸张类型，Word 2007 中默认设置为"A4（21 厘米×29.7 厘米）"纸。
- 如果标准纸张类型不能满足需要，可在【高度】和【宽度】文本框内输入或调整高度或宽度数值。
- 在【应用于】下拉列表中选择要应用的文档范围，默认范围是"整篇文档"。

- 单击 确定 按钮，完成纸张设置。

图5-2 【纸张大小】列表

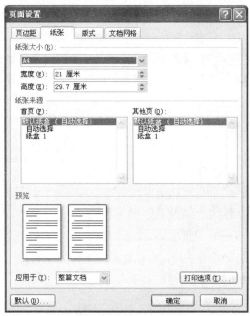

图5-3 【纸张】选项卡

二、设置纸张方向

单击【页面设置】组中的 纸张方向 按钮，打开如图 5-4 所示的【纸张方向】列表，从中选择一种方向，即可将当前文档的纸张设置为相应的方向。

三、设置页边距

页边距是页面上打印区域之外的空白空间。单击【页面设置】组中的【页边距】按钮，打开如图 5-5 所示的【页边距】列表。

在【页边距】列表中，选择一种页边距类型，即可将当前文档的纸张设置为相应的边距；如果选择【自定义边距】选项，弹出【页面设置】对话框，当前选项卡是【页边距】，如图 5-6 所示。

图5-4 【纸张方向】列表

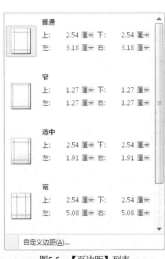

图5-5 【页边距】列表

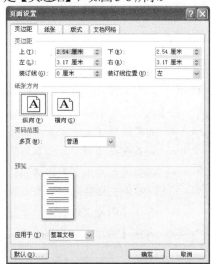

图5-6 【页边距】选项卡

在【页边距】选项卡中，可进行以下操作。

- 在【上】、【下】、【左】、【右】文本框中，输入数值或调整数值，改变上、下、左、右边距。
- 在【装订线】文本框中，输入或调整数值，打印后保留出装订线距离。
- 在【装订线位置】下拉列表中选择装订线的位置。
- 在【应用于】下拉列表中选择页边距的作用范围。
- 单击 确定 按钮，完成页边距的设置。

5.1.2 设置页面背景和边框

页面设置包括设置水印、页面颜色和页面边框。通常使用【页面布局】选项卡【页面背景】组（见图5-7）中的工具来完成。

一、设置水印

水印是出现在文档文本后面的文本或图片。单击【页面背景】组中的 水印 按钮，打开如图 5-8 所示的【水印】列表。

图5-7 【页面背景】组　　　　　　　　　　　　　　图5-8 【水印】列表

在【水印】列表中，选择一种水印类型，页面的背景设置为相应的水印效果。选择【自定义水印】选项，弹出【水印】对话框（见图 5-9），在对话框中可设置水印的文本或图片。选择【删除水印】选项，取消页面背景的水印效果。

在【水印】对话框中，可进行以下操作。

- 如果选择【无水印】单选项，页面无水印。
- 如果选择【图片水印】单选项，以图片作为页面水印，该组中的选项被激活。
- 选择【图片水印】单选项后，单击 选择图片(P)... 按钮，打开【插入图片】对话框，可从中选择一幅图片作为水印。
- 选择【图片水印】单选项后，在【缩放】下拉列表中选择图片的缩放比例。
- 选择【图片水印】单选项后，如果选择【冲蚀】复选项，所选择的图片淡化处理后作为水印。
- 如果选择【文字水印】单选项，以文字作为页面水印，该组中的选项被激活。

- 选择【文字水印】单选项后，在【语言】下拉列表中选择语言的种类，以该语言的文字作为水印。
- 选择【文字水印】单选项后，在【文字】下拉列表中选择或输入作为水印的文字。
- 选择【文字水印】单选项后，在【字体】下拉列表中选择水印文字的字体。
- 选择【文字水印】单选项后，在【字号】下拉列表中选择水印文字的字号。
- 选择【文字水印】单选项后，在【颜色】下拉列表中选择水印文字的颜色。
- 选择【文字水印】单选项后，如果选择【版式】分组框中的【斜式】单选项，水印文字斜排；如果选择【版式】分组框中的【水平】单选项，水印文字水平排列。
- 选择【文字水印】单选项后，如果选择【半透明】复选项，水印文字半透明。
- 单击 应用(A) 按钮，设置水印，不关闭对话框。
- 单击 确定 按钮，设置水印，关闭对话框。

二、设置页面颜色

单击【页面背景】组中的 页面颜色 按钮，打开如图 5-10 所示的【页面颜色】列表。

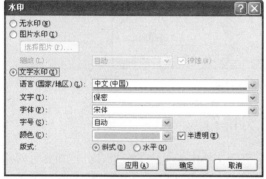

图5-9 【水印】对话框

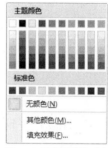

图5-10 【页面颜色】列表

在【页面颜色】列表中，选择一种颜色，页面的背景色设置为相应的颜色。选择【无颜色】选项，取消页面背景色的设置。选择【其他颜色】选项，弹出【颜色】对话框，可自定义一种颜色作为页面的背景色。选择【填充效果】选项，弹出【填充效果】对话框，可设置页面颜色的填充效果。

需要注意以下问题。

- 图片水印应使用冲蚀效果，以免影响文档中的内容。
- 文字水印应使用浅色和半透明，以免影响文档中的内容。
- 页面颜色应尽量使用浅色，以免影响文档中的内容。

三、设置页面边框

单击【页面背景】组中的 页面边框 按钮，弹出如图 5-11 所示的【边框和底纹】对话框。

在【边框和底纹】对话框中，可进行以下操作。

- 在【设置】分组框中选择一种类型的页面边框，如果选择【无】类型，设置页面没有边框。
- 在【样式】列表框中，选择页面边框线的样式。
- 在【颜色】下拉列表中，选择页面边框的颜色。
- 在【宽度】下拉列表中，选择页面边框线的宽度。

- 在【艺术型】下拉列表中，选择一种艺术型的页面边框。
- 在【应用于】下拉列表中，选择页面边框应用的范围，默认是整篇文档。
- 单击 选项(O)... 按钮，弹出【边框和底纹选项】对话框，在对话框中可设置边框在页面中的位置。
- 单击 确定 按钮，设置页面边框。

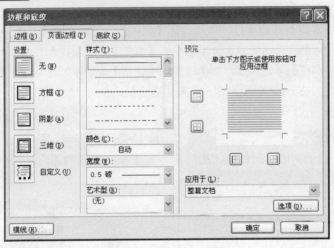

图5-11 【边框和底纹】对话框

5.1.3 插入分隔符

分隔符有分页符和分节符两大类。分页符用来改变文档中一页内的分页、分栏和分行等格式。分节符用来改变文档中一个或多个页面的版式或格式。Word 2007 默认为整个文档是一节，插入分节符后，可将文档分成不同的节，便于在不同的节中设置不同的排版方式。

单击【页面设置】组中的 分隔符 按钮，打开如图 5-12 所示的【分隔符】列表，从中选择一种分隔符，即可在光标处插入该分隔符。

【分隔符】列表中各种分隔符的作用如下。

- 分页符：标记一页终止，并开始下一页。
- 分栏符：指示分栏符后面的文字将从下一栏开始。有关分栏的内容，请见"5.2 特殊格式排版"节。
- 自动换行符：分隔网页上的对象周围的文字。
- 下一页：插入分节符，并在下一页上开始新节。
- 连续：插入分节符，并在同一页上开始新节。
- 偶数页：插入分节符，并在下一偶数页上开始新节。
- 奇数页：插入分节符，并在下一奇数页上开始新节。

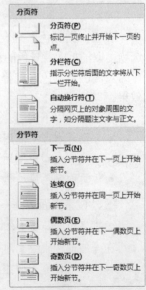

图5-12 【分隔符】列表

默认情况下，分节符是不可见的，单击【段落】组中的 按钮，可显示段落标记和分节符，再次单击该按钮，可隐藏段落标记和分节符。在分节符可见的情况下，在文档中选择分节符后，按 Delete 键，即可将其删除。

需要注意的是，尽管"分页符"和"下一页"分隔符都有强制分页的功能，但"下一页"分隔符会增加一个新节。

5.1.4　插入页眉、页脚和页码

页眉和页脚是文档中每个页面的顶部、底部的页边距。可以在页眉和页脚中插入或更改文本或图形。页码是为文档每页所编的号码，通常添加在页眉和页脚中，也可以添加到其他地方，页码可以从 1 开始编号，也可以从其他的数目开始编号。通常使用【插入】选项卡【页眉和页脚】组（见图5-13）中的工具插入页眉、页脚和页码。

一、插入页眉

单击【页眉和页脚】组中的【页眉】按钮，打开如图 5-14 所示的【页眉】列表。

图5-13　【页眉和页脚】组　　　　　　　　　　　　　　　图5-14　【页眉】列表

在【页眉】列表中，选择一种页眉类型后，给文档加上该类型的页眉，这时光标出现在页眉中，进入页眉编辑状态，同时，功能区中增添了一个【设计】选项卡。

在【页眉】列表中，选择【编辑页眉】选项，可以进入页眉编辑状态；选择【删除页眉】选项，可以删除页眉。

在页眉编辑状态中，可修改页眉中各域的内容，也可输入新的内容。在页眉编辑过程中，不能编辑文档。在文档中双击鼠标左键，或选择【设计】选项卡【关闭】组中的【关闭页眉和页脚】选项，可退出页眉编辑状态，返回到文档编辑状态。

二、插入页脚

插入页脚的操作与插入页眉的操作类似，这里不再重复。

三、插入页码

单击【页眉和页脚】组中的【页码】按钮，打开如图 5-15 所示的【页码】列表。

选择【页码】列表的前 4 个选项（代表不同的页码位置）中的一个后，会打开相应的页码类型子列表，选择一种页码类型后，在相应的位置插入相应类型的页码。选择【删除页码】选项，删除已插入的页码。选择【设置页码格式】选项，弹出如图 5-16 所示的【页码格式】对话框。

图5-15 【页码】列表

图5-16 【页码格式】对话框

在【页码格式】对话框中，可进行以下操作。

- 在【编号格式】下拉列表中，选择一种页码的编号格式。
- 如果选择【包含章节号】复选项，页码中可包含章节号，该组中的选项被激活，可继续进行相应设置。
- 选择【包含章节号】复选项后，在【章节起始样式】下拉列表中选择起始标题的级别（如标题 1、标题 2 等）。
- 选择【包含章节号】复选项后，在【使用分隔符】下拉列表中选择不同级别标题之间的分隔符。
- 如果选择【续前节】单选项，页码接着前一节的编号，如果整个文档只有一节，页码从 1 开始编号。
- 如果选择【起始页码】单选项，可在右边的文本框中输入或调整起始页码。
- 单击 确定 按钮，设置页码格式。

需要注意的是，如果要想在一个文档有两种类型的页码（例如目录页码和正文页码），应在文档的适当位置插入一个"下一页"分隔符，然后再分别设置起始页码和编号格式。

5.2 特殊格式的排版

文档的特殊格式包括拼音指南、带圈字符、首字下沉、文字方向和分栏。

5.2.1 设置拼音指南

拼音指南就是给汉字加上拼音，选择一个或多个汉字后，单击【开始】选项卡【字体】组（见图 5-17）中的 按钮，弹出如图 5-18 所示的【拼音指南】对话框。

图5-17 【字体】组

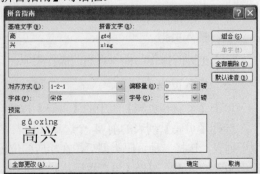

图5-18 【拼音指南】对话框

在【拼音指南】对话框中，可进行以下操作。

- 在【基准文字】分组框的各文本框中，可输入或修改文字。
- 在【拼音文字】分组框的各文本框中，可输入或修改拼音。
- 在【对齐方式】下拉列表中选择拼音的对齐方式。
- 在【偏移量】文本框中输入或调整汉字和拼音之间的距离。
- 在【字体】下拉列表中选择拼音的字体。
- 在【字号】下拉列表中选择拼音的字号。
- 单击 组合(G) 按钮，字的拼音之间不留空隙。
- 单击 单字(M) 按钮，字的拼音之间留空隙。
- 单击 全部删除(V) 按钮，删除拼音。
- 单击 默认读音(D) 按钮，如果拼音被修改过，恢复原来的拼音。
- 单击 确定 按钮，按所做设置为汉字加上拼音，同时关闭该对话框。

以下是拼音指南的示例。

wǒ ài jiāxiāng de shān hé shuǐ
我爱家乡的山和水

5.2.2 设置带圈字符

单击【字体】组中的⊛按钮，弹出如图 5-19 所示的【带圈字符】对话框。

在【带圈字符】对话框中，可进行以下操作。

图5-19 带圈字符

- 在【样式】组中，选择一种带圈字符样式。
- 在【文字】文本框中，输入或修改要带圈的文字。
- 在【文字】列表框中，选择一个要带圈的文字。
- 在【圈号】列表框中，选择一种圈的类型。
- 单击 确定 按钮，设置一个带圈字符，同时关闭该对话框。

以下是带圈字符的示例。

㉈后炮，单车对双医

5.2.3 设置首字下沉

首字下沉是段落的第一个字为大字，占据两行或两行以上的位置，并且下沉到下一行或更多行。选择【插入】选项卡【文本】组（见图 5-20）中的【首字下沉】选项，打开如图 5-21 所示的【首字下沉】列表。

在【首字下沉】列表中选择一种首字下沉方式，当前段的首字下沉设置成该方式。如果选择【首字下沉选项】选项，弹出如图 5-22 所示的【首字下沉】对话框。

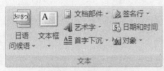
图5-20 【文本】组

图5-21 【首字下沉】列表

图5-22 【首字下沉】对话框

在【首字下沉】对话框中，可进行以下操作。

- 在【位置】组中，选择一种首字下沉方式，其中【无】表示取消首字下沉。
- 选择【下沉】或【悬挂】后，在【字体】下拉列表中选择下沉字的字体。
- 选择【下沉】或【悬挂】后，在【下沉行数】文本框中输入或调整下沉的行数。
- 选择【下沉】或【悬挂】后，在【距正文】文本框中输入或调整距正文的距离。
- 单击 确定 按钮，当前段设置首字下沉。

以下是首字下沉的示例。

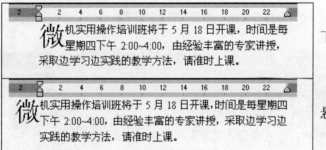

如果要取消首字下沉，只要在【首字下沉】列表中选择【无】，或者在【首字下沉】对话框中的【位置】选项中选择【无】即可。

需要注意的是，悬挂形式的首字下沉，首字位于文本区之外。

5.2.4 设置文字方向

默认情况下，文档中的文字是水平排列的，根据需要可关闭文字的方向。单击【页面设置】组中的【文字方向】按钮，打开如图 5-23 所示的【文字方向】列表。

在【文字方向】列表中，选择一种文字方向，设置相应的文字方向。选择【文字方向选项】选项，弹出如图 5-24 所示的【文字方向】对话框。

在【文字方向】对话框中，可进行以下操作。

- 在【方向】组中，选择所需要的文字方向，【预览】组中显示相应的文字方向效果。
- 在【应用于】下拉列表中，选择文字方向所应用的范围，有【整篇文档】和【插入点之后】两个选项。
- 单击 确定 按钮，设置文字方向。

图5-23　【文字方向】列表

图5-24　【文字方向】对话框

需要注意的是，同一节内只能有一种文字方向。如果文字方向应用范围是"插入点之后"，系统在文档中自动插入一个"下一页"分隔符。

5.2.5　设置分栏

分栏就是将文档的内容分成多列显示，每一列称为一栏。单击【页面设置】组中的 ▦ 分栏 ▾ 按钮，打开如图 5-25 所示的【分栏】列表。

在【分栏】列表中，选择一种分栏类型，设置相应的分栏格式。如果选择了段落，选择的段落设置成相应的分栏格式；如果没有选择段落，则当前节内的所有段落设置成相应的分栏格式。如果选择【一栏】类型，则取消分栏的设置。选择【更多分栏】选项，弹出如图 5-26 所示的【分栏】对话框。

图5-25　【分栏】列表

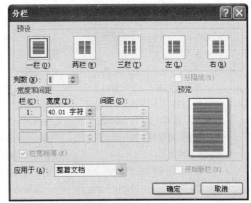

图5-26　【分栏】对话框

在【分栏】对话框中，可进行以下操作。

- 在【预设】分组框中，选择所需要的分栏样式，【一栏】表示不分栏。
- 在【栏数】文本框中输入或调整所需的栏数。
- 在各【宽度】文本框中输入所需的栏宽度，在各【间距】文本框中输入本栏与其右边栏之间的间距。
- 如果选择【分隔线】复选项，各栏间加分隔线。

- 如果选择【栏宽相等】复选项，各栏的宽度相同。
- 单击 [确定] 按钮，按所做设置进行分栏。

文档设置分栏后，最后一页常常会出现这种情况：最后一栏与前面栏的高度不同（见图 5-27）。只要在最后一栏的末尾插入一个【连续】分节符，即可使各栏的高度相同（见图 5-28）。

图5-27 未插入【连续】分节符的分栏

图5-28 插入【连续】分节符分栏

5.3 习题

建立以下文档，以"龟与兔赛跑.docx"为文件名保存到"我的文档"文件夹中。

龟与兔赛跑

有一天，龟与兔相遇于草场，龟在夸大他的恒心，说兔不能吃苦，只管跳跃寻乐，长此以往，将来必无好结果，兔子笑而不辩。

"多辩无益，"兔子说，"我们来赛跑，好不好？就请狐狸大哥为评判员。"

"好。"龟不自量力地说。

于是龟动身了，四只脚作八只脚跑了一刻钟，只有三丈余，兔子不耐烦了，而有点懊悔。"这样跑法，可不要跑到黄昏吗？我一天宝贵的光阴，都牺牲了。"

于是，兔子利用这些光阴，去吃野草，随兴所之，极其快乐。

龟却在说："我会吃苦，我有恒心，总会跑到。"

到了午后，龟已精疲力竭了，走到阴凉之地，很想打盹一下，养养精神，但是一想昼寝是不道德，又奋勉前进。龟背既重，龟头又小，五尺以外的平地，便看不见。他有点眼花缭乱了。

这时的兔子，因为能随兴所之，越跑越有趣，越有趣越精神，已经赶到离路半里许的河边树下。看见风景清幽，也就顺便打盹。醒后精神百倍，把赛跑之事完全丢在脑后。在这正愁无事可做之时，看见前边一只松鼠跑过，认为怪物，一定要追上去看他，看看他的尾巴到底有多大，可以回来告诉他的母亲。

于是他便开步追，松鼠见他追，便开步跑。奔来跑去，忽然松鼠跳上一棵大树。兔子正在树下翘首高望之时，忽然听见背后有叫声道："兔弟弟，你夺得冠军了！"

兔子回头一看，原来是评判员狐狸大哥，而那棵树，也就是他们赛跑的终点。那只龟呢，因为他想吃苦，还在半里外匍匐而行。

凡事须求性情所近，始有成就。世上愚人，类皆有恒心。

做 🐢 的不应同 🐰 赛跑。

Word 2007 的排版（三）

Word 2007 不仅提供了基本的排版功能，还提供了快速排版功能，包括使用格式刷、使用文档主题、使用样式和使用模板。本讲课时为 2 小时。

① 学习目标

◆ 掌握格式刷的使用方法。

◆ 掌握使用文档主题的方法。

◆ 掌握使用样式的方法。

◆ 掌握使用模板的方法。

6.1 使用格式刷

格式刷是 Word 2007 提供的用来复制文本、段落和一些基本图形格式的工具，可以快速进行格式化。格式刷按钮被组织在【开始】选项卡【剪贴板】组中，如图 6-1 所示。

图6-1 【剪贴板】组

6.1.1 复制字符格式

用格式刷复制字符格式有两种方式：一次复制字符格式和多次复制字符格式。

一、一次复制字符格式

用格式刷一次复制字符格式的步骤如下。

1. 将光标移动到要复制格式的字符前，或选择要复制格式的字符。
2. 单击【剪贴板】组中的 按钮，这时鼠标指针变成 I状。
3. 用鼠标在文档中选择文本，字符格式应用到被选择的文本上。这时，鼠标指针恢复到 I 状。

二、多次复制字符格式

用格式刷多次复制字符格式的步骤如下。

1. 将光标移动到要复制格式的字符前，或选择要复制格式的字符。
2. 双击【剪贴板】组中的 ✍ 按钮，这时鼠标指针变成 ♣[状。
3. 用鼠标在文档中选择文本，字符格式应用到被选择的文本上。这一步骤可多次使用。
4. 单击【剪贴板】组中的 ✍ 按钮，或按 Esc 键。这时，鼠标指针恢复到 I 状。按 Ctrl + Shift + C 键与单击【剪贴板】组中的 ✍ 按钮的功能相同。

6.1.2 复制段落格式

用格式刷复制段落格式有两种方式：一次复制段落格式和多次复制段落格式。

一、一次复制段落格式

用格式刷一次复制段落格式的步骤如下。

1. 将光标移动到要复制格式的段落中，或选择要复制格式的段落，包括段落标记。
2. 单击【剪贴板】组中的 ✍ 按钮，这时鼠标指针变成 ♣[状。
3. 用鼠标选择整个段落，或在段落中单击鼠标左键，段落格式应用到被选择的段落或当前段落上。这时，鼠标指针恢复到 I 状。

二、多次复制段落格式

用格式刷多次复制段落格式的步骤如下。

1. 将光标移动到要复制格式的段落中，或选择要复制格式的段落，包括段落标记。
2. 双击【剪贴板】组中的 ✍ 按钮，这时鼠标指针变成 ♣[状。
3. 用鼠标选择整个段落，或在段落中单击鼠标左键，段落格式应用到被选择的段落或当前段落上。这一步骤可多次使用。
4. 单击【剪贴板】组中的 ✍ 按钮，或按 Esc 键。这时，鼠标指针恢复到 I 状。

6.2 使用文档主题

在 Word 2007 中，用户可以使用文档主题，快速而轻松地设置整个文档的格式，赋予它专业和时尚的外观。

6.2.1 文档主题的概念

文档主题是一组格式选项，包括一组主题颜色、一组主题字体（包括标题字体和正文字体）和一组主题效果（包括线条和填充效果）。

在 Word 2007 中，每个文档都有一个主题，Word 2007 默认的文档主题是 "Office" 文档主题。用户可以应用 Word 2007 预定义的其他文档主题，可以更改文档主题的主题颜色、主题字体和主题效果，还可以自定义文档主题。

通过【页面布局】选项卡【主题】组（见图 6-2）中的工具，可以方便地使用文档主题。

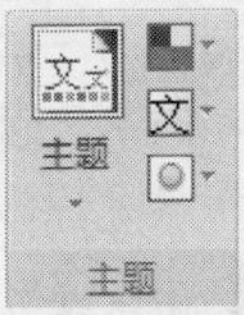

图6-2 【主题】组

6.2.2　应用文档主题

用户可以选择另一个预定义文档主题或自定义文档主题，来更换默认的"Office"文档主题，应用的文档主题会立即影响在文档中使用的样式。

单击【主题】组中的【主题】按钮，打开【主题】列表，如图6-3所示。

图6-3　【主题】列表

在【主题】列表中，选择一种文档主题，当前文档的文档主题将更改为所选择的文档主题，文档中基于主题的颜色、字体和效果等都会统一地被替换。

6.2.3　自定义文档主题

要自定义文档主题，可以从更改已使用的颜色、字体或线条和填充效果开始。对一个或多个这样的主题组件所做的更改将立即影响活动文档中已经应用的样式。如果要将这些更改应用到新文档，用户可以将它们另存为自定义文档主题。

一、自定义主题颜色

主题颜色包含4种文本和背景颜色、6种强调文字颜色和2种超链接颜色。单击【主题】组中的按钮，打开【主题颜色】列表，如图6-4所示。

在【主题颜色】列表中，主题颜色名称旁边的一组颜色代表该主题的强调文字颜色和超链接颜色。选择一种主题颜色，当前文档主题的主题颜色更改为该颜色。

在【主题颜色】列表中，选择【新建主题颜色】选项，弹出如图6-5所示的【新建主题颜色】对话框。

在【新建主题颜色】对话框中，可进行以下操作。

- 在【主题颜色】组中，单击要更改的主题颜色元素对应的按钮，打开一个颜色列表，可从中选择所需要的颜色。在【示例】中，可以看到所做更改的效果。

- 在【名称】文本框中，为新的主题颜色输入一个适当的名称。
- 单击 重设(R) 按钮，把所修改过的主题颜色还原为其原来的主题颜色。
- 单击 保存(S) 按钮，按所做的设置保存主题颜色。

需要注意的是，自定义的主题颜色将自动添加到【主题颜色】列表中，作用与预置主题颜色相同。

二、自定义主题字体

主题字体包含标题字体和正文字体。单击【主题】组中的 文 按钮，打开【主题字体】列表，如图 6-6 所示。

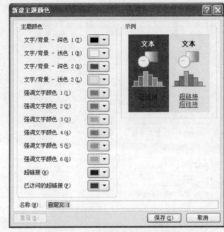

图6-4 【主题颜色】列表　　　　图6-5 【新建主题颜色】对话框　　　　图6-6 【主题字体】列表

在【主题字体】列表中，每个主题字体名称下有主题字体的标题字体和正文字体的名称。选择一种主题字体，当前文档主题的主题字体更改为该字体。

在【主题字体】列表中，选择【新建主题字体】选项，弹出如图 6-7 所示的【新建主题字体】对话框。

在【新建主题字体】对话框中，可进行以下操作。

- 在【西文】组中，在【标题字体（西文）】下拉列表中，选择一种西文字体，作为标题西文字体。
- 在【西文】组中，在【正文字体（西文）】下拉列表中，选择一种西文字体，作为正文西文字体。
- 在【中文】组中，在【标题字体（中文）】下拉列表中，选择一种中文字体，作为标题中文字体。
- 在【中文】组中，在【正文字体（中文）】下拉列表中，选择一种中文字体，作为正文中文字体。
- 在【名称】文本框中，为新的主题字体键入一个适当的名称。
- 单击 保存(S) 按钮，按所做的设置保存主题字体。

需要注意的是，自定义的主题字体将自动添加到【主题字体】列表中，作用与预置主题字体相同。

三、选择一组主题效果

主题效果是线条和填充效果的组合。主题效果不能自己创建，但是可以从文档主题中选择主题效果。单击【主题】组中的 按钮，打开【主题效果】列表，如图 6-8 所示。

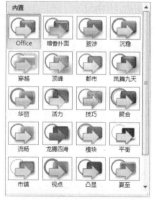

图6-7　【新建主题字体】对话框　　　　　　　　图6-8　【主题效果】列表

在【主题效果】列表中，可以在与主题效果名称一起显示的图形中看到用于每组主题效果的线条和填充效果。选择一种主题效果，当前文档主题的主题效果更改为该效果。

四、保存文档主题

对文档主题的颜色、字体或线条和填充效果的任何更改都可以另存为自定义文档主题，可以将该自定义文档主题应用到其他文档。单击【主题】组中的【主题】按钮，打开如图 6-3 所示的【主题】列表，选择【保存当前主题】选项，弹出【保存当前主题】对话框，在对话框中，为文档主题键入一个适当的名称并保存。

需要注意的是，自定义的文档主题将自动添加到【主题】列表中，作用与预置文档主题相同。

6.3　使用样式

在 Word 2007 中，用户可以使用样式快速而轻松地设置文字的格式，创建为特定用途而设计的样式一致、整齐美观的文档。

6.3.1　样式的概念

大多数用户习惯于逐一设置文本或段落的格式，这样做不仅工作量很大，而且往往前后排版的风格不统一。样式是经过特殊打包的格式的集合，可以一次应用多种格式。文档的模板中预定义了若干种样式，在排版过程中使用这些样式，不仅可以快速排版，而且可使排版的风格前后统一。

Word 2007 还提供了快速样式，快速样式是一些样式的集合，这些样式设计为相互搭配以创建吸引人的、具有专业外观的文档。例如，一组快速样式可能包含用于多种标题级别、正文文本、引用和标题的样式。

图6-9　【样式】组

通过【开始】选项卡【样式】组（见图 6-9）中的工具，可以方便地使用样式。

6.3.2　应用样式

应用样式有两种方式：应用快速样式和应用样式。

一、应用快速样式

要对文本应用快速样式，应先选择这些文本，要对段落应用样式，应先选择该段落或将光标移动到段落中。在【样式】组中，选择【快速样式】列表中的一个样式，文本或段落应用该快速样式；单击 ▼ 按钮以展开【快速样式】列表（见图 6-10），选择其中的一个样式，文本或段落应用该快速样式。

二、应用样式

单击【样式】组右下角的 ▫ 按钮，打开【样式】对话框，如图 6-11 所示。

图6-10 【快速样式】列表

图6-11 【样式】对话框

【样式】对话框中列出了文档模板所定义的样式，以及用户自定义的样式。【样式】对话框中样式的使用与快速样式的使用大致相同。

6.3.3 自定义样式

在【样式】对话框中，单击 ▣ 按钮，弹出如图 6-12 所示的【根据格式设置创建新样式】对话框。

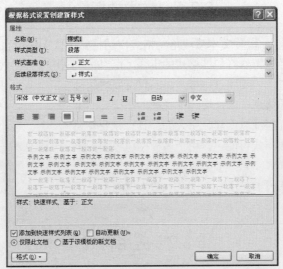

图6-12 【根据格式设置创建新样式】对话框

在【根据格式设置创建新样式】对话框中，可进行以下操作。

- 在【名称】文本框输入样式的名称。样式设置完成后，该名称将出现在【样式】下拉列表中，供选择使用。
- 在【样式类型】下拉列表中选择样式的类型，有【段落】和【文本】两个选项，表示该样式是段落样式还是文本样式。
- 在【样式基准】下拉列表中选择一种样式，把该样式的所有设置复制到自定义样式中，在此基础上可进一步设置。
- 在【后续段落样式】下拉列表中选择一种样式，其作用是，在自定义样式的段落后增加一个段落时，增加的段落所采用的样式为所选择的样式。
- 在【格式】分组框中选择相应的选项或单击相应的按钮，设置自定义样式中的格式。
- 如果选择【添加到快速样式列表】复选项，则将该自定义样式添加到快速样式列表中。
- 如果选择【自动更新】复选项，则在文档中无论何时手动设置具有该样式的段落的格式，Word 2007 都将自动重新定义该样式。
- 单击 格式(O) ▼ 按钮，在弹出的格式列表中选择一个格式，可对自定义样式中的该格式进行相应设置。
- 单击 确定 按钮，完成自定义样式，同时关闭对话框。

执行自定义样式操作后，将在【样式】分组框中显示所定义的样式，如果选择【添加到快速样式列表】复选项，则在【快速样式】列中会看到所定义的样式。

6.4 使用模板

在 Word 2007 中，用户可以使用模板，可以快速地建立特定的文档，还可以对文档进行统一的格式设置。

6.4.1 模板的概念

Word 文档都是基于模板的，模板是一种文档类型，包含了相应的页面布局、样式等。在创建基于某模板的文档时，会创建模板本身的副本。在 Word 2007 中，模板可以是 .dotx 文件，或者是 .dotm 文件（.dotm 文件类型允许在文件中启用宏）。

例如，商务计划是在 Word 中编写的一种常用文档。可以使用具有预定义的页面布局、字体、边距和样式的模板，而不必从头开始创建商务计划的结构。只需打开一个模板，然后填充特定于用户的文档的文本和信息即可。

可以在模板中提供建议的部分或必需的文本以供其他人使用，还可以提供内容控件（如预定义的下拉列表或特殊徽标），在这方面模板与文档极其相似。可以对模板中的某个部分添加保护，也可以对模板应用密码以帮助防止对模板的内容进行更改。

用户可以创建一个基于特定模板的文档，还可以对已经建立的文档加载模板。另外，用户可以自定义一个模板。

6.4.2 应用模板

应用模板有两种方式：使用模板创建文档和加载模板。

一、使用模板创建文档

在启动 Word 2007 时，都会建立一个基于默认模板（Normal.dotm）的文档，该模板中包含了决定文档基本外观的默认样式和自定义设置。如果没有特殊要求，对于一般的应用，Normal.dotm 模板就足够了。

还可以使用 Word 2007 自带的其他模板建立文档（参见"2.5.2 新建文档"小节），此外，可以在 Microsoft Office Online 上找到大多数种类的文档的 Word 模板，如小册子、会议议程、贺卡、合同、费用报表、传真、新闻稿、备忘录等。通过模板来创建特定的文档，不仅省时、省力，而且效果美观。图 6-13 是基于"设计名片（横式）三"模板建立的文档，图 6-14 是基于"产品宣介 3"模板建立的文档。

图6-13 基于"设计名片（横式）三"模板建立的文档

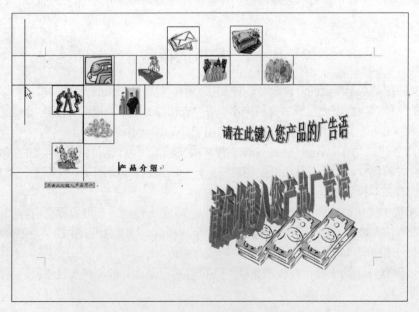

图6-14 基于"产品宣介 3"模板建立的文档

二、加载模板

对于已经建立好的文档，还可以更改模板。这样，会对文档进行统一的格式设置。例如，作者将书稿提交给出版社后，出版社在编辑书稿时，可把书稿的模板更改为专用的出版模板，这样，可快速对书稿进行排版。

加载模板的操作步骤如下。

1. 单击 按钮，在打开的菜单中选择【Word 选项】选项，弹出【Word 选项】对话框。
2. 在【Word 选项】对话框中，单击 加载项 按钮，【Word 选项】对话框如图 6-15 所示。
3. 在【管理】下拉列表中，选择【Word 加载项】选项，然后单击 转到(G)... 按钮，弹出【模板和加载项】对话框，进入【模板】选项卡，如图 6-16 所示。
4. 在【模板】选项卡中，单击 选用(A)... 按钮，从弹出的对话框中选择所需要的模板。
5. 在【模板】选项卡中，单击 确定 按钮，当前模板加载指定的模板。

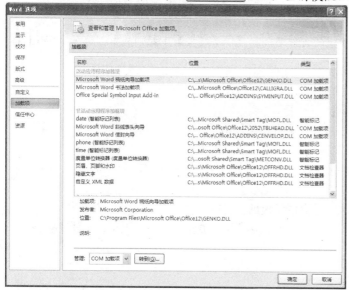

图6-15　【Word 选项】对话框

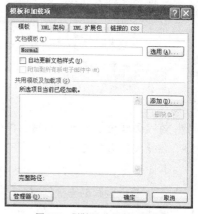

图6-16　【模板和加载项】对话框

6.4.3　自定义模板

自定义模板有 3 种方式：从空白模板开始创建模板，基于现有的文档创建模板和基于现有的模板创建模板。

一、从空白模板开始创建模板

从空白模板开始创建模板的步骤如下。

1. 单击 按钮，在打开的菜单中选择【新建】命令，弹出如图 6-17 所示的【新建文档】对话框。
2. 在【新建文档】对话框中，选择"空白文档"，然后单击 创建 按钮。
3. 根据需要，对边距设置、页面大小和方向、样式以及其他格式进行更改。
4. 还可以根据希望出现在基于该模板创建的所有新文档中的内容，添加相应的说明文字、内容控件（如日期选取器）和图形。

5. 单击 按钮，在打开的菜单中选择【另存为】命令，弹出如图 6-18 所示的【另存为】对话框。

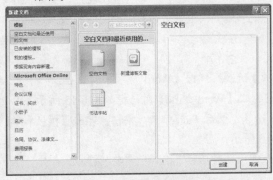

图6-17　【新建文档】对话框

图6-18　【另存为】对话框

6. 在【另存为】对话框的列表框中选择【受信任模板】选项。

7. 在【文件名】文本框中，指定新模板的文件名，在【保存类型】下拉列表中，选择"Word 模板"，单击 保存(S) 按钮。

二、基于现有的文档创建模板

基于现有的文档创建模板的步骤如下。

1. 单击 按钮，在打开的菜单中选择【打开】命令，弹出【打开】对话框。

2. 在【打开】对话框中，打开所需的文档。

3. 单击 按钮，在打开的菜单中选择【另存为】命令，弹出如图 6-18 所示的【另存为】对话框。

4. 在【另存为】对话框的列表框中选择【受信任模板】选项。

5. 在【文件名】文本框中，指定新模板的文件名，在【保存类型】下拉列表中，选择【Word 模板】选项，单击 保存(S) 按钮。

三、基于现有的模板创建新模板

1. 单击 按钮，在打开的菜单中选择【新建】命令，弹出如图 6-17 所示的【新建】对话框。

2. 在【模板】列表框中，选择【根据现有内容新建】选项。

3. 在【模板列表】中，选择与要创建的模板相似的模板，然后单击 创建 按钮。

4. 根据需要，对边距设置、页面大小和方向、样式以及其他格式进行更改。

5. 还可以根据希望出现在基于该模板创建的所有新文档中的内容，添加相应的说明文字、内容控件（如日期选取器）和图形。

6. 单击 按钮，在打开的菜单中选择【另存为】命令，弹出如图 6-18 所示的【另存为】对话框。

7. 在【另存为】对话框的列表框中选择【受信任模板】选项。

8. 在【另存为】文本框中，指定新模板的文件名，在【保存类型】下拉列表中选择【Word 模板】选项，单击 保存(S) 按钮。

　　自定义的模板，作用与 Word 2007 自带的模板相同。在图 6-17 所示的【新建文档】对话框中，在【模板】列表框中选择【我的模板】选项，弹出如图 6-19 所示的【新建】对话框，在对话框中可看到自定义的模板（新定义的模板为"教材模板.docx"）。

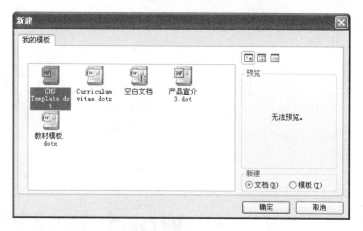

图6-19 【新建】对话框

6.5 习题

1. 建立一个文档，自定义一个文档主题，并在文档中使用该文档主题。
2. 建立一个文档，自定义一个样式，并在文档中使用该样式。
3. 建立一个包含本单位名称以及联系电话的模板，并以该模板建立一个文档。

第**7**讲

Word 2007 表格处理

文档中常用到表格，用表格显示数据既简明又直观。Word 2007 提供了强大的表格处理功能，包括建立表格、编辑表格和设置表格等。本讲课时为 2 小时。

ⓘ 学习目标

◆ 熟练掌握建立表格的方法。

◆ 熟练掌握编辑表格的方法。

◆ 熟练掌握设置表格的方法。

7.1 建立表格

表格是行与列的集合，行和列交叉形成的单元叫做单元格。可以插入一个规则的表格，也可以绘制一个不规则的表格，还可以把文本数据转换为表格。表格建立后，可以在单元格中输入文字，也可以修改表格中的文字。

7.1.1 建立表格

在【插入】选项卡的【表格】组（见图 7-1）中，单击【表格】按钮，打开如图 7-2 所示的【插入表格】列表，通过该列表可插入表格。

图7-1 【表格】组

图7-2 【插入表格】列表

一、用可视化方式建立表格

在【插入表格】列表的表格区域拖动鼠标指针，文档中会出现相应行和列的表格，松开鼠标左键后，即可在光标处插入相应的表格。

用这种方式插入的表格有以下特点。

- 表格的宽度与页面正文的宽度相同。
- 表格各列的宽度相同，表格的高度是最小高度。
- 单元格中的数据在水平方向上两端对齐，在垂直方向上顶端对齐。

二、用对话框建立表格

在【插入表格】列表中选择【插入表格】选项，弹出如图 7-3 所示的【插入表格】对话框，可进行以下操作。

- 在【列数】和【行数】文本框中输入或调整列数和行数。
- 选择【固定列宽】单选项，则表格宽度与正文宽度相同，表格各列宽相同。也可在右边的文本框中输入或调整列宽。
- 选择【根据内容调整表格】单选项，表格将根据内容调整表格的大小。
- 选择【根据窗口调整表格】单选项，插入的表格将根据窗口大小调整表格的大小。

图7-3 【插入表格】对话框

- 选择【为新表格记忆此尺寸】复选项，则下一次打开【插入表格】对话框时，默认行数、列数以及列宽为以上设置的值。
- 单击 确定 按钮，按所做设置在光标处插入表格。

三、绘制表格

在【插入表格】列表中选择【绘制表格】选项，功能区出现新的【设计】选项卡，同时鼠标指针变为 ⌀ 状，在文档中拖动鼠标指针，可在文档中绘制表格线。

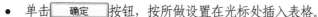

图7-4 【绘图边框】组

单击【设计】选项卡中的【绘图边框】组（见图 7-4）中的【擦除】按钮，鼠标指针变成 ⌀ 状，在要擦除的表格线上拖动鼠标指针，就可擦除一条表格线。

绘制完表格后，双击鼠标或者再次单击【绘图边框】组中的【绘制表格】按钮或【擦除】按钮，鼠标指针恢复正常形状，结束表格绘制。

四、将文字转换成表格

已经按一定格式输入的文本（一个段落转换为表格的一行，各列间用分隔符分隔，分隔符号可以是制表符、英文逗号、空格、段落标记等字符），可以很方便地转换为表格。

将文字转换成表格前，先选定要转换的文本，然后在【插入表格】列表中选择【文本转换成表格】选项，弹出如图 7-5 所示的【将文字转换成表格】对话框，可进行以下操作。

- 在【列数】文本框中，系统根据选定的文本自动产生一个列数，如果必要，可输入或调整这个数值。

图7-5 【将文字转换成表格】对话框

- 在【"自动调整"操作】分组框中选择一种表格调整方式。
- 在【文字分隔位置】分组框中，根据需要选择一种分隔符，如果选择了【其他字符】单选项，应在其右侧的文本框中输入所采用的分隔符。
- 单击 确定 按钮，选定的文本按所做设置转换成相应的表格。

五、建立快速表格

在【插入表格】菜单中选择【快速表格】选项，打开【内置表格】列表，列表中包含了预先建立好的常用表格，表格中已填写了文字，并设置了相应的格式，从中选择一个表格后，在光标处插入该表格。

7.1.2 编辑表格文本

表格建立后，光标自动移动到表格内，这时功能区增加了与表格相关的【设计】选项卡和【布局】选项卡。在文档中移动光标，如果光标移动到表格内，功能区也会增加这两个选项卡。编辑表格文本常用的操作有表格内移动光标、表格内输入文本、表格内删除文本。

一、表格内移动光标

只有将光标移动到某一单元格，才可以在该单元格中输入、修改或删除文本。单击某单元格，光标会自动移动到该单元格中，也可通过快捷键在表格内移动光标，表7-1列出了表格中常用的移动光标快捷键。

表7-1　　　　　　　　　　　　表格中常用的移动光标快捷键

按键	功能	按键	功能
↑	光标向上移动一个单元格	Alt+Home	光标移到当前行的第一个单元格
↓	光标向下移动一个单元格	Alt+End	光标移到当前行的最后一个单元格
←	光标向左移动一个字符	Alt+Page Up	光标移到当前列的第一个单元格
→	光标向右移动一个字符	Alt+Page Down	光标移到当前列的最后一个单元格
Tab	光标移到下一个单元格	Shift+Tab	光标移到上一个单元格

在表格中移动光标有以下特点。

- 光标位于单元格的第1个字符时，按 ← 键光标向左移动一个单元格。
- 光标位于单元格的最后一个字符时，按 → 键光标向右移动一个单元格。
- 光标位于表格的最后一个单元格时，按 Tab 键会增加一个新行。

二、表格内输入文本

将光标移动到指定单元格后，在这个单元格中可以直接输入文本。如果输入的文本有多段，按 Enter 键另起一段。如果输入的文本超过单元格的宽度，系统会自动换行并调整单元格的高度。

三、表格内删除文本

在表格内，按 Backspace 键删除光标左面的一个汉字或字符，按 Delete 键删除光标右面的一个汉字或字符。如果选定了单元格（参见下一小节），按 Delete 键删除所选定单元格中的所有文本，若按 Backspace 键，不仅删除文本，而且连单元格也删除。

需要注意的是，除非必要，在选定单元格后，通常不用 Backspace 键进行删除。

7.2 编辑表格

建立表格以后，如果表格不满足要求，可以对表格进行编辑。常用的表格编辑操作有选定表格、行、列和单元格，插入表格、行、列和单元格，删除表格、行、列和单元格，合并、拆分单元格，合并、拆分表格。

7.2.1 选定表格、行、列和单元格

选定表格、行、列和单元格时，除了使用鼠标指针直接选定外，通常单击【布局】选项卡【表】组（见图7-6）中的  按钮，打开如图7-7 所示的【选择】菜单，然后选择相应的命令。

图7-6　【表】组　　　　　　　　　　　　　　　　图7-7　【选择】菜单

一、选定表格

- 把鼠标指针移动到表格中，表格的左上方会出现一个表格移动手柄⊞，单击该手柄即可选定表格。
- 在【选择】菜单中选择【选择表格】命令。

二、选定表格行

- 将鼠标指针移动到表格左侧，鼠标指针变为 ⇗ 状时单击鼠标左键，选定相应行。
- 将鼠标指针移动到表格左侧，鼠标指针变为 ⇗ 状时按住鼠标左键并拖动鼠标，选定多行。
- 在【选择】菜单中选择【选择行】命令，选定光标所在行。

三、选定表格列

- 将鼠标指针移动到表格顶部，鼠标指针变为 ↓ 状时单击鼠标左键，选定相应列。
- 将鼠标指针移动到表格顶部，鼠标指针变为 ↓ 状时按住鼠标左键并拖动鼠标，选定多列。
- 在【选择】菜单中选择【选择列】命令，选定光标所在列。

四、选定单元格

- 将鼠标指针移到单元格左侧，鼠标指针变为 ➹ 状时单击鼠标左键，选定该单元格。
- 将鼠标指针移动到单元格左侧，鼠标指针变为 ➹ 状时按住鼠标左键并拖动鼠标，选定多个相邻单元格。
- 在【选择】菜单中选择【选择单元格】命令，选定光标所在单元格。

7.2.2 插入行和列

插入行和列时，除了使用键盘直接插入外，通常使用【布局】选项卡【行和列】组（见图7-8）中的工具。

图7-8　【行和列】组

一、插入表格行

- 将光标移动到表格的最后一个单元格，按 Tab 键，在表格的末尾插入一行。
- 将光标移动到表格某行的段落分隔符上，按 Enter 键，在该行下方插入一行。
- 单击【行和列】组中的【在上方插入】按钮，在当前行上方插入一行。
- 单击【行和列】组中的【在下方插入】按钮，在当前行下方插入一行。

如果选定了若干行，则用前两种方法插入的行数与所选定的行数相同。

二、插入表格列

- 单击【行和列】组中的【在右侧插入】按钮，在当前列右侧插入一列。
- 单击【行和列】组知道【在左侧插入】按钮，在当前列左侧插入一列。

如果选定了若干列，则执行以上操作时，插入的列数与选所定的列数相同。

7.2.3 删除表格、行、列和单元格

删除表格、行、列和单元格时，除了使用键盘直接删除外，通常单击【布局】选项卡【行和列】组（见图 7-8）中的【删除】按钮，打开如图 7-9 所示的【删除】菜单，然后选择相应的命令。

图7-9 【删除】菜单

一、删除表格

- 在【删除】菜单中选择【删除表格】命令，删除光标所在的表格。
- 选定表格后，按 Backspace 键。
- 选定表格后，把表格剪切到剪贴板，则删除表格。

二、删除表格行

- 在【删除】菜单中选择【删除行】命令，删除光标所在的行或选定的行。
- 选定一行或多行后，按 Backspace 键，删除这些行。
- 选定一行或多行后，把选定的行剪切到剪贴板，则删除这些行。

三、删除表格列

- 在【删除】菜单中选择【删除列】命令，删除光标所在的行或选定的列。
- 选定一列或多列后，把选定的列剪切到剪贴板，则删除这些列。
- 选定一列或多列后，按 Backspace 键，删除这些列。

四、删除单元格

选定一个或多个单元格后，按 Backspace 键，或在【删除】菜单中选择【删除单元格】命令，弹出如图 7-10 所示的【删除单元格】对话框，各选项的作用如下。

图7-10 【删除单元格】对话框

- 选择【右侧单元格左移】单选项，则删除光标所在单元格或选定的单元格，其右侧的单元格左移。
- 选择【下方单元格上移】单选项，则删除光标所在单元格或选定的单元格，下方单元格上移，表格底部自动补齐。
- 选择【整行删除】单选项，则删除光标所在行或选定的行。
- 选择【整列删除】单选项，则删除光标所在列或选定的列。

需要注意的是，应慎用删除单元格操作，会使表格变得不规则。

7.2.4　合并、拆分单元格

　　合并单元格就是把多个单元格合并成一个单元格。拆分单元格是将一个或多个单元格拆分成多个单元格。合并、拆分单元格通常使用【布局】选项卡【合并】组（见图 7-11）中的工具。

一、合并单元格

　　合并单元格前，应先选定要合并的单元格区域，然后单击【合并】组中的 合并单元格 按钮。

二、拆分单元格

　　拆分单元格前，应先选定要拆分的单元格或单元格区域，然后单击【合并】组中的 拆分单元格 按钮，弹出如图 7-12 所示的【拆分单元格】对话框，可进行以下操作。

图7-11　【合并】组

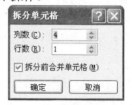

图7-12　【拆分单元格】对话框

- 在【列数】文本框中，输入或调整拆分后的列数。
- 在【行数】文本框中，输入或调整拆分后行数。
- 单击 确定 按钮，按所做设置拆分单元格，拆分后的各单元格宽度相同。

　　图 7-13 是合并和拆分单元格的示例（左边是原表格，右边是经合并和拆分单元格后的表格）。

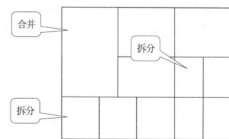

图7-13　合并和拆分单元格示例

7.2.5　拆分、合并表格

　　拆分表格就是把一个表格分成两个表格，合并表格就是把两个或多个表格合并成一个表格。

一、拆分表格

　　将光标移动到要拆分的行中，然后单击【合并】组中的 拆分表格 按钮，就可将表格拆分成两个独立的表格。

二、合并表格

　　没有专门的工具用来将两个或多个表格合并成一个表格，只要将表格之间的空行（段落标识符）删除，它们就会自动合并。

7.2.6　绘制斜线表头

许多表格有斜线表头，只有一条斜线的表头称为简单斜线表头，多于一条斜线的表头称为复杂斜线表头，图 7-14 是带斜线表头的表格。

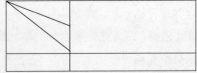

图7-14　带斜线表头的表格

一、绘制简单斜线表头

- 单击【绘图边框】组（见图 7-4）中的【绘制表格】按钮，鼠标指针变为 ✐ 状，在要加斜线处按住鼠标左键拖动鼠标，可绘出斜线表头。
- 将光标移动到相应单元格后，单击【绘图边框】组（见图 7-4）中 □ 边框 按钮右边的 ▾ 按钮，在打开的边框列表中选择 ◰ 按钮，绘出斜线表头。

二、绘制复杂斜线表头

将光标移动到表格中，单击【表】组（见图 7-6）中的【绘制斜线表头】按钮，弹出如图 7-15 所示的【插入斜线表头】对话框，可进行以下操作。

- 在【表头样式】下拉列表中，选择所需要样式，预览框中同时给出相应的效果图。
- 在【字体大小】下拉列表中，选择表头标题的字号。
- 在【行标题一】、【行标题二】、【列标题】等文本框中，输入表头文本。
- 单击 确定 按钮，按所做设置为表格建立斜线表头。

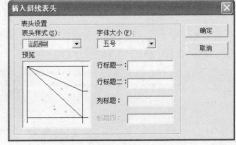

图7-15　【插入斜线表头】对话框

7.3　设置表格

建立和编辑好表格以后，应对表格进行各种格式设置，使其更加美观。常用的格式化操作有设置数据对齐，设置行高、列宽，设置位置、大小，设置对齐、环绕，设置边框、底纹，还可以自动套用预设的格式。

7.3.1　设置数据对齐

表格中数据格式的设置与文档中文字和段落格式设置大致相同，这里不再重复。与段落格式设置不同的是，单元格内的数据不仅有水平对齐，而且有垂直对齐。在【布局】选项卡的【对齐方式】组（见图 7-16）中有若干对齐工具，可同时设置相应的水平对齐方式和垂直对齐方式。图 7-17 是这些对齐方式的示例。

图7-16　【对齐方式】组

靠上两端对齐	靠上居中	靠上右对齐
中部两端对齐	中部居中	中部右对齐
靠下两端对齐	靠下居中	靠下右对齐

图7-17　对齐方式示例

7.3.2　设置行高、列宽

设置行高、列宽时，除了使用鼠标直接插入外，通常使用【布局】选项卡【单元格大小】组（见图 7-18）中的工具。

图7-18　【单元格大小】组

一、设置行高

- 移动鼠标指针到一行的底边框线上，这时鼠标指针变为 ↔ 状，按住鼠标左键拖动鼠标即可调整该行的高度。
- 将光标移动到表格内，拖动垂直标尺上的行标志，也可调整行高。
- 在【单元格大小】组的【行高】文本框 0.56 厘米 中，输入或调整一个数值，则当前行或选定行的高度为该值。
- 选定表格若干行，单击【单元格大小】组的 分布行 按钮，选定的行设置成相同的高度，它们的总高度不变。

二、设置列宽

- 移动鼠标指针到列的边框线上，这时鼠标指针变为 ↔ 状，按住鼠标左键拖动鼠标可增加或减少边框线左侧列的宽度，同时边框线右侧列减少或增加相同的宽度。
- 移动鼠标指针到列的边框线上，这时鼠标指针变为 ↔ 状，双击鼠标，表格线左边的列设置成最合适的宽度。双击表格最左边的表格线，所有列均被设置成最合适的宽度。
- 将光标移动到表格内，拖动水平标尺上的列标志，可调整列标志左边列的宽度，其他列的宽度不变，拖动水平标尺最左列的标志，可移动表格的位置。
- 在【单元格大小】组的【列宽】文本框 0.89 厘米 中，输入或调整一个数值，当前列或选定列的宽度为该值。
- 选定表格若干列，单击【单元格大小】组中的 分布列 按钮，将选定的列设置成相同的宽度，它们的总宽度不变。

7.3.3　设置位置、大小

一、设置表格位置

将光标移动到表格内，表格的左上方会出现表格移动手柄 ⊞，拖动它可移动表格到不同的位置。

二、设置表格大小

将光标移动到表格内，表格的右下方会出现表格缩放手柄 ▫，拖动 ▫ 可改变整个表格的大小，同时保持行和高的比例不变。

7.3.4 设置对齐、环绕

表格文字环绕是指表格被嵌在文字段中时文字环绕表格的方式，默认情况下表格无文字环绕。若表格无文字环绕，表格的对齐相对于页面。若表格有文字环绕，表格的对齐相对于环绕的文字。

将光标移至表格内，单击【布局】选项卡中【表】组（见图 7-6）中的 属性 按钮，弹出如图 7-19 所示的【表格属性】对话框。在【表格属性】对话框的【表格】选项卡中，可进行以下的对齐、环绕设置。

图7-19 【表格属性】对话框

- 单击【左对齐】框，表格左对齐。
- 单击【居中】框，表格居中对齐。
- 单击【右对齐】框，表格右对齐。
- 在【左缩进】文本框中，输入或调整表格左缩进的大小。
- 单击【无】框，表格无文字环绕。
- 单击【环绕】框，表格有文字环绕。
- 单击 确定 按钮，按所做设置对齐和环绕。

表格的对齐也可通过【格式】工具栏来完成。选定表格后，单击【开始】选项卡【段落】组中的 、 、 按钮，也可以实现表格的左对齐、居中、右对齐。以下是表格对齐和环绕的示例。

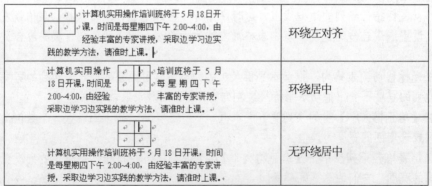

7.3.5 设置边框、底纹

新建一个表格后，默认的情况下，表格边框类型是网格型（所有表格线都有），表格线为粗 1/2 磅的黑色实线，无表格底纹。可根据需要设置表格边框和底纹。设置边框、底纹通常使用【设计】选项卡的【表格样式】组（见图 7-20）中的工具。

一、设置边框

选定表格或单元格，单击【表格样式】组中□□边框按钮右边的▾按钮，在打开的边框线列表中选择一种边框线，设置表格或单元格相应的边框线有或无。单击□□边框按钮，弹出如图 7-21 所示的【边框和底纹】对话框，当前选项卡是【边框】选项卡，可进行以下操作。

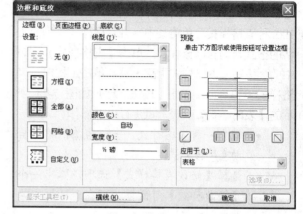

图7-20 【表格样式】组

图7-21 【边框】选项卡

- 在【设置】分组框中，选择一种边框类型。
- 在【线型】列表框中，选择边框的线型。
- 在【颜色】下拉列表中，选择边框的颜色。
- 在【宽度】下拉列表中，选择边框线的宽度。
- 在【预览】分组框中单击某一边线按钮，若表格中无该边线，则设置相应的边线，否则取消相应的边线。
- 在【应用于】下拉列表中，选择边框应用的范围（有【表格】、【单元格】、【段落】、【文字】等选项）。
- 单击 确定 按钮，完成边框设置。

在【设置】组中，各边框方式的含义如下。

- 无：取消所有边框。
- 方框：只给表格最外面加边框，并取消内部单元格的边框。
- 全部：表格内部和外部都加相同的边框。
- 网格：只给表格外部的边框设置线型，表格内部的边框不改变样式。
- 自定义：在【预览】分组框内选择不同的框线进行自定义。

二、设置底纹

选定表格或单元格，单击【表格样式】组中的 ◇ 底纹 ▾ 按钮，打开如图 7-22 所示的【颜色】列表，可进行以下操作。

- 从【颜色】列表中选择一种颜色，表格的底纹设置为相应的颜色。
- 选择【无颜色】选项，取消表格底纹的设置。
- 选择【其他颜色】选项，弹出【颜色】对话框，可自定义一种颜色作为表格的底纹。

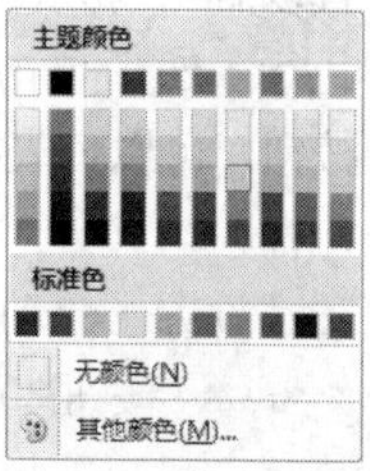

图7-22 【颜色】列表

7.3.6 套用表格样式

Word 2007 预设了许多常用表格样式，可以对表格自动套用某一种样式，以简化表格的设置。在【设计】选项卡的【表格样式】组中，包含了近100 种表格样式。单击其中一种表格样式，当前表格的格式自动套用该样式。单击【表格样式】列表中的 ▲ 按钮，表格样式上翻一页，单击 ▼ 按钮，表格样式下翻一页，单击 ▼ 按钮，打开如图 7-23 所示的【表格样式】列表，可进行以下操作。

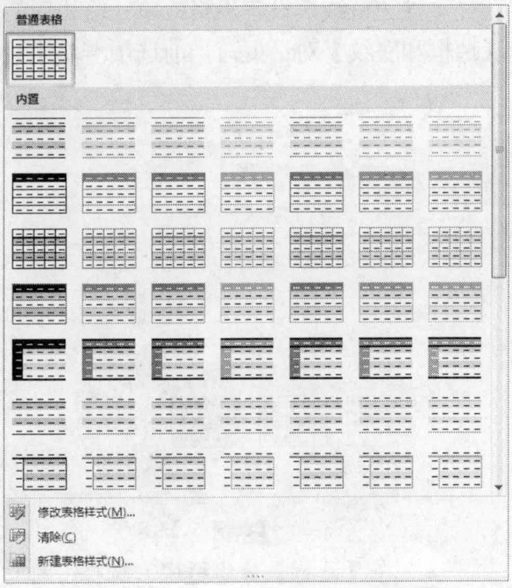

- 单击一种表格样式，当前表格的格式自动套用该样式。
- 选择【修改表格样式】选项，弹出一个【修改样式】对话框，可在对话框中修改当前所使用的样式。
- 选择【清除】选项，清除表格所套用的样式，还原到默认的表格样式。
- 选择【新建表格样式】选项，弹出【根据格式设置新样式】对话框，可建立一种新的表格样式，以便以后使用。

图7-23　【表格样式】列表

图 7-24 是套用样式后的表格示例。

学号	语文	数学	英语	物理	化学	生物	历史	地理	体育
990001	90	85.5	99.3	67	100	85.5	100	90	89
990002	100	90	89	90	85.5	99.3	88	70	79.5
990003	67	100	85.5	100	90	89	67	100	85.5
990004	100	100	89	89	70	85.5	83	72	77.5
990005	97	86	79	67	100	85.5	100	90	89
990006	56	67	68	69	70	71	72	73	74

图7-24　套用样式后的表格

7.3.7 自动重复标题行

如果一个有标题行的表格跨两页或多页，默认情况下，下一页的表格没有标题行。也可以设置以后几页的表格也有标题行。将光标移动到表格第 1 行，或选定开始的几行，然后单击【布局】选项卡【数据】组（见图 7-25）中的 [重复标题行] 按钮，可以使表格自动重复标题行，标题行为表格的第 1 行或选定开始的几行。

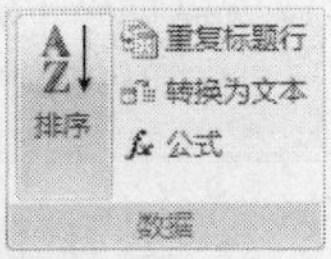

图7-25　【数据】组

设置了自动重复标题行后，把光标移动到表格的非标题行上，再单击 [重复标题行] 按钮即可取消自动重复标题行的设置。

7.4 习题

1. 设计以下表格。

学生入学登记表

姓名		性别		出生日期		照片
曾用名		民族		家庭出身		
毕业学校				政治面貌		
籍贯				健康状况		
家庭住址						
考试成绩	数学	语文	英语	政治	物理	化学	体育	总分

2. 设计以下表格。

飞狐公司 2001 年度费用报表

填表日期： _____年___月___日

项目 部门/季度		交通费		通信费			招待费	其他	合计
		公交	出租	电话	手机	互联网			
业务部	一季度								
	二季度								
	三季度								
	四季度								
	小 计								
技术部	一季度								
	二季度								
	三季度								
	四季度								
	小 计								
工程部	一季度								
	二季度								
	三季度								
	四季度								
	小 计								
总 计									

Word 2007 对象的使用（一）

Word 2007 不仅提供了文字和表格的处理功能，还提供了许多对象的处理功能，本讲中介绍的对象包括形状、图片、剪贴画等。本讲课时为 2 小时。

ⓘ 学习目标

◆ 熟练掌握文档中使用形状的方法。

◆ 熟练掌握文档中使用图片的方法。

◆ 熟练掌握文档中使用剪贴画的方法。

8.1 使用形状

形状在 Word 2007 的以前版本中称为自选图形，是指一组现成的图形，包括如矩形和圆这样的基本形状，以及各种线条和连接符、箭头总汇、流程图符号、星与旗帜和标注等。Word 2007 形状操作包括绘制形状、编辑形状和设置形状。

8.1.1 绘制形状

在【插入】选项卡的【插图】组（见图 8-1）中，单击【形状】按钮，打开如图 8-2 所示的【形状】列表。在【形状】列表中，单击一个形状图标，鼠标指针变成＋状，按住鼠标左键拖动鼠标可绘制相应的形状。

图8-1　【插图】组

图8-2　【形状】列表

拖动鼠标又有以下 4 种方式。

- 直接拖动，按默认的步长移动鼠标指针。
- 按住 Alt 键拖动鼠标，以小步长移动鼠标指针。
- 按住 Ctrl 键拖动鼠标，以起始点为中心绘制形状。
- 按住 Shift 键拖动鼠标，如果绘制矩形类或椭圆类形状，绘制结果是正方形类或圆类形状。

绘制的形状，默认的环绕方式是"浮于文字上方"，有关环绕方式参见本讲的"8.1.3 设置形状"小节。绘制后的形状立即被选定，形状周围出现浅蓝色的小圆圈和小方块各 4 个，称为尺寸控点；顶部出现一个绿色小圆圈，称为旋转控点；有些形状，在其内部还会出现一个黄色的菱形框，称为形态控点，如图 8-3 所示。这些控点有其特殊的功能，将在后面逐步介绍。

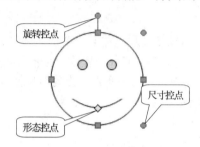

图8-3　选定的形状

形状被选定后，功能区中自动增加一个【格式】选项卡（见图 8-4），通过【格式】选项卡中的工具，可设置被选定的形状。

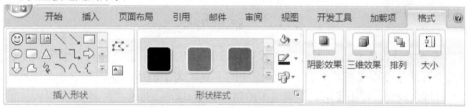

图8-4　【格式】选项卡

8.1.2　编辑形状

绘制完形状后，可对形状进行编辑，常用的编辑操作包括选定形状、移动形状、复制形状、删除形状。

一、选定形状

形状选定后才能进行其他操作，选定形状有以下方法。

- 移动鼠标指针到某个形状上，单击鼠标即可选定该形状。
- 在【开始】选项卡的【编辑】组中，单击 选择 按钮，在打开的列表中选择【选择对象】选项，再在文档中按住鼠标左键拖动鼠标，屏幕上会出现一个虚线矩形框，框内的所有形状被选定。
- 按住 Shift 键逐个单击形状，所单击的形状被选定，已选定形状的取消选定。

在形状以外单击鼠标左键，可取消形状的选定。

二、移动形状

移动形状有以下方法。

- 选定形状后，按 ↑、↓、←、→ 键可上、下、左、右移动形状。
- 移动鼠标指针到某个形状上，鼠标指针变成 状，按住鼠标左键拖动鼠标可以移动该形状。

在后一种方法中，拖动鼠标又有以下方式。

- 按住鼠标左键直接拖动鼠标，按默认的步长移动形状。
- 按住 Alt 键和鼠标左键拖动鼠标，以小步长移动形状。
- 按住 Shift 键和鼠标左键拖动鼠标，只在水平或垂直方向上移动形状。

三、复制形状

复制形状有以下常用方法。

- 移动鼠标指针到某个形状或选定形状的某一个上，按住 Ctrl 键和鼠标左键拖动鼠标，这时鼠标指针变成 状，到达目标位置后，松开鼠标左键和 Ctrl 键。
- 先把选定的形状复制到剪贴板，再将剪贴板上的形状粘贴到文档中，如果复制的位置不是目标位置，可以再把它们移动到目标位置。

四、删除形状

选定一个或多个形状后，可用以下方法删除。

- 按 Delete 键或按 Backspace 键。
- 把选定的形状剪切到剪贴板。

8.1.3　设置形状

形状的设置包括设置样式、设置阴影效果、设置三维效果、设置排列、设置大小、设置形态。形状的设置通常使用【格式】选项卡的组中的工具，为了叙述方便，在本小节中所涉及的工具，如果没有特别说明，皆指【格式】选项卡的组中的工具。.

一、设置样式

Word 2007 预设了许多常用形状样式，可以对形状自动套用某一种样式，以简化形状的设置。【形状样式】组（见图 8-5）的【形状样式】列表中，包含了 70 种形状样式，这些样式统一设置了形状的轮廓颜色以及填充色。另外，还可以单独设置形状轮廓颜色以及填充色。选定形状后，可用以下方法设置样式。

图8-5　【形状样式】组

- 单击【形状样式】组的【形状样式】列表中的一种形状样式，所选定形状的格式自动套用该样式。单击【形状样式】列表中的▲按钮，形状样式上翻一页。单击【形状样式】列表中的▼按钮，形状样式下翻一页。单击【形状样式】列表中的▼按钮，打开一个【形状样式】列表，可从中选择一个形状样式。
- 单击【形状样式】组中的 按钮，形状的填充色设置为最近使用过的颜色，单击 按钮右边的▼按钮，打开一个颜色列表，单击其中一种颜色，形状的填充色设置为该颜色。
- 单击【形状样式】组中的 按钮，形状轮廓颜色设置为最近使用过的颜色，单击

按钮右边的 按钮，打开一个颜色和线形列表，单击其中的一种颜色，或选择相应线形，设置相应的形状轮廓。

图 8-6 是形状设置样式的示例。

原始形状　　　　应用"对角渐变"样式　　　　填充黄色　　　　设置黄色轮廓线　　　　设置虚线轮廓线

图8-6　形状设置样式的示例

二、设置阴影效果

图8-7　【阴影效果】组

通过【阴影效果】组（见图 8-7）中的工具，可设置形状的阴影效果。选定形状后，可用以下方法设置阴影效果。

- 单击【阴影效果】组中的【阴影效果】按钮，打开一个【阴影效果】列表，单击其中的一种阴影效果类型，形状的阴影效果设置为该类型。
- 设置阴影效果后，单击【阴影效果】组中的 按钮，上移阴影。
- 设置阴影效果后，单击【阴影效果】组中的 按钮，下移阴影。
- 设置阴影效果后，单击【阴影效果】组中的 按钮，左移阴影。
- 设置阴影效果后，单击【阴影效果】组中的 按钮，右移阴影。
- 设置阴影效果后，单击【阴影效果】组中的 按钮，取消阴影。

图 8-8 是形状设置阴影效果的示例。

原始形状　　　　设置投影阴影　　　　设置透视阴影　　　　设置其他阴影

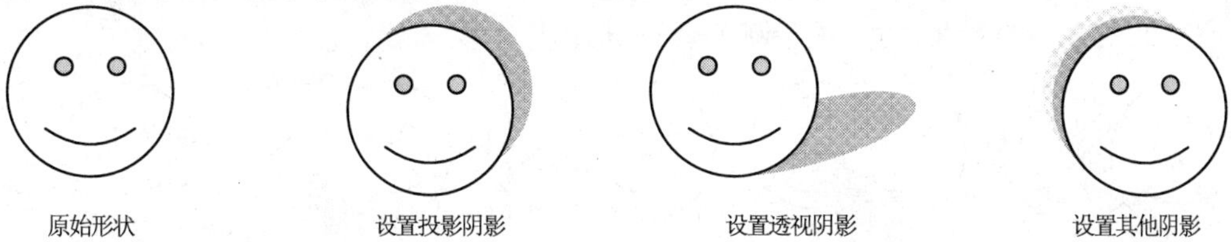

图8-8　形状设置阴影效果的示例

三、设置三维效果

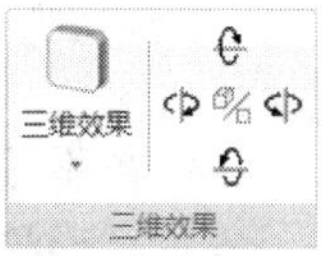

图8-9　【三维效果】组

通过【三维效果】组（见图 8-9）中的工具，可设置形状的三维效果。并非所有形状都可设置三维效果，选定形状后，如果【三维效果】组中的【三维效果】按钮处于可用状态，即可设置三维效果，否则不能设置。选定形状后，可用以下方法设置三维效果。

- 单击【三维效果】组中的【三维效果】按钮，打开一个【三维效果】列表，单击其中的一种三维效果类型，形状的三维效果设置为该类型。
- 设置三维效果后，单击【三维效果】组中的 按钮，向上倾斜形状。
- 设置三维效果后，单击【三维效果】组中的 按钮，向下倾斜形状。
- 设置三维效果后，单击【三维效果】组中的 按钮，向左倾斜形状。
- 设置三维效果后，单击【三维效果】组中的 按钮，向右倾斜形状。
- 设置三维效果后，单击【三维效果】组中的 按钮，取消三维效果。

图 8-10 是形状设置三维效果的示例。

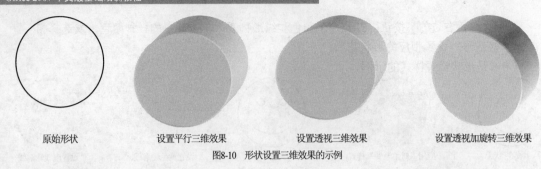

原始形状　　　设置平行三维效果　　　设置透视三维效果　　　设置透视加旋转三维效果

图8-10　形状设置三维效果的示例

四、设置排列

通过【排列】组（见图 8-11）中的工具，可设置形状的排列。选定形状后，可用以下方法设置排列。

图8 11　【排列】组

- 单击【排列】组中的【位置】按钮，在打开的列表中选择一种位置，选定的形状被设置到相应的位置上，同时也设置了相应的文字环绕方式。
- 单击【排列】组中 置于顶层 按钮右边的 按钮，在打开的列表中选择一种叠放次序，或者单击【排列】组中 置于底层 按钮右边的 按钮，在打开的列表中选择一种叠放次序，选定的形状被设置成相应的叠放次序。

图 8-12 是形状设置叠放次序的示例（操作的形状是菱形）。

原始形状　　　置于顶层　　　置于底层　　　上移一层　　　下移一层

图8-12　形状设置叠放次序的示例

- 单击【排列】组中的 按钮，在打开的列表中选择一种对齐或分布选项后，所选定形状的边缘按相应方式对齐，或选定形状按相应方式均匀分布。
- 选定多个形状后，单击【排列】组中的 按钮，在打开的列表中选择【组合】选项，这些形状就被组合成一个形状。那些可改变形态的单个形状组合后，不能再改变形态。选定组合后的形状，单击【排列】组中的 按钮，在打开的列表中选择【取消组合】选项，被组合在一起的形状就分离成单个形状。
- 单击【排列】组中的 文字环绕 按钮，在打开的列表中选择一种文字环绕选项后，所选定的形状按相应方式文字环绕。

图 8-13 是形状设置文字环绕的示例。

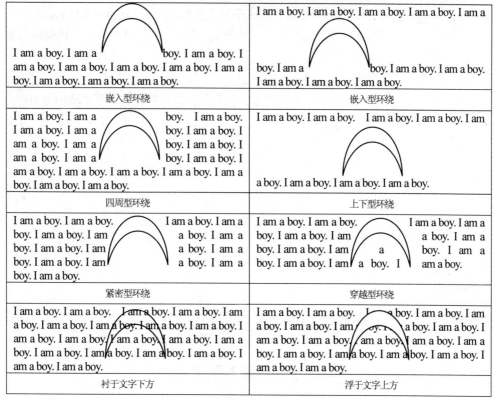

图8-13 形状设置文字环绕的示例

- 单击【排列】组中的 按钮，在打开的列表中选择一种旋转（向左旋转指逆时针旋转）或翻转选项后，所选定的形状按相应方式旋转或翻转。选定形状后，单击形状的旋转控点，鼠标指针变成 状，在不松开鼠标左键的情况下移动鼠标，形状随之旋转，松开鼠标左键后，完成自由旋转。

图 8-14 是形状设置旋转或翻转的示例。

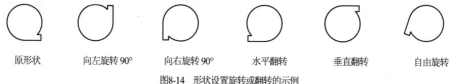

| 原形状 | 向左旋转90° | 向右旋转90° | 水平翻转 | 垂直翻转 | 自由旋转 |

图8-14 形状设置旋转或翻转的示例

五、设置大小

通过【大小】组中的工具，可设置形状的大小。选定形状后，可用以下方法设置大小。

- 在【大小】组的【高度】文本框 1.7 厘米 中，输入或调整一个高度值，选定的形状设置为该高度。
- 在【大小】组的【宽度】文本框 2.91 厘米 中，输入或调整一个宽度值，选定的形状设置为该宽度。

另外，通过尺寸控点也可设置形状的大小，把鼠标指针移动到形状的尺寸控点上，鼠标指针变为↔、↕、↗、↘状，按住鼠标左键拖动鼠标可改变形状的大小。拖动鼠标的方式如下。

- 按住鼠标左键直接拖动鼠标，以默认步长按相应方向缩放形状。
- 按住 Alt 键和鼠标左键拖动鼠标，以小步长按相应方向缩放形状。

- 按住 Shift 键和鼠标左键拖动鼠标，在水平和垂直方向按相同比例缩放形状。
- 按住 Ctrl 键和鼠标左键拖动鼠标，以形状中心点为中心，在 4 个方向上按相同比例缩放形状。

六、设置形态

选定可改变形态的形状后，形状中会出现形态控点，把鼠标指针移动到形状的形态控点上，鼠标指针变为 ▷ 状，按住鼠标左键拖动鼠标，可改变自选形状的形态。图 8-16 所示是一个形状改变形态前后的示例。

图8-15　【大小】组

图8-16　自选形状改变形态

8.2　使用图片

在 Word 2007 中，可以将各种图片插入到文档中。Word 2007 提供的图片操作有插入图片、编辑图片和设置图片。

8.2.1　插入图片

在【插入】选项卡的【插图】组（见图 8-1）中，单击【图片】按钮，打开如图 8-17 所示的【插入图片】对话框。

图8-17　【插入图片】对话框

在【插入图片】对话框中，可进行以下操作。

- 在【查找范围】下拉列表中选择图片文件所在的文件夹，也可在窗口左侧的预设位置列表中，选择要保存到的文件夹。文件列表框（窗口右边的区域）中列出该文件夹中图片和子文件夹的图标。
- 在文件列表框中，双击一个文件夹图标，打开该文件夹。

- 在文件列表框中，单击一个图片文件图标，选择该图片。
- 在文件列表框中，双击一个图片文件图标，插入该图片。
- 单击 [插入(S)] 按钮，插入所选择的图片。

完成以上操作后，图片被插入到光标处，图片默认的环绕方式是"嵌入型"。图片插入后立即被选定，图片周围出现浅蓝色的小圆圈和小方块各 4 个，称为尺寸控点，顶部出现一个绿色小圆圈，称为旋转控点，如图 8-18 所示。

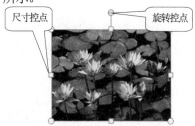

图8-18　图片的尺寸控点和旋转控点

选定图片后，功能区中自动增加一个【格式】选项卡（见图 8-19），通过【格式】选项卡中的工具，可设置被选定的图片。

图8-19　【格式】选项卡

8.2.2　编辑图片

插入图片后，可对图片进行编辑，常用的编辑操作包括选定图片、移动图片、复制图片、删除图片。

一、选定图片

图片的许多操作需要先选定图片，移动鼠标指针到图片上，单击鼠标左键即可选定该图片。在图片以外单击鼠标左键，可取消图片的选定。

二、移动图片

移动图片有以下常用方法。

- 移动鼠标指针到某个图片上，鼠标指针变成 状，这时按住鼠标左键拖动鼠标，到达目标位置后，松开鼠标左键。
- 先把选定的图片剪切到剪贴板，再将剪贴板上的图片粘贴到文档中的目标位置。

三、复制图片

复制图片有以下常用方法。

- 移动鼠标指针到某个图片上，按住 Ctrl 键和鼠标左键拖动鼠标，这时鼠标指针变成 状，到达目标位置后，松开鼠标左键和 Ctrl 键。
- 先把选定的图片复制到剪贴板，再将剪贴板上的图片粘贴到文档中的目标位置。

四、删除图片

选定图片后，可用以下方法删除。

- 按 Delete 键或按 Backspace 键。
- 把选定的图片剪切到剪贴板。

8.2.3　设置图片

图片的设置包括调整图片、设置图片样式、设置排列、设置大小。图片的设置通常使用【格式】选项卡的组中的工具，为了叙述方便，本小节中所涉及的工具，如果没有特别说明，皆指【格式】选项卡的组中的工具。

一、调整图片

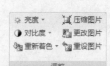

图8-20　【调整】组

通过【调整】组（见图 8-20）中的工具，可调整图片，常用的调整操作如下。

- 单击 ☀ 亮度 ▾ 按钮，打开【亮度】列表，从中选择一个亮度值，所选定图片的亮度设置为该值。
- 单击 ◑ 对比度 ▾ 按钮，打开【对比度】列表，从中选择一个对比度值，所选定图片的对比度设置为该值。
- 单击 ⬟ 重新着色 ▾ 按钮，打开【重新着色】列表，从中选择一个着色类型，选定的图片用该类型重新着色。
- 单击 ⬛ 压缩图片 按钮，打开【压缩图片】对话框，用以确定是压缩当前图片还是文档中的所有图片。压缩后的图片，除去图片被剪裁掉的部分。有关图片的剪裁，参见本小节的"四、设置大小"部分。
- 单击 ⬛ 更改图片 按钮，用新的图片文件来替换选定的图片，操作方法与插入图片大致相同，不再重复。
- 单击 ⬛ 重设图片 按钮，放弃对图片所做的所有更改，还原成刚插入时的图片。

图 8-21 是图片调整的示例。

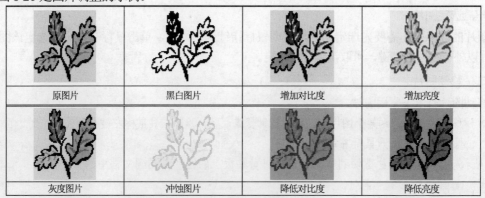

图8-21　图片调整的示例

二、设置图片样式

Word 2007 预设了许多常用的图片样式，可以对图片自动套用某一种样式，以简化图片的设置。【图片样式】组（见图 8-22）的【图片样式】列表中，包含近 30 种图片样式，这些样式统一设置了图片的形状、边框和效果。另外，还可以单独设置图片的形状、边框和效果。

选定图片后，可用以下方法设置样式。

图8-22 【图片样式】组

- 单击【图片样式】组的【图片样式】列表中的一种图片样式，所选定图片的格式自动套用该样式。
- 单击【图片样式】组中的 图片形状 按钮，打开【图片形状】列表，选择其中的一种形状，图片由原来的矩形改变为所选择的形状。
- 单击【图片样式】组中的 图片边框 按钮，打开【图片边框】列表，从中可选择边框颜色、边框线粗细、边框线型，为图片加上相应的边框。
- 单击【图片样式】组中的 图片效果 按钮，打开【图片效果】列表，选择其中的一种效果，图片设置成相应的效果。

图 8-23 是图 8-18 设置样式后的示例。

样式效果（1）   样式效果（2）

图8-23 图片设置样式后的示例

三、设置排列

通过【排列】组（见图 8-24）中的工具，可设置图片的排列。图片的排列设置操作与形状的排列设置操作类似，不再重复。

需要注意的是，图片的默认文字环绕方式是"嵌入型"，这时不能设置图片的叠放次序，不能组合图片，也不能进行对齐和分布设置。如果图片的文字环绕方式设置为非"嵌入型"，以上设置都可以进行。

四、设置大小

通过【大小】组（见图 8-25）中的工具，可设置图片的大小。图片的大小设置操作与形状的大小设置操作类似，不再重复。

图8-24 【排列】组   图8-25 【大小】组

五、剪裁图片

单击【大小】组中的【剪裁】按钮，鼠标指针变成 状，把鼠标指针移动到图片的一个尺寸控点上按住鼠标左键拖动鼠标，虚框内的图片是剪裁后的图片，对一幅图片可多次剪裁。图 8-26 是图片剪裁的示例。

原图片

剪裁后的图片

图8-26　图片剪裁的示例

需要注意的是，图片剪裁后，单击【调整】组中的 重设图片 按钮，可恢复到图片刚插入时的状态。

8.3　使用剪贴画

Word 2007 提供了一个剪辑库，其中包含数百个各种各样的剪贴画。内容包括建筑、卡通、通信、地图、音乐、人物等。可以使用剪辑库提供的查找工具进行浏览，找到合适的图形后，可将其插入到文档中。

在【插入】选项卡的【插图】组中，单击【剪贴画】按钮，打开如图 8-27 所示的【剪贴画】任务窗格。

在【剪贴画】任务窗格中，可进行以下操作。

- 在【搜索文字】文本框内输入所需要剪贴画的名称或类别。
- 在【搜索范围】下拉列表中，选择所要搜索的文件夹。
- 在【结果类型】下拉列表中，选择所要搜索剪贴画的类型。
- 单击 搜索 按钮，在任务窗格中列出所搜索到的剪贴画的图标（见图 8-28）。
- 单击搜索到的剪贴画的图标，该剪贴画插入到文档中。

图8-27　【剪贴画】任务窗格

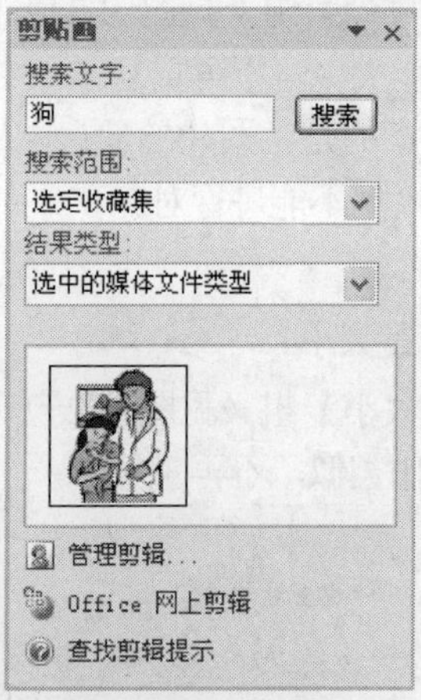

图8-28　搜索到的剪贴画

如同图片一样，剪贴画也被插入到光标处，默认的文字环绕方式是"嵌入型"。剪贴画的编辑和设置与图片几乎完全相同，这里不再重复。

8.4　习题

1. 在文档中画出以下流程图。

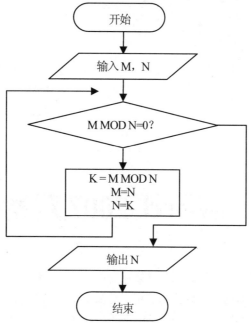

2. 建立以下文档。

   有规才圆，有矩才直，钱如此，人亦如此。

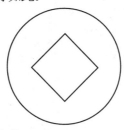

   乐观与悲观不在于你的眼，而在于你的心。

3. 在文档中插入以下剪贴画。

第**9**讲

Word 2007 对象的使用（二）

在使用 Word 2007 建立文档时，常常要在文档的一个单独的区域输入文本，这需要使用文本框；常常要在文档中设置具有艺术感染力的字，这需要使用艺术字；常常要编排数学公式，这需要使用公式。本讲课时为 2 小时。

① 学习目标

◆ 熟练掌握文档中使用文本框的方法。

◆ 熟练掌握文档中使用艺术字的方法。

◆ 掌握文档中使用公示的方法。

9.1 使用文本框

文本框是文档中用来标记一块文档的方框。插入文本框的目的是为了在文档中形成一块独立的文本区域。Word 2007 文本框操作包括插入文本框、编辑文本框和设置文本框。

9.1.1 插入文本框

在【插入】选项卡的【文本】组（见图 9-1）中，单击【文本框】按钮，打开如图 9-2 所示的【文本框】列表，可进行以下操作。

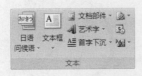

图9-1 【文本】组　　　　　　　　　　图9-2 【文本框】列表

- 单击一种文本框样式图标，在文档的相应位置插入相应大小的空白文本框，并且设置了相应的文字环绕方式。
- 选择【绘制文本框】选项，鼠标指针变为＋状，按住鼠标左键拖动鼠标，绘制相应大小的横排空白文本框，文本框内填写文字后，文字横排。
- 选择【绘制竖排文本框】选项，鼠标指针变为＋状，按住鼠标左键拖动鼠标，绘制相应大小的竖排空白文本框，文本框内填写文字后，文字竖排。

用后两种方法插入文本框时，有以下几种方法。

- 按住鼠标左键直接拖动鼠标，插入相应的文本框。
- 按住 Alt 键和鼠标左键拖动鼠标，以小步长移动鼠标。
- 按住 Ctrl 键和鼠标左键拖动鼠标，以起始点为中心插入文本框。
- 按住 Shift 键和鼠标左键拖动鼠标，插入正方形文本框。

用第一种方法插入的文本框，文本框自动设置相应的环绕方式，用后两种方法绘制的文本框，默认的文字环绕方式是"浮于文字上方"。图9-3所示为一个横排文本框和一个竖排文本框。

图9-3　横排文本框和竖排文本框

插入或绘制文本框后，文本框处于编辑状态，这时文本框被浅蓝色虚线边框包围，虚线边框上有浅蓝色的小圆圈和小方块各4个，称为尺寸控点，如图9-4所示。文本框处于编辑状态时，内部有一个光标，可以在文本框中输入文字，还可以设置文字格式。

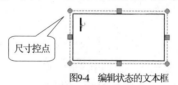

图9-4　编辑状态的文本框

文本框被选定或处于编辑状态时，功能区中自动增加一个【格式】选项卡（见图 9-5），通过【格式】选项卡中的工具，可设置被选定或正在编辑的文本框。

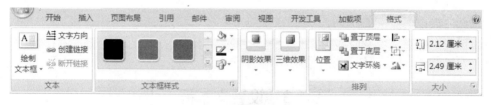

图9-5　【格式】选项卡

9.1.2　编辑文本框

插入文本框后，可对文本框进行编辑，常用的编辑操作包括选定文本框、移动文本框、复制文本框、删除文本框等。

一、选定文本框

文本框选定后才能进行其他操作，选定文本框有以下方法。

- 移动鼠标指针到文本框的边框上，单击鼠标即可选定该文本框。
- 在【开始】选项卡的【编辑】组中，单击 选择 按钮，在打开的列表中选择【选择对象】选项，再在文档中按住鼠标左键拖动鼠标，屏幕上会出现一个虚线矩形框，框内的所有文本框被选定。
- 按住 Shift 键逐个单击文本框的边框，所单击的文本框被选定，已选定文本框的取消选定。

文本框选定后，文本框边线上有浅蓝色的小圆圈和小方块各 4 个，称为尺寸控点，如图 9-6 所示。在文本框以外单击鼠标左键，可取消文本框的选定。

图9-6　选定状态的文本框

二、移动文本框

移动文本框有以下方法。

- 选定文本框后，按 ↑ 、 ↓ 、 ← 、 → 键可上、下、左、右移动文本框。
- 移动鼠标指针到文本框的边框上，鼠标指针变成 状，按住鼠标左键拖动鼠标可以移动该文本框。

在后一种方法中，拖动鼠标又有以下方式。

- 按住鼠标左键直接拖动鼠标，按默认的步长移动文本框。
- 按住 Alt 键和鼠标左键拖动鼠标，以小步长移动文本框。
- 按住 Shift 键和鼠标左键拖动鼠标，只在水平或垂直方向上移动文本框。

三、复制文本框

复制文本框有以下常用方法。

- 移动鼠标指针到文本框的边框上，按住 Ctrl 键和鼠标左键拖动鼠标，这时鼠标指针变成 状，到达目标位置后，松开鼠标左键和 Ctrl 键。
- 先把选定的文本框复制到剪贴板，再将剪贴板上的文本框粘贴到文档中，如果复制的位置不是目标位置，可以再把它们移动到目标位置。

四、删除文本框

选定一个或多个文本框后，可用以下方法删除。

- 按 Delete 键或按 Backspace 键。
- 把选定的文本框剪切到剪贴板。

9.1.3　设置文本框

文本框的设置包括设置样式、设置阴影效果、设置三维效果、设置排列、设置大小、设置链接，除了设置大小和设置链接与形状不同外，其他大致相同，这里不再重复。

一、设置大小

设置文本框大小的方法与设置形状大小的方法大致相同，这里不再重复。文本框大小改变后，其中的文本自动根据文本框的新宽度自动换行。文本超出文本框的范围时，如果文本框有链接，超出的内容会转移到下一文本框中，否则超出的文本将被隐藏。

二、设置链接

如果多个文本框建立了链接，那么当一个文本框中的内容满了以后，其余的内容自动移到下一个文本框中。

文本框处于选定或编辑状态时，单击【文本】组（见图 9-7）中的 创建链接 按钮，鼠标指针变成 状，单击一个空文本框，将其作为当前文本框的后继链接，这时鼠标指针恢复原状。有后继链接的文本框处于选定或编辑状态时，单击 【文本】组中的 断开链接 按钮，可断开与后继文本框的链接。

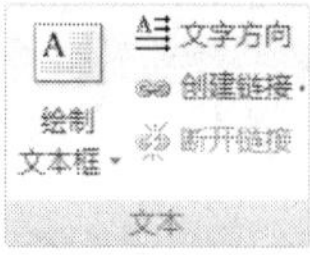

图9-7 【文本】组

链接和断开文本框的以下情况应引起特别注意。

- 输入文本时，如果一个文本框已满，自动进入后继链接文本框内输入，不能直接将光标移动到后继链接的空文本框内。
- 当前或选定的文本框只能链接一个空文本框，并且不能链接到自己。
- 如果一个被链接的空文本框已经在文本框链中，该文本框断开与原来文本框的链接。
- 删除文本框链中的一个文本框时，文本框链并不断裂，会自动衔接。

图 9-8 所示为文本框设置示例。

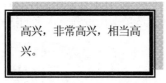
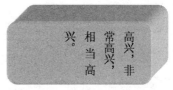

图9-8 文本框设置示例

9.2 使用艺术字

通常，Word 2007 中的字体没有艺术效果，而实际应用中经常要用到艺术效果较强的字，通过插入艺术字可满足这种需要。Word 2007 艺术字操作包括插入艺术字、编辑艺术字和设置艺术字。

9.2.1 插入艺术字

在【插入】选项卡的【文字】组（见图 9-1）中，单击【艺术字】按钮，打开如图 9-9 所示的【艺术字样式】列表，从中单击一种艺术字样式，弹出如图 9-10 所示的【编辑艺术字文字】对话框。

图9-9 【艺术字样式】列表

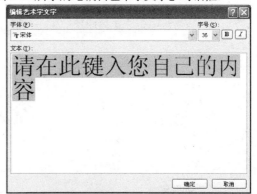

图9-10 【编辑艺术字文字】对话框

在【编辑艺术字文字】对话框中，输入艺术字的文字，设置艺术字的字体、字号以及字形后，单击 确定 按钮，在光标处插入相应的艺术字，艺术字默认的文字环绕方式是"嵌入型"。图 9-11 所示为艺术字示例。

我相当高兴

图9-11 艺术字示例

9.2.2 编辑艺术字

插入艺术字后，可对艺术字进行编辑，常用的编辑操作包括选定艺术字、移动艺术字、复制艺术字、删除艺术字。

一、选定艺术字

艺术字的许多操作都需要先选定艺术字，移动鼠标指针到艺术字上，单击鼠标左键即可选定该艺术字。在艺术字以外单击鼠标左键，可取消艺术字的选定。艺术字选定后，功能区中将自动增加一个【格式】选项卡（见图 9-12），通过【格式】选项卡可设置艺术字的格式。

图9-12 【格式】选项卡

文字环绕方式是"嵌入型"的艺术字被选定后，艺术字被浅蓝色虚线边框包围，虚线边框上有 8 个浅蓝色的小圆圈，称为尺寸控点，如图 9-13 所示。文字环绕方式不是"嵌入型"的艺术字被选定后，艺术字周围出现浅蓝色的小圆圈和小方块各 4 个，称为尺寸控点，顶部出现一个绿色小圆圈，称为旋转控点。有的艺术字，还会出现一个黄色的菱形框，称为形态制点，如图 9-14 所示。

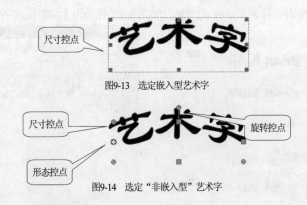

图9-13 选定嵌入型艺术字

图9-14 选定"非嵌入型"艺术字

二、移动艺术字

移动艺术字有以下常用方法。

- 移动鼠标指针到某个艺术字上，鼠标指针变成 状，这时按住鼠标左键拖动鼠标，到达目标位置后，松开鼠标左键。
- 先把选定的艺术字剪切到剪贴板，再将剪贴板上的艺术字粘贴到文档中的目标位置。

三、复制艺术字

复制艺术字有以下常用方法。

- 移动鼠标指针到艺术字上，按住 Ctrl 键和鼠标左键拖动鼠标，这时鼠标指针变成 状，到达目标位置后，松开鼠标左键和 Ctrl 键。
- 先把选定的艺术字复制到剪贴板，再将剪贴板上的艺术字粘贴到文档中的目标位置。

四、删除艺术字

选定艺术字后，可用以下方法删除。

- 按 Delete 键或按 Backspace 键。
- 把选定的图片剪切到剪贴板。

9.2.3 设置艺术字

艺术字的设置包括设置样式、设置阴影效果、设置三维效果、设置排列、设置大小、设置形态，这些与形状大致相同，这里不再重复。不同的是，利用【格式】选项卡的【文字】组（见图 9-15）中的工具，可对艺术字进行如下文字设置。

- 单击【编辑文字】按钮，打开【编辑艺术字文字】对话框（见图 9-10），可编辑艺术字中的文字。
- 单击【间距】按钮，打开【间距】列表，从中选择一种间距类型可设置相应的文字间距。
- 单击 按钮，在字母等高和不等高之间转换。
- 单击 按钮，在横排艺术字和竖排艺术字之间转换。
- 单击 按钮，打开【对齐】列表，从中选择一种对齐方式可设置多行艺术字中文字的对齐方式。

图 9-16 所示为艺术字设置示例。

图9-15 【文字】组

图9-16 艺术字设置示例

9.3 使用公式

Word 2007 提供了强大的公式编辑功能。Word 2007 公式操作包括插入公式、编辑公式和设置公式。

Word 2007 预置了许多常用的公式，可直接插入这些公式，以免费时费力手工建立。对于一些不常用的公式，可利用 Word 2007 提供的公式功能手工建立。

9.3.1 插入预置公式

在【插入】选项卡的【符号】组（见图 9-17）中，单击 π 公式 按钮右边的 ▼ 按钮，打开【预置公式】列表（见图 9-18），从中选择一项，即可插入相应的公式。

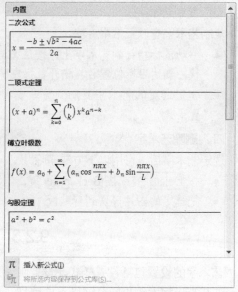

图9-17 【符号】组　　　　　　　　　　　　　　　　图9-18 【预置公式】列表

图 9-19 所示为插入预置的"二项式定理"公式。

$$(x + a)^n = \sum_{k=0}^{n} \binom{n}{k} x^k a^{n-k}$$

图9-19 "二项式定理"公式

插入预置公式后，进入公式编辑状态，还可以进一步修改公式。在公式外单击鼠标左键，退出公式编辑状态。在公式上单击鼠标左键，即可进入公式编辑状态。

9.3.2 手工建立公式

在【插入】选项卡的【符号】组中，单击 π 公式 按钮，文档中自动插入如图 9-20 所示的空白公式，包含一个空白公式插槽，有"在此处键入公式。"字样。同时功能区中自动增加一个【设计】选项卡（见图 9-21），通过【设计】选项卡，可在公式插槽中插入符号，也可插入结构。

图9-20 空白公式

图9-21 【设计】选项卡

建立公式时，如果有多个公式插槽，浅蓝色底色的公式插槽是当前公式插槽，当前公式插槽中有一个光标（空白公式插槽例外）。

一、插入符号

通过键盘可插入公式中的字母或符号，不能通过键盘输入的字母或符号，可通过【符号】组（见图9-22）中的按钮来插入。

单击【符号】组的【符号】列表中的一个符号，可在当前插槽中插入相应的符号。单击【符号】列表中的 ▲ 按钮，符号上翻一页。单击【符号】列表中的 ▼ 按钮，符号下翻一页。单击【符号】列表中的 ▼ 按钮，打开一个如图9-23所示的【符号】对话框，可进行以下操作。

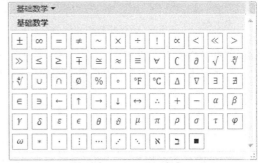

图9-22　【符号】组　　　　　　　　　　图9-23　【符号】对话框

- 单击符号列表中的一个符号，当前插槽中插入相应的符号。
- 单击位于对话框顶部的"基础数学▼"，打开一个下拉列表，可从中选择符号的类别，同时符号列表中显示该类别所有的数学符号。符号类别有基础数学、希腊字母、字母类符号、运算符、箭头、求反关系运算符、手写体等。

二、插入结构

结构就是公式的模板，其中包含一个或多个公式插槽，公式插槽或者是空白的，或者是包含数学符号的。结构被组织在【结构】组（见图9-24）中，有分数、上下标、根式、积分、大型运算符、括号、函数、导数符号、极限和对数、运算符、矩阵等几类。

单击一个结构按钮，弹出相应的结构列表，图9-25所示为【分数结构】列表。单击一个结构，可在当前公式插槽中插入相应的结构。

图9-24　【结构】组　　　　　　　　　　图9-25　【分数结构】列表

在建立公式时，通过方向键可把光标移动到当前公式插槽的不同位置，也可把光标移动到不同的插槽中。用鼠标单击某一公式插槽，如果是非空白公式插槽，可使光标直接移动到该公式插槽中，否则选定该公式插槽。下面介绍如何来建立图 9-26 所示的公式。

1. 在【插入】选项卡的【符号】组中，单击 按钮，文档中插入一个空白公式。

2. 在【结构】组中，单击【根式】按钮，在打开的【根式结构】列表中单击 $\sqrt{\square}$ 按钮，结果如图 9-27 所示。

$$\sqrt{ab + \frac{a^3 - b^3}{a - b}} = |a + b|$$

图9-26 要建立的公式

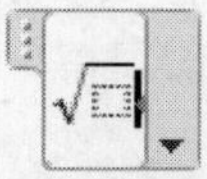

图9-27 插入根式结构

3. 单击根式结构中的公式插槽，从键盘上输入 "ab+"，在【结构】组中，单击【分数】按钮，在打开的【分数结构】列表中单击 按钮，结果如图 9-28 所示。

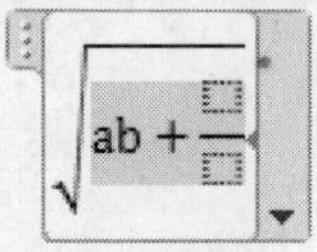

图9-28 插入分数结构

4. 单击分数结构的分母公式插槽，输入 "a-b"，单击分数结构的分子公式插槽，在【结构】组中，单击【上下标】按钮，在打开的【上下标结构】列表中单击 按钮，结果如图 9-29 所示。

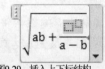

图9-29 插入上下标结构

5. 单击上下标结构的底数公式插槽，输入 "a"，单击上下标结构的指数公式插槽，输入 "3"，在分式的分子插槽末尾单击鼠标左键，输入 "-"。

6. 在【结构】组中，单击【上下标】按钮，在打开的【上下标结构】列表中单击 按钮，结果如图 9-30 所示。

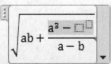

图9-30 插入上下标结构

7. 用类似步骤 5 的方法，建立 "b³"，结果如图 9-31 所示。

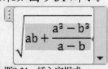

图9-31 插入完根式

8. 在整个公式插槽的末尾单击鼠标左键，输入 "=|a+b|"，然后在公式外单击鼠标左键，完成图 9-26 所示公式的建立。

9.4 习题

1. 在文档中插入如下文本框。

春眠不觉晓，
处处闻啼鸟，
夜来风雨声，
花落知多少。

锄禾日当午，
汗滴禾下土，
谁知盘中餐，
粒粒皆辛苦。

2. 在文档中插入如下艺术字。

书山有路勤为径
学海无崖苦作舟

凡事包容
凡事相信
凡事盼望
凡事忍耐

3. 建立以下文档。

数学试卷

一、化简分式

$$\frac{a^2-b^2}{(a+b)^2}\times\frac{a^3-b^3}{(a+b)^3}$$

二、化简根式

$$\sqrt{a^2+2ab+b^2}+\sqrt[3]{a^3+3a^2b+3ab^2+b^3}$$

三、解方程组

$$\begin{cases}x+y=3\\x-y=1\end{cases}$$

四、求行列式的值

$$\begin{vmatrix}4&3&8\\9&5&1\\2&7&6\end{vmatrix}$$

第10讲

Word 2007 引用的使用

在使用 Word 2007 建立长文档时，常常需要在文档内部建立引用，主要包括脚注和尾注、题注、索引、目录。本讲课时为 2 小时。

① 学习目标

◆ 掌握脚注和尾注的使用方法。

◆ 掌握题注的使用方法。

◆ 掌握索引的使用方法。

◆ 掌握目录的使用方法。

10.1 脚注和尾注的使用

脚注和尾注用于在打印文档中为文档中的文本提供解释、批注以及相关的参考资料。可用脚注对文档内容进行注释说明，而用尾注说明引用的文献。脚注或尾注由两个链接的部分组成，即注释引用标记及相应的注释文本。

脚注或尾注由两个链接的部分组成，即注释引用标记（用于指明脚注或尾注已包含附加信息的数字、字符或字符的组合）及相应的注释文本，如图 10-1 所示。在图 10-1 中，①为脚注和尾注引用标记，②为分隔符线，③为脚注文本，④为尾注文本。

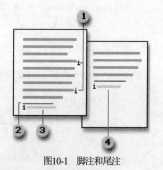

图10-1 脚注和尾注

10.1.1 插入脚注或尾注

在页面视图下，把光标移动到要插入脚注或尾注引用标记的地方，在功能区的【引用】选项卡的【脚注】组（见图 10-2）中，单击【插入脚注】按钮，插入一个脚注，单击【插入尾注】按钮，插入一个尾注。在默认情况下，Word 2007 将脚注放在每页的结尾处而将尾注放在文档的结尾处。插入脚注或尾注标记后，光标自动移动到脚注或尾注的文本处，可输入脚注或尾注的文本。

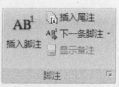

图10-2 【脚注】组

按 Ctrl+Alt+F 键也可插入一个脚注，按 Ctrl+Alt+D 键也可插入一个尾注。

在指定编号方案后，Word 2007 会自动对脚注和尾注进行编号。可以在整个文档中使用一种编号方案，也可以在文档中使用不同的编号方案。双击脚注或尾注编号，光标自动移动到文档中的引用标记处。

在添加、删除或移动自动编号的注释时，Word 将对脚注和尾注引用标记进行重新编号。

需要注意的是，如果文档中脚注的编号不正确，可能是因为文档中包含修订。接受修订将使 Word 2007 可以对脚注和尾注进行正确编号。

10.1.2 设置脚注或尾注

要更改脚注或尾注的格式，单击【脚注】组右下角的 按钮，弹出如图 10-3 所示的【脚注和尾注】对话框，可进行以下操作。

- 如果选择【脚注】单选项，则进行脚注格式设置。
- 如果选择【尾注】单选项，则进行尾注格式设置。
- 在【脚注】单选项右边的下拉列表中选择脚注所在的位置，有【页面底端】和【文字下方】两个选项。
- 在【尾注】单选项右边的下拉列表中选择脚注所在的位置，有【文档结尾】和【节的结尾】两个选项。
- 在【编号格式】下拉列表中选择编号的格式。
- 在【起始编号】文本框中输入起始的编号，默认值是 1，通常不改变。

图10-3 【脚注和尾注】对话框

- 在【编号】下拉列表中选择编号方式，有 3 种方式:【连续】、【每节重新编号】和【每页重新编号】。
- 单击 插入(I) 按钮，插入一个脚注，并关闭【脚注和尾注】对话框。
- 单击 应用(A) 按钮，所做的脚注设置生效，并关闭【脚注和尾注】对话框。

10.1.3 删除脚注或尾注

要删除脚注或尾注，应删除文档窗口中的脚注或尾注引用标记，而非脚注或尾注中的文字。单击要删除的脚注或尾注的引用标记，选定该标记，按 Delete 键，即可删除该标记，注释中的文字也一同被删除。如果删除了一个自动编号的注释引用标记，Word 2007 会自动对注释进行重新编号。

10.2 题注的使用

题注是一种可添加到图表、表格、公式或其他对象中的编号标签，如图 10-4 所示。在图 10-4 中，①为选择的内容贴上标签，②为 Microsoft Office Word 的插入内容编号。

可以为不同类型的项目设置不同的题注标签和编号格式，例如"表 Ⅱ"、"公式 1-A"等。也可以创建新的题注标签，例如"照片"、"插图"等。

图10-4 题注

如果在以后对题注执行了添加、删除或移动操作，则可以一次更新所有题注编号，非常方便。

10.2.1 添加题注

可以向图表、公式或其他对象添加题注。也可以使用这些题注创建带题注项目的目录，例如图表目录或公式目录。添加题注分两种情况，为嵌入式对象添加题注和为浮动对象添加题注。

一、为嵌入式对象添加题注

选择要添加题注的对象（表格、公式、图表或其他对象），在【引用】选项卡上的【题注】组（见图 10-5）中单击【插入题注】按钮，弹出如图 10-6 所示的【题注】对话框。

图10-5 【题注】组

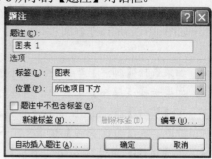

图10-6 【题注】对话框

在【题注】对话框中，可进行以下操作。

- 在【题注】文本框中，自动生成了题注的标题，该标题的类型是一个域，不能修改，也不能删除，可在其后面插入文本。
- 在【标签】下拉列表中，选择最能恰当地描述该对象的标签，有【表格】、【公式】和【图表】3个选项。
- 如果列表中未提供正确的标签，单击 新建标签(N)... 按钮，在弹出的对话框中输入新的标签。
- 在【位置】下拉列表中，选择题注的位置，有【所选项目下方】和【所选项目上方】两个选项。
- 如果选择【题注中不包含标签】复选项，题注中仅包含编号，不包含标签。
- 单击 编号(U)... 按钮，弹出如图 10-7 所示【题注编号】对话框，通过该对话框，可设置题注编号的格式。
- 单击 确定 按钮，按所做设置插入题注。

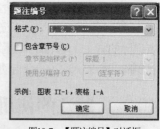

图10-7 【题注编号】对话框

Word 2007 会将题注作为文本插入，但会将连续题注编号作为域插入。如果题注看上去类似于 {SEQ Table * ARABIC}，则表明 Word 显示的是域代码（为占位符文本，显示数据源的指定信息的显示位置；或者为生成字段结果的字段中的元素。域代码包括字段字符、字段类型和指令。）而不是域结果（即表示域的内容的文字或图形）。在打印文档或隐藏域代码时，将以域结果替换域代码。要查看域结果，请按 Alt+F9 键，也可以用鼠标右键单击域代码，然后选择快捷菜单上的【切换域代码】命令。

二、为浮动对象添加题注

如果希望能让文本环绕在对象和题注周围，或者希望能够一起移动对象和题注，则需要将对象和题注都插入到文本框中。操作步骤如下。

1. 在【插入】选项卡上的【文字】组（见图 10-8）中，单击【文本框】按钮，在打开的列表中选择【绘制文本框】选项。

图10-8　【文字】组

2. 在文档中，通过拖动鼠标在对象上绘制一个文本框。

3. 在【文本框工具】下的【格式】选项卡上，单击【文本框样式】组中的【形状填充】按钮，在打开的列表中选择【无填充颜色】选项。

4. 在【文本框工具】下的【格式】选项卡上，单击【排列】组中的【文字环绕】按钮，在打开的列表中选择用于对象的文字环绕选项。

5. 在【文本框工具】下的【格式】选项卡上，单击【排列】组中的【衬于文字下方】按钮。

6. 选择该对象，把对象剪切到剪贴板。

7. 在文本框内单击一点，把对象从剪贴板复制到文本框内。

8. 在文本框内选择该对象。

9. 在【引用】选项卡上的【题注】组（见图 10-5）中，单击【插入题注】按钮。

10. 其余操作与为嵌入式对象添加题注操作相同。

10.2.2 更改题注

可以更改编号格式、更改题注上的标签或更改文档中的所有题注标签，并可以在更改了一个或多个标签后更新文档中的所有标签。

一、更改单个题注的标签

选择要更改的题注，按 `Delete` 键删除现有题注，然后按 `Enter` 键，再插入使用所需标签的新题注。

二、更改属于同一类型的所有题注中的标签

选择要更改其标签的题注编号（例如，要将"图"更改为"表格"，请选择题注"图 1"中的 1），在【引用】选项卡上的【题注】组（见图 10-5）中，单击【插入题注】按钮，弹出【题注】对话框（见图 10-6），在【题注】对话框的【标签】下拉列表中单击所需的标签或单击 `新建标签(N)...` 按钮，在弹出的对话框中定义一个新的标签，最后单击 `确定` 按钮。

三、更改题注的编号格式

选择要更改其编号格式的题注编号（例如，选择题注"图 1"中的 1），在【引用】选项卡上的【题注】组（见图 10-5）中，单击【插入题注】按钮，弹出【题注】对话框（见图 10-6）。在【题注】对话框中单击 `编号(U)...` 按钮，弹出【题注编号】对话框（见图 10-7），通过该对话框设置所需要的题注编号的格式，最后单击 `确定` 按钮。

选定的题注编号将更新为新的编号格式，并且与该标签关联的其他题注编号也将随之更新，而使用不同标签的题注将不会得到更新。例如，如果为具有"图"标签的题注添加章节编号，则该更改将不影响具有"公式"标签的题注。

四、更新题注编号

如果插入新的题注，Word 2007 将自动更新题注编号。但是，如果删除或移动了题注，则必须手动更新题注。

要更新特定的题注，请选择该题注，要更新所有题注，请单击文档中的任意位置，然后按 Ctrl+A 键选择整个文档，按 F9 键，或单击鼠标右键，在弹出的快捷菜单上中选择【更新域】命令。

10.2.3 删除题注

从文档中选择要删除的题注，按 Delete 键即可删除题注。

10.2.4 基于题注创建目录

在文档中，将光标放在要插入图表目录的位置。在【引用】选项卡上的【题注】组（见图 10-5）中，选取【插入图表目录】选项，弹出如图 10-9 所示的【图表目录】对话框。

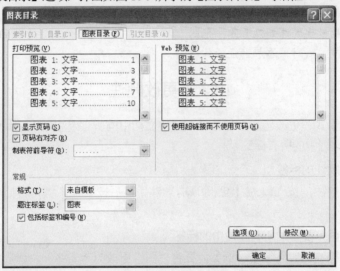

图10-9 【图表目录】对话框

在【图表目录】对话中，可进行以下操作。

- 如果选择【显示页码】复选项，图表目录中显示页码。
- 选择了【显示页码】复选项后，如果选择【页码右对齐】复选项，图表目录中的页码右对齐。
- 选择了【页码右对齐】复选项后，可在【制表符前导符】下拉列表中选择一种符号，用于填充页码左边的空白。
- 在【格式】下拉列表中，选择图表目录的格式。
- 在【题注标签】下拉列表中，选择要使用的标签。
- 如果选择【包括标签和编号】复选项，图表目录中包括标签和编号。
- 单击 选项(O)... 按钮，弹出如图 10-10 所示的【图表

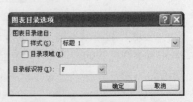

图10-10 【图表目录选项】对话框

目录选项】对话框，通过该对话框，可设置图表目录的选项。

- 单击 确定 按钮，按所做设置插入题注。

需要注意的是，如果对文档中的题注进行了更改，则可以通过选择图表目录并按 $\boxed{\text{F9}}$ 键来更新图表目录。

10.3 索引的使用

索引列出一篇文档中讨论的术语和主题，以及它们出现的页码。要创建索引，可以通过提供文档中主索引项的名称和交叉引用来标记索引项，然后生成索引。可以为单个单词、短语或符号创建索引项，也可以为包含延续数页的主题创建索引项。

当选择文本并将其标记为索引项时，Word 2007 会添加一个特殊的索引项域（XE 域），该域包括标记好了的主索引项以及所选择包含的任何交叉引用信息，如图 10-11 所示。域是指 Word 2007 在文档中自动插入文字、图形、页码和其他资料的一组代码。例如，DATE 域用于插入当前日期。

|主索引项
{ XE "月球" \t "请参阅 卫星" }
　　　　　　　交叉引用|

图10-11 域的组成

在标记好了所有的索引项之后，接下来要做的事就是选择一种索引设计并生成最终的索引。Word 2007 会收集索引项，将它们按字母顺序排序，引用其页码，找到并删除同一页上的重复索引项，然后在文档中显示该索引。

10.3.1 标记索引项

要创建索引，首先要标记索引项，然后再生成索引。标记索引项有两种情况，为单词或短语标记索引项和为延续数页的文本标记索引项。

为单词或短语标记索引项，只需选定相应的文本，然后再标记索引项。为延续数页的文本标记索引项需要为这些文本定义一个书签。方法是，选择需要索引项引用的文本范围，在【插入】选项卡上的【链接】组（见图 10-12）中，单击【书签】按钮，弹出如图 11-13 所示的【书签】对话框。在【书签】对话框的【书签名】文本框中输入名称，然后单击 添加(A) 按钮。

图10-12 【链接】组　　　　　　　图10-13 【书签】对话框

选择要标记的文本，或定义书签后，单击【引用】选项卡上【索引】组（见图 10-14）中的【标记索引项】按钮，弹出如图 10-15 所示的【标记索引项】对话框。

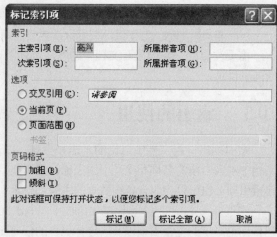

图10-14 【索引】组

图10-15 【标记索引项】对话框

在【标记索引项】对话框中，可进行以下操作.

- 在【主索引项】文本框中输入或编辑主索引项文本。
- 在【次索引项】文本框中输入次索引项文本。次索引项是更大标题下的具体索引项。例如，索引项"行星"可具有次索引项"火星"和"金星"。
- 如果选择【交叉引用】单选项，可在其右边的文本框中输入一个索引项的文本，用于创建对另一个索引项的交叉引用。
- 如果选择【页面范围】单选项，可在其下面的文本框中输入已建立的标签名，为该标签中的文本标记索引。
- 如果选择【页码格式】下方的【加粗】复选项，索引中显示的页码加粗。
- 如果选择【页码格式】下方的【倾斜】复选项，索引中显示的页码倾斜。
- 单击 标记(M) 按钮，按所做设置标记索引项。
- 单击 标记全部(A) 按钮，按所做设置标记文档中与此文本相同的所有文本。

10.3.2 编辑索引项

如果看不到索引项域（XE 域），请单击【开始】选项卡上【段落】组（见图10-16）中的 按钮。

找到要更改的索引项的 XE 域，例如{ XE "Callisto" \t "请参阅 Moons" }。要编辑索引项或设置其格式，请修改引号内的文本。选择整个索引项域，包括括号（{}），然后按 Delete 键，删除该索引项。

图10-16 【段落】组

10.3.3 创建索引

标记了索引项后，就可以选择一种索引格式并将索引插入文档中。单击要添加索引的位置，在【引用】选项卡上的【索引】组（见图 10-14）中，单击【插入索引】按钮，弹出如图 10-17 所示的【索引】对话框，当前选项卡是【索引】。

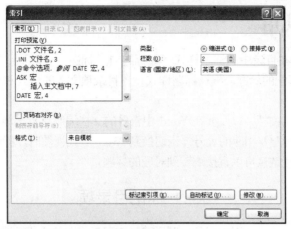

图10-17 【索引】对话框

在【索引】对话框中，可进行以下操作。

- 如果选择【缩进式】单选项，索引的格式为缩进式。
- 如果选择【接排式】单选项，索引的格式为接排式，即无缩进。
- 在【栏数】文本框中，输入或调整索引的栏数，如果栏数大于 1，用分栏方式编排索引。
- 在【语言(国家/地区)】下拉列表中，选择索引所用的语言。
- 如果选择【页码右对齐】复选项，索引中的页码右对齐。
- 选择了【页码右对齐】复选项后，可在【制表符前导符】下拉列表中选择一种符号，用于填充页码左边的空白。
- 在【格式】下拉列表中，选择一种索引格式。
- 单击 标记索引项(K)... 按钮，弹出【标记索引项】对话框（见图 10-15），利用该对话框标记索引项。
- 单击 自动标记(U)... 按钮，弹出【打开索引自动标记文件】对话框，从该对话框中选择一个索引自动标记文件，以该文件中的单词或短语自动对当前文档标记索引项。
- 单击 修改(M)... 按钮，弹出【样式】对话框，利用该对话框，选择索引的样式。
- 单击 确定 按钮，按所做设置创建索引。

10.3.4 更新索引

要更新索引应先单击索引，有以下两种更新方法。

- 按 F9 键。
- 单击【引用】选项卡上【索引】组（见图 10-14）中的【更新索引】按钮。

如果在索引中发现错误，找到要更改的索引项进行更改（参见“10.3.2 编辑索引项”小节），然后更新索引。

10.3.5 删除索引

要删除索引应先单击索引，然后按 Delete 键即可删除索引。

10.4 目录的使用

可通过选择要包括在目录中的标题样式（如标题 1、标题 2 和标题 3）来创建目录。Word 2007 搜索与所选样式匹配的标题，根据标题样式设置目录项文本的格式和缩进，然后将目录插入文档中。

可以为要打印出来的文档，以及要在 Word 中查看的文档编制目录。例如，在页面视图中显示文档时，目录中将包括标题及相应的页号；当切换到 Web 版式视图时，标题将显示为超级链接，按住 Ctrl 键单击某个超级链接可以直接跳转到对应的标题。

10.4.1 标记目录项

创建目录最简单的方法是使用内置的标题样式（应用于标题的格式设置。Word 2007 有 9 种不同的内置样式：标题 1 到标题 9）。还可以创建基于已应用的自定义样式的目录，或者可以将目录级别指定给各个文本项。

一、使用内置标题样式标记项

选择要应用标题样式的标题。在【开始】选项卡上的【样式】组（见图 10-18）中，选择所需的样式。

例如，如果选择了要将其样式设置为主标题的文本，请选择【快速样式】库中名为"标题 1"的样式。

二、标记各个文本项

如果希望目录包括没有设置为标题格式的文本，可以标记各个文本项。选择要在目录中包括的文本。在【引用】选项卡上的【目录】组（见图 10-19）中单击【添加文字】按钮，打开如图 10-20 所示的【添加文字】列表，在列表中选择相应的标题级别。例如，为目录中显示的主级别选择"1 级"，重复以上步骤，直到希望显示的所有文本都出现在目录中。

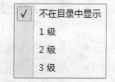

图10-18 【样式】组　　　　　　图10-19 【目录】组　　　　图10-20 【添加文字】列表

10.4.2 创建目录

标记了目录项之后，就可以创建目录了。创建目录有两种方式：用内置标题样式创建目录和用自定义样式创建目录。

一、用内置标题样式创建目录

单击要插入目录的位置，通常在文档的开始处。在【引用】选项卡上的【目录】组（见图 10-19）中，单击【目录】按钮，打开如图 10-21 所示的【目录】列表。

在【目录】列表中，选择一种目录样式，在当前位置插入该样式的目录。选择【插入目录】选项，弹出如图 10-22 所示的【目录】对话框，当前选项卡是【目录】。

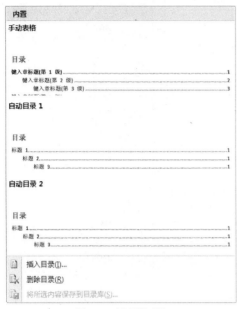

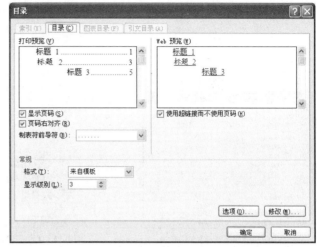

图10-21　【目录】列表　　　　　　　　图10-22　【目录】对话框

在【目录】对话框中，可进行以下操作。

- 如果选择【显示页码】复选项，在目录中显示页码，否则不显示。
- 选择了【显示页码】复选项后，如果选择【页码右对齐】复选项，页码右对齐显示，否则，页码紧挨着标题。
- 选择了【页码右对齐】复选项后，可在【制表符前导符】下拉列表中选择一种制表符前导符，即标题和页码之间的连接符。
- 在【格式】下拉列表中，选择一种目录的格式。
- 在【显示级别】文本框中，输入要显示标题的级别。
- 单击 选项(O)... 按钮，弹出【目录选项】对话框，通过该对话框，可设置目录的选项。
- 单击 修改(M)... 按钮，弹出【样式】对话框，通过该对话框，可为目录选择一种样式。
- 单击 确定 按钮，在光标处按设置生成目录。

二、用自定义样式创建目录

用自定义样式创建目录与用内置标题样式创建目录类似，不同之处是在图 10-22 所示的【索引和目录】对话框中，需要单击 选项(O)... 按钮，弹出如图 10-23 所示的【目录选项】对话框。在【目录选项】对话框中，在【有效样式】列表中，查找应用于文档中的标题的样式。在样式名旁边的【目录级别】下，输入 1 到 9 中的一个数字，指示希望标题样式代表的级别。如果希望仅使用自定义样式，则请删除内置样式的目录级别数字，如"标题 1"。

实际应用中，往往需要目录和正文的页码分别编号，这需要在目录后插入一个"下一页"分节符，然后再设置相应的页码格式。

把光标移动到目录后，在【页码布局】选项卡的【页码设置】组（见图 10-24）中，单击【分隔符】按钮，在打开的【分隔符】列表（见图 10-25）中，选择【下一页】选项。

图10-23 【目录选项】对话框

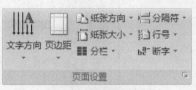

图10-24 【页码设置】组

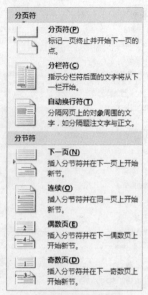

图10-25 【分隔符】列表

10.4.3 更新目录

如果添加或删除了文档中的标题或其他目录项，可以快速更新目录。更新目录有以下两种方法。

- 用鼠标左键单击目录，按 F9 键。
- 在【引用】选项卡上的【目录】组（见图 10-19）中，选择【更新目录】选项。

以上两种方法都会弹出如图 10-26 所示的【更新目录】对话框，可进行以下操作。

图10-26 【更新目录】对话框

- 如果选择【只更新页码】单选项，仅更新目录中的页码，不更新目录中的标题。
- 如果选择【更新整个目录】单选项，目录中的页码和标题全部更新。
- 单击 确定 按钮，按所做设置更新目录。

10.4.4 删除目录

删除目录有以下两种方法。

- 在【引用】选项卡上的【目录】组（见图 10-19）中，选择【目录】选项，在打开的列表（见图 10-20）中选择【删除目录】选项。
- 选定整个目录，按 Delete 键。

10.5　习题

建立一篇长文档，给文档加上相应的脚注和尾注，为文档中的图添加题注，为文档中的关键词建立索引，最后为文档生成一个目录。

Excel 2007 入门

Excel 2007 是 Office 2007 中的一个组件，利用它可以方便地制作电子表格，是电脑办公的得力工具。本讲课时为 2 小时。

ⓘ 学习目标

◆ 了解Excel 2007的主要功能。

◆ 熟练掌握Excel 2007的启动与退出方法。

◆ 了解Excel 2007的窗口组成。

◆ 熟练掌握Excel 2007的工作簿操作方法。

◆ 熟练掌握Excel 2007的工作表操作方法。

11.1 Excel 2007 的主要功能

Excel 2007 有以下主要功能。

- 工作表编辑：对工作表的数据和表格进行编辑。
- 工作表格式化：对工作表的数据和表格进行格式化。
- 公式的使用：使用公式进行数据运算。
- 数据管理：对工作表中的数据进行排序、筛选和分类汇总。
- 图表的使用：用图直观地表现工作表中的数据。
- 工作表打印：设置打印页面，打印工作表。

11.2 Excel 2007 的启动与退出

Excel 2007 的启动与退出是 Excel 2007 的两种最基本操作。Excel 2007 必须启动后才能使用，工作完毕后应退出 Excel 2007，释放占用的系统资源。

11.2.1 Excel 2007 的启动

启动 Excel 2007 有多种方法，用户可根据自己的习惯或喜好选择一种。以下是启动 Excel 2007

常用的方法。

- 选择【开始】/【程序】/【Microsoft Office】/【Microsoft Office Excel 2007】命令。
- 打开一个 Excel 工作簿文件（Excel 工作簿文件的图标是）。

使用第一种方法启动 Excel 2007 后，系统自动建立一个名为"Book1"的空白工作簿，使用第二种方法启动 Excel 2007 后，系统自动打开相应的工作簿。

11.2.2 Excel 2007 的退出

退出 Excel 2007 有以下方法。

- 单击 Excel 2007 窗口右上角的【关闭】按钮 ⊠。
- 双击 按钮。
- 单击 按钮，在打开的菜单（见图 11-1）中选择【退出 Excel】命令。

退出 Excel 2007 时，系统会关闭所打开的工作簿。如果工作簿改动过而没有保存，系统会弹出如图 11-2 所示的【Microsoft Office Excel】对话框（以工作簿"Book1"为例），以确定是否保存。

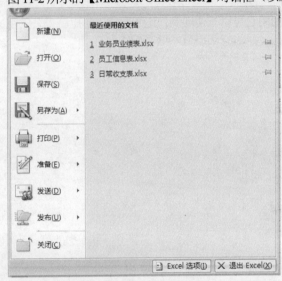

图11-1　Office Excel 2007 菜单

图11-2　【Microsoft Office Excel】对话框

在图 11-2 所示的对话框中，可进行以下操作。

- 单击 是(Y) 按钮，保存文件，继续 Excel 2007 的退出工作。
- 单击 否(N) 按钮，不保存文件，继续 Excel 2007 的退出工作。
- 单击 取消 按钮，停止 Excel 2007 的退出工作。

11.3　Excel 2007 的窗口组成

Excel 2007 启动后的窗口，称作 Excel 2007 应用程序窗口。在该窗口中还包含一个子窗口——工作簿窗口。当工作簿窗口被最大化后（见图 11-3），工作簿窗口的标题栏并到 Excel 2007 应用程序窗口的标题栏中，工作簿窗口的窗口控制按钮移到功能区中选项卡标签的右边。这时，单击选项卡标签右边的 按钮，把工作簿窗口恢复为原来的大小，就能很清楚地区分应用程序窗口和工作簿窗口。

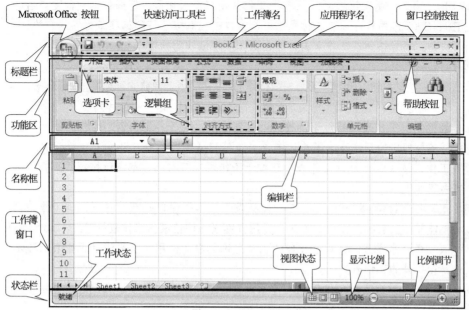

图11-3　Excel 2007 应用程序窗口

11.3.1 应用程序窗口

Excel 2007 应用程序窗口的标题栏、功能区和状态栏等与 Word 2007 应用程序窗口类似，不同的是，Excel 2007 应用程序窗口有名称框和编辑栏。

- 名称框：名称框位于功能区下方的左面，用来显示活动单元格的名称。如果单元格被命名，则显示其名称，否则显示单元格的地址。
- 编辑栏：编辑栏位于功能区下方的右面，用来显示、输入或修改活动单元格中的内容，当单元格的内容为公式时，在编辑栏中可显示单元格中的公式。当输入或修改活动单元格中内容时，编辑栏的左侧会出现✓和✗按钮。

11.3.2 工作簿窗口

Excel 2007 的工作簿窗口包含在应用程序窗口中，工作簿窗口没有最大化时（见图 11-4）的各部分功能如下。

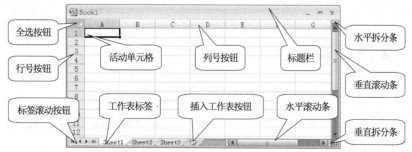

图11-4　Excel 2007 的工作簿窗口

- 标题栏：标题栏位于工作簿窗口的顶端，包括控制菜单按钮、窗口名称（如：

Book1），窗口控制按钮 ▢ ▢ ✕ 。工作簿窗口最大化后，标题栏消失，窗口名并到 Excel 2007 应用程序窗口的标题栏中，窗口的控制按钮移到选项卡标签的右边。

- **行号按钮：** 行号按钮在工作簿窗口的左面，顺序依次为数字 1、2、3 等。
- **列号按钮：** 列号按钮位于标题栏的下面，顺序依次为字母 A、B、C 等。
- **全选按钮：** 全选按钮位于列号 A 之左、行号 1 之上的位置，单击它可选定整个工作表。
- **单元格：** 行号和列号交叉的方框为单元格。每个单元格对应一个行号和列号。
- **工作表标签：** 工作表标签位于标签滚动按钮右侧，代表各工作表的名称。底色为白色的标签所对应的工作表为当前工作表（如图 11-4 中所示的"Sheet1"）。
- **插入工作表按钮 🗐 ：** 插入工作表按钮位于工作表标签右侧，单击该按钮，可插入一个空白工作表。
- **标签滚动按钮 ◄◄ ◄ ► ►►：** 标签滚动按钮位于工作簿窗口底部的左侧。当工作簿窗口中不能显示所有的工作表标签时，可用标签滚动按钮滚动工作表标签。
- **水平滚动条：** 水平滚动条位于工作簿窗口底部的右侧，用来水平滚动工作表，显示工作簿窗口外的工作表列的内容。
- **垂直滚动条：** 垂直滚动条位于工作簿窗口的右边，用来垂直滚动工作表，显示工作簿窗口外的工作表行的内容。
- **水平拆分条：** 水平拆分条位于垂直滚动条的上方，拖动它能把工作表窗口水平分成两部分。
- **垂直拆分条：** 垂直拆分条位于水平滚动条的右侧，拖动它能把工作表窗口垂直分成两部分。

11.4　Excel 2007 的工作簿操作

工作簿的常用操作包括新建工作簿、保存工作簿、打开工作簿、打印工作簿和关闭工作簿，打印工作簿在第 13 讲中介绍。

11.4.1 什么是工作簿

工作簿是用 Excel 2007 创建的文件，用来存储用户建立的工作表。一个工作簿对应磁盘上的一个文件，Excel 2007 以前版本工作簿文件的扩展名是".xls"，Excel 2007 工作簿文件的扩展名是".xlsx"，该类文件的图标是 🗐 。

一个工作簿由若干个工作表组成，至少包含 1 个工作表，在内存允许的情况下，工作表数可用任意多（Excel 2007 以前的版本最多 255 个工作表）。在 Excel 2007 新建的工作簿中，默认包含 3 个工作表，名字分别是"Sheet1"、"Sheet2"、"Sheet3"。

11.4.2 新建工作簿

启动 Excel 2007 时，系统会自动建立一个空白工作簿，默认的文件名是"Book1"。在 Excel 2007 中，新建工作簿有以下方法。

- 按 Ctrl+N 键。
- 单击 🗐 按钮，在打开的菜单（见图 11-1）中选择【新建】命令。

使用第 1 种方法，系统会自动建立一个默认模板的空白工作簿。使用第 2 种方法，将弹出如图 11-5 所示的【新建工作簿】对话框。

图11-5　【新建工作簿】对话框

在【新建工作簿】对话框中，可进行以下操作。

- 单击【模板】列表框中的一个选项，【模板列表】列表框显示该组模板中的所有模板。
- 单击【模板列表】列表框中的一个模板，【模板效果】列表框显示该模板的效果。
- 单击 [创建] 按钮，建立基于该模板的一个新工作簿。

11.4.3 保存工作簿

Excel 2007 工作时，工作簿的内容驻留在计算机内存和磁盘的临时文件中，没有正式保存。常用保存工作簿的方法有保存和另存为。

一、保存

在 Excel 2007 中，保存工作簿有以下方法。

- 按 Ctrl+S 键。
- 单击【快速访问工具栏】中的 🔲 按钮。
- 单击 🔵 按钮，在打开的菜单（见图 11-1）中选择【保存】命令。

如果工作簿已被保存过，系统自动将工作簿的最新内容保存起来。如果工作簿从未保存过，系统需要用户指定文件的保存位置以及文件名，相当于执行另存为操作。

二、另存为

另存为是指把当前编辑的工作簿以新文件名或新的保存位置保存起来。单击 🔵 按钮，在打开的菜单（见图 11-1）中选择【另存为】命令，弹出如图 11-6 所示的【另存为】对话框。

在【另存为】对话框中，可进行以下操作。

- 在【保存位置】下拉列表中，选择要保存到的文件夹，也可在窗口左侧的预设保存位置列表中，选择要保存到的文件夹。
- 在【文件名】下拉列表中，输入或选择一个文件名。
- 在【保存类型】下拉列表中，选择要保存的工作簿类型。应注意，Excel 2007 以前版本默认的保存类型是"·.xls"，Excel 2007 则是"·.xlsx"。

- 单击 保存(S) 按钮，按所做设置保存文件。

图11-6 【另存为】对话框

需要注意的是，应随时保存工作簿，避免因系统意外而造成的损失。

11.4.4 打开工作簿

在 Excel 2007 中，打开工作簿有以下方法。

- 按 Ctrl+O 键。
- 单击 按钮，在打开的菜单（见图 11-1）中选择【打开】命令。
- 单击 按钮，在打开的菜单（见图 11-1）中从【最近使用的文档】列表中选择一个工作簿名。

采用最后一种方法时，将直接打开指定的工作簿。用前两种方法，会弹出如图 11-7 所示的【打开】对话框。

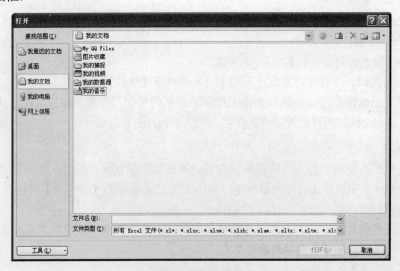

图11-7 【打开】对话框

在【打开】对话框中，可进行以下操作。

- 在【查找范围】下拉列表中，选择要打开工作簿所在的文件夹，也可在窗口左侧的预设位置列表中，选择要打开工作簿所在的文件夹。
- 在打开的文件列表中，单击一个文件图标，选择该工作簿。
- 在打开的文件列表中，双击一个文件图标，打开该工作簿。
- 在【文件名】下拉列表中，输入或选择所要打开的工作簿名。
- 单击 打开(O) 按钮，打开所选择的工作簿或在【文件名】文本框中指定的工作簿。

打开工作簿后，便可以进行编辑工作表、格式化工作表、使用公式、数据管理及打印工作表等操作。在对工作簿进行操作的过程中，要撤销最近对工作簿所做的改动，单击【快速访问工具栏】中的 按钮即可，并且可进行多次撤销。

11.4.5 关闭工作簿

在 Excel 2007 中，单击 按钮，在打开的菜单（见图 11-1）中选择【关闭】命令，即关闭当前打开的工作簿。关闭工作簿时，如果工作簿改动过并且没有保存，系统会弹出类似图 11-2 所示的【Microsoft Office Excel】对话框（以 "Book1" 为例），以确定是否保存。操作方法同前。

11.5　**Excel 2007** 的工作表管理

一个工作簿由若干个工作表组成，工作表用来组织和保存各种相关的信息。工作表的常用管理操作包括插入工作表、删除工作表、重命名工作表、复制和移动工作表、切换工作表等。

11.5.1 什么是工作表

工作表隶属于工作簿，由若干行和列组成，行号和列号交叉的方框称为单元格。在单元格中可输入数据或公式。Excel 2007 的一个工作表最多有 1048676 行和 16384 列（Excel 2007 以前的版本最多有 65536 行和 256 列），行号依次是 1、2、3、……、1048676，列号依次是 A、B、C、……、Y、Z、AA、AB、……、ZZ、AAA、……、XFD。

每个工作表都有一个名字，显示在工作表标签上。工作表标签底色为白色的工作表是当前工作表，任何时候只有一个工作表是当前工作表。用户可切换另外一个工作表为当前工作表。

11.5.2 插入工作表

插入工作表有以下方法。

- 单击工作簿窗口中工作表标签右侧的 按钮，在最后一个工作表之后插入一个空白工作表。
- 单击【开始】选项卡【单元格】组（见图 11-8）中 插入 右边的 按钮，在打开的列表（见图 11-9）中选择【插入工作表】选项，在当前工作表之前插入一个空白工作表。
- 在工作表的标签上单击鼠标右键，弹出如图 11-10 所示的快捷菜单，在快捷菜单中选择【插入】命令，弹出如图 11-11 所示的【插入】对话框，在对话框中选择【工作表】，再单击 确定 按钮，在当前工作表之前插入一个空白工作表。

图11-8 【单元格】组   图11-9 【插入】列表   图11-10 快捷菜单

图11-11 【插入】对话框

插入的工作表名为"Sheet4"，如果以前插入过工作表，工作表名中的序号依次递增，并自动将其作为当前工作表。

11.5.3 删除工作表

删除工作表有以下方法。

- 单击【开始】选项卡【单元格】组（见图 11-8）中 删除 右边的 按钮，在打开的列表（见图 11-12）中选择【删除工作表】选项，删除当前工作表。
- 在工作表标签上单击鼠标右键，在弹出的快捷菜单（见图 11-10）中选择【删除】命令，可删除该工作表。

如果要删除的工作表不是空白工作表，系统会弹出如图 11-13 所示的【Microsoft Excel】对话框，以确定是否真正删除。

图11-12 【删除】列表

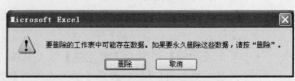

图11-13 【Microsoft Excel】对话框

11.5.4 重命名工作表

重命名工作表有以下方法。

- 在工作表标签上双击鼠标左键，工作表标签变为黑色，这时可输入新的工作表名。
- 在工作表标签上单击鼠标右键，在弹出的快捷菜单（见图 11-10）中选择【重命名】命令，工作表标签变为黑色，这时可输入新的工作表名。

新工作表名输入完后，按 Enter 键或在工作表标签外单击鼠标左键，工作表名被更改。输入工作表名时按 Esc 键，则退出工作表重命名操作，并且工作表名不变。

需要注意的是，新的工作表名不能与所在同一工作簿中其他的工作表重名。

11.5.5 复制工作表

复制工作表就是在工作簿中插入一个与当前工作表内容相同的工作表。复制工作表有以下方法。

- 按住 Ctrl 键拖动当前工作表标签到某位置，复制当前工作表到目的位置。
- 在工作表标签上单击鼠标右键，在弹出的快捷菜单（见图 11-10）中选择【移动或复制工作表】命令。

使用最后一种方法，弹出如图 11-14 所示的【移动或复制工作表】对话框。在【移动或复制工作表】对话框中，在【下列选定工作表之前】列表框中选择一个工作表，选择【建立副本】复选项，最后单击 确定 按钮，当前工作表复制到选择的工作表之前。

图11-14 【移动或复制工作表】对话框

新的工作表名为原来的工作表名再加上一个空格和用括号括起来的序号，如"Sheet1 (2)"。

11.5.6 移动工作表

移动工作表就是在工作簿中改变工作表的排列顺序。移动工作表有以下方法。

- 拖动当前工作表标签到某位置，移动工作表到目的位置。
- 在如图 11-10 所示的快捷菜单中选择【插入】/【移动或复制工作表】命令。

使用最后一种方法，也弹出如图 11-14 所示的【移动或复制工作表】对话框，除了不选择【建立副本】复选项外，其他操作与复制工作表相同。

11.5.7 切换工作表

切换工作表有以下常用方法。

- 单击工作表标签，相应的工作表成为当前工作表。
- 按 Ctrl+Page Up 键，上一工作表成为当前工作表。
- 按 Ctrl+Page Down 键，下一工作表成为当前工作表。

11.5.8 打印工作表

打印工作表之前通常先打印预览，在屏幕上显示工作表打印时的效果，一切满意后再打印，这样可避免不必要的浪费。

一、打印预览

单击 按钮，在打开的菜单中选择【打印】/【打印预览】命令，这时功能区中只有【打印预览】选项卡，如图 11-15 所示。

图11-15 【打印预览】选项卡

在【显示比例】组中单击【显示比例】按钮，显示比例在"整页"和 100%间切换。

【预览】组中工具的功能如下。

- 选择【显示边距】复选项，则打印预览时显示边距。
- 单击【下一页】按钮，定位到工作表的下一页。
- 单击【上一页】按钮，定位到工作表的上一页。
- 单击【关闭打印预览】按钮，关闭打印预览窗口，返回到文档编辑状态。

【打印】组中工具的功能如下。

- 单击【打印】按钮，打印工作表。
- 单击【页面设置】按钮，弹出【页面设置】对话框，进行页面设置。

二、打印工作表

在 Excel 2007 中，打印工作表有以下 3 种常用方法。

- 按 Ctrl+P 键。
- 单击 按钮，在打开的菜单中选择【打印】/【打印】命令。
- 单击 按钮，在打开的菜单中选择【打印】/【快速打印】命令。

最后一种方法按默认方式打印所设置的打印区域一份，用前两种方法则弹出如图 11-16 所示的【打印内容】对话框，可进行以下操作。

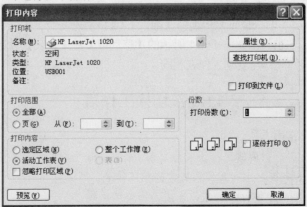

图11-16 【打印内容】对话框

- 在【名称】下拉列表中选择所用的打印机。
- 单击 属性(P) 按钮，弹出【打印机属性】对话框，从中可以选择纸张大小、方向、纸张来源、打印质量和打印分辨率等。
- 如果选择【打印到文件】复选项，则把工作表打印到某个文件上。
- 如果选择【全部】单选项，则打印整个工作表。
- 如果选择【页】单选项，则可在其右面的两个文本框中输入或调整打印的起始页码和终止页码。
- 如果选择【选定区域】单选项，则只打印选定的区域。
- 如果选择【整个工作簿】单选项，则打印整个工作簿中的所有工作表。
- 如果选择【活动工作表】单选项，则打印当前的活动工作表。
- 如果选择【忽略打印区域】复选项，则不管是否设置了打印区域，都打印整个工作表。
- 在【打印份数】文本框中，可输入或调整要打印的份数。
- 如果选择【逐份打印】复选项，则打印完从起始页到结束页一份后，再打印其余各份，否则起始页打印够指定份数后，再打印下一页。
- 单击 确定 按钮，按所做设置进行打印。

11.6　习题

启动 Excel 2007，依次打开功能区中的各选项卡，查看有哪些组，各组中有哪些工具；在第 2 个工作表前插入一个工作表，并重命名为"我的工作表"；删除最后一个工作表；以"我的第 1 个工作簿.xlsx"为文件名，保存文档到【我的文档】文件夹中；新建一个工作簿，以"我的第 2 个工作簿.xlsx"为文件名，保存文档到【我的文档】文件夹中；关闭"我的第 2 个工作簿.xlsx"，再打开"我的第 2 个工作簿.xlsx"；退出 Excel 2007。

Excel 2007 的工作表编辑

工作表编辑的常用操作包括单元格的激活与选定、单元格数据的编辑、单元格的编辑等。本讲课时为 2 小时。

学习目标

- ◆ 熟练掌握单元格激活与选定的方法。
- ◆ 熟练掌握单元格数据编辑的方法。
- ◆ 熟练掌握单元格编辑的方法。

12.1 单元格的激活与选定

对某一单元格进行操作，必须先激活该单元格，被激活的单元格称为活动单元格。要对某些单元格统一处理（如设置字体、字号等），需要选定这些单元格。

12.1.1 激活单元格

活动单元格是当前对其进行操作的单元格，其边框比其他单元格的边框粗黑显示（见图 12-1）。新工作表默认 A1 单元格为激活单元格。用鼠标左键单击一个单元格，该单元格成为活动单元格。

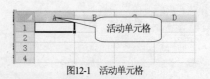

图12-1 活动单元格

利用键盘上的某些按键可以改变活动单元格的位置，具体操作如表 12-1 所示。

表 12-1 改变活动单元格位置的按键

按键	功能	按键	功能
↑	上移一格	↓	下移一格
Shift+Enter	上移一格	Enter	下移一格
PageUp	上移一屏	PageDown	下移一屏

续表

按键	功能	按键	功能
←	左移一格	→	右移一格
Shift+Tab	左移一格	Tab	右移一格
Home	到本行 A 列	Ctrl+Home	到 A1 单元格

12.1.2 选定单元格区域

被选定的单元格区域被粗黑边框包围，有一个单元格的底色为白色，其余单元格的底色为浅蓝色（见图 12-2），底色为白色的单元格是活动单元格。

用以下方法可选定一个矩形单元格区域。

- 按住 Shift 键移动光标，选定以开始单元格和结束单元格为对角的矩形区域。
- 拖动鼠标指针从一个单元格到另一个单元格，选定以这两个单元格为对角的矩形区域。
- 按住 Shift 键单击一个单元格，选定以活动单元格和单击单元格为对角的矩形区域。

图12-2　选定单元格区域

用以下方法可选定一整行（列），或若干相邻的行（列）。

- 单击工作表的行（列）号，选定该行（列）。
- 按住 Shift 键单击工作表的行（列）号，选定从当前行（列）到单击行（列）之间的行（列）。
- 拖动鼠标指针从一行（列）号到另一行（列）号，选定两行（列）之间的行（列）。

用以下方法可选定整个工作表。

- 按 Ctrl+A 键。
- 单击全选按钮（参见图 12-2）。

选定单元格区域后，单击工作表的任意一个单元格，或按表 12-1 所示的按键，即可取消所做的选定操作。

12.2　单元格数据的编辑

在编辑单元格数据前，应先激活或选定单元格。常用的编辑操作有输入、填充、修改、删除、查找、替换等。

12.2.1 输入数据

单元格数据的输入有不同的方式，不同类型的数据有不同的输入方法。

一、数据输入的方式

向单元格内输入数据有 3 种不同的方式：在活动单元格内输入数据、在选定的单元格区域内输入数据、在不同单元格内一次输入相同的数据。

(1) 在活动单元格内输入数据。

当激活一个单元格后，可以在单元格内输入数据。所输入的数据在单元格和编辑栏内同时显示。当输入完数据后，可以进行以下操作。

- 用光标移动键改变活动单元格的位置（见表 12-1），接受输入的数据，活动单元格做相应改变。
- 按 Esc 键，取消输入的数据，活动单元格不变。
- 单击编辑栏左边的 ✓ 按钮，接受输入的数据，活动单元格做相应改变。
- 单击编辑栏左边的 ✕ 按钮，取消输入的数据，活动单元格不变。

(2) 在选定单元格区域内输入数据。

当选定单元格区域后，如果输入数据时只用 Tab 键和 Enter 键移动活动单元格，则活动单元格不会超越选定的单元格区域，到达单元格区域边界后，光标自动移动到单元格区域内下一行或下一列的开始处。

(3) 在不同单元格内输入相同数据。

在若干单元格内输入同样的数据时，无需逐个输入，可以在这些单元格内一次输入完成，方法是，先选定这些单元格，然后输入数据，输入完后，再按 Ctrl+Enter 键，这样所选定的单元格内的数据都是刚输入的数据。

二、数据输入的方法

数据有文本型、数值型和日期时间型，每种类型都有各自的格式，只要按相应的格式输入，系统就会自动辨认并自动转换。

(1) 输入文本数据。

文本数据用来表示一个名字或名称，可以是汉字、英文字母、数字、空格等用键盘输入的字符。文本数据仅供显示或打印用，不能进行算术运算。

输入文本数据时，应注意以下特殊情况。

- 如果要输入的文本可视作数值数据（如"12"）、日期数据（如"3 月 5 日"）或公式（如"=A1*0.5"），应先输入一个英文单引号（'），再输入文本。
- 如果要输入文本的第 1 个字符是英文单引号（'），则应连续输入两个。
- 如果要输入分段的文本，输入完一段后要按 Alt+Enter 键，再输入下一段。

文本数据在单元格内显示时有以下特点。

- 文本数据在单元格内自动左对齐。
- 有分段文本的单元格，单元格高度根据文本高度自动调整。
- 当文本的长度超过单元格宽度时，如果右边单元格中无数据，文本扩展到右边单元格中显示，否则文本根据单元格宽度截断显示。

图 12-3 所示为文本"Office 2007 标准教程"在不同单元格中的显示情况。

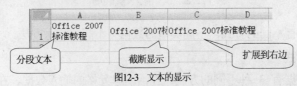

图12-3 文本的显示

(2) 输入数值数据。

数值数据表示一个有大小值的数，可以进行算术运算，可以比较大小。Excel 2007 中，数值数据可以用以下 5 种形式输入。

- 整数形式（如 100）。
- 小数形式（如 3.14）。
- 分数形式（如 1 1/2，等于 1.5。注意，在这里两个 1 之间有空格）。
- 百分数形式（如 10%，等于 0.1）。
- 科学记数法形式（如 1.2E3，等于 1200）。

对于整数和小数，输入时还可以带千分位（如 10,000）或货币符号（如$100）。输入数值数据时，应注意以下特殊情况。

- 如果输入一个用英文小括号括起来的正数，系统会将其当作有相同绝对值的负数对待。例如输入 "（100）"，系统将其作为 "-100"。
- 如果输入的分数没有整数部分，系统将其作为日期数据或文本数据对待，只要将 "0" 作为整数部分加上，就可避免这种情况。如输入 "1/2"，系统将其作为 "1 月 2 日"，而输入 "0   1/2"，系统将其作为 0.5。

数值数据在单元格内显示时有以下特点。

- 数值数据在单元格内自动右对齐。
- 当数值的长度超过 12 位时，自动以科学记数法形式表示。
- 当数值的长度超过单元格宽度时，如果未设置单元格宽度，单元格宽度自动增加，否则以科学记数法形式表示。
- 如果科学记数法形式仍然超过单元格的宽度，则单元格内显示 "####"，只要将单元格增大到一定宽度（详见 "13.2.2 设置列宽" 小节），就能将其正确显示。

图 12-4 所示为数 "12345678" 在不同宽度单元格中的显示情况。

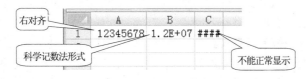

图12-4 数的显示

(3) 输入日期。

输入日期有以下 6 种格式。

①M/D（如 3/14）　　　　　　　　　　④Y/M/D（如 2007/3/14）
②M-D（如 3-14）　　　　　　　　　　⑤Y-M-D（如 2007-3-14）
③M 月 D 日（如 3 月 14 日）　　　　　⑥Y 年 M 月 D 日（如 2007 年 3 月 14 日）

输入日期时，应注意以下情况。

- 按①～③这 3 种格式输入，则默认的年份是系统时钟的当前年份。
- 按④～⑥3 种格式输入，则年份可以是两位（系统规定，00-29 表示 2000-2029，30-99 表示 1930-1999），也可以是 4 位。
- 按 Ctrl+; 键，则输入系统时钟的当前日期。

日期在单元格内显示时有以下特点。

- 日期在单元格内自动右对齐。
- 按①～③这 3 种格式输入，显示形式是 "M 月 D 日"，不显示年份。
- 按第④、第⑤种格式输入，显示形式是 "Y-M-D"，其中年份显示 4 位。

- 按第⑥种格式输入，则显示形式是"Y 年 M 月 D 日"，其中年份显示 4 位。
- 按 Ctrl+; 键，输入系统的当前日期，显示形式是"Y-M-D"，年份显示 4 位。
- 当日期的长度超过单元格宽度时，如果未设置单元格宽度，单元格宽度自动增加，否则单元格内显示"####"。只要将单元格增大到一定宽度，就能将其正确显示。

图 12-5 所示为日期"2008 年 8 月 8 日"在不同输入形式下的显示情况。

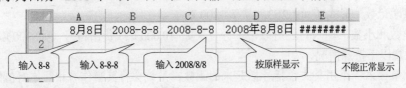

图12-5 日期的显示

(4) 输入时间。

输入时间有以下 6 种格式。

①H:M   ④H:M:S
②H:M AM   ⑤H:M:S AM
③H:M PM   ⑥H:M:S PM

输入时间时，应注意以下情况。

- 时间格式中的"AM"表示上午，"PM"表示下午，它们前面必须有空格。
- 带"AM"或"PM"的时间，H 的取值范围为"0"～"12"。
- 不带"AM"或"PM"的时间，H 的取值范围为"0"～"23"。
- 按 Ctrl+Shift+; 键，输入系统时钟的当前时间，显示形式是"H:M"。
- 如果输入时间的格式不正确，则系统当作文本数据对待。

时间在单元格内显示时有以下特点。

- 时间在单元格内自动右对齐。
- 时间在单元格内按输入格式显示，"AM"或"PM"自动转换成大写。
- 当时间的长度超过单元格宽度时，如果未设置单元格宽度，单元格宽度自动增加，否则单元格内显示"####"。只要将单元格增大到一定宽度，就能将其正确显示。

图 12-6 所示为时间"20 点 30 分"在不同输入形式下的显示情况。

图12-6 时间的显示

12.2.2 填充数据

如果要输入到某行或某列的数据有规律，可使用自动填充功能来完成数据输入。自动填充有 3 种常用方法：利用填充柄填充、填充单元格区域和填充序列。

一、利用填充柄填充

填充柄是活动单元格或选定单元格区域右下角的黑色小方块（见图 12-7），将鼠标指针移动到填充柄上面时，鼠标指针变成 + 状，在这种状态下拖动鼠标指针，拖动所覆盖的单元格被相应的内容填充。

利用填充柄进行填充时，有以下不同情况。

图12-7　填充柄

- 如果当前单元格中的内容是数，则该数被填充到所覆盖的单元格中。

- 如果当前单元格中的内容是文字，并且该文字的开始和最后都不是数字，该文字被填充到所覆盖的单元格中。

- 如果当前单元格中的内容是文字，并且文字的最后是阿拉伯数字，填充时文字中的数自动增加，步长是 1（如"零件 1"、"零件 2"、"零件 3"等）。

- 如果当前单元格中的内容是文字，且文字的开始是阿拉伯数字，最后不是数字，填充时文字中的数自动增加，步长是 1（如"1 班"、"2 班"、"3 班"等）。

- 如果当前单元格中的内容是日期，公差为 1 天的日期序列依次被填充到所覆盖的单元格中。

- 如果当前单元格中的内容是时间，公差为 1 小时的时间序列依次被填充到所覆盖的单元格中。

- 如果当前单元格中的内容是公式，填充方法详见"14.2.2 填充公式"小节。

- 如果当前单元格中的内容是内置序列中的一项，该序列中的以后项依次被填充到所覆盖的单元格中。

Excel 2007 提供了以下 11 个内置序列。

- Sun、Mon、Tue、Wed、Thu、Fri、Sat

- Sunday、Monday、Tuesday、Wednesday、Thursday、Friday、Saturday

- Jan、Feb、Mar、Apr、May、Jun、Jul、Aug、Sep、Oct、Nov、Dec

- January、February、March、April、May、June、July、August、September、October、November、December

- 日、一、二、三、四、五、六

- 星期日、星期一、星期二、星期三、星期四、星期五、星期六

- 一月、二月、三月、四月、五月、六月、七月、八月、九月、十月、十一月、十二月

- 正月、二月、三月、四月、五月、六月、七月、八月、九月、十月、十一月、腊月

- 第一季、第二季、第三季、第四季

- 子、丑、寅、卯、辰、巳、午、未、申、酉、戌、亥

- 甲、乙、丙、丁、戊、己、庚、辛、壬、癸

二、填充单元格区域

选定一个单元格区域后，可在单元格区域中进行填充，其方法是，在功能区【开始】选项卡的【编辑】组（见图 12-8）中，单击 按钮，在打开的【填充】列表中选择一个选项，按相应的方式填充所选定的单元格。

图12-8　【编辑】组

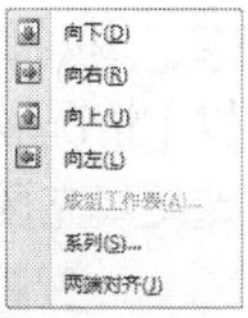

图12-9　【填充】列表

【填充】列表中各选项的功能如下。

- 【向上】选项: 单元格区域最后一行中的数据填充到其他行中。
- 【向下】选项: 单元格区域第一行中的数据填充到其他行中。
- 【向左】选项: 单元格区域最右一列中的数据填充到其他列中。
- 【向右】选项: 单元格区域最左一列中的数据填充到其他列中。

图 12-10 所示为单元格区域填充的示例。

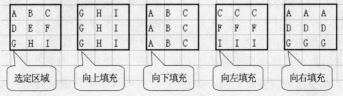

图12-10 单元格区域填充的示例

三、填充序列

如果要填充一个序列，应先输入序列的第 1 项，选定该单元格，然后选择【编辑】组【填充】列表（见图 12-9）中的【系列】选项，弹出如图 12-11 所示的【序列】对话框。

在【序列】对话框中，可进行以下操作。

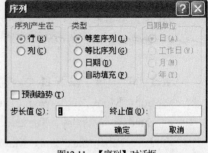

图12-11 【序列】对话框

- 如果选择【行】单选项，序列产生在当前或选定的行上。
- 如果选择【列】单选项，序列产生在当前或选定的列上。
- 如果选择【等差序列】单选项，产生一个等差序列。
- 如果选择【等比序列】单选项，产生一个等比序列。
- 如果选择【日期】单选项，产生一个日期序列。
- 如果选择【自动填充】单选项，以当前单元格中的内容填充。
- 选择【日期】单选项后，如果选择【日】单选项，日期以日为单位。
- 选择【日期】单选项后，如果选择【工作日】单选项，日期以工作日（周一至周五）为单位。
- 选择【日期】单选项后，如果选择【月】单选项，日期以月为单位。
- 选择【日期】单选项后，如果选择【年】单选项，日期以年为单位。
- 在【步长值】文本框中，输入等差、等比或日期序列的步长。如果选择了【自动填充】单选项，此项无效。
- 在【终止值】文本框中，输入序列最后的值。如果选择了【自动填充】单选项，此项无效。
- 单击 确定 按钮，按所做设置填充，同时关闭对话框。

填充序列时，以下情况应引起注意。

- 如果没有选定填充区域，必须在【终止值】文本框中输入序列的终止值。

- 选定了单元格区域后，如果在【终止值】文本框中没有输入序列的终止值，在单元格区域内填充序列。
- 选定了单元格区域后，如果在【终止值】文本框中输入了序列的终止值，在单元格区域内填充序列，超出终止值的数据不填充。
- 当前单元格中的数据是文本数据，如果按【等差序列】、【等比序列】或【日期】类型进行填充，系统不进行填充操作。
- 在填充序列过程中，被填充单元格中原来的内容被覆盖。

12.2.3 修改数据

如果输入的内容不正确，可以对其进行修改。要对单元格的数据进行修改，首先要进入修改状态，然后进行修改操作，如移动光标、插入、改写、删除等操作。修改完成后，可以确认或取消所做的修改。

一、进入修改状态

- 单击要修改的单元格，再单击编辑栏，光标出现在编辑栏内。
- 单击要修改的单元格，再按 F2 键，光标出现在单元格内。
- 双击要修改的单元格，光标出现在单元格内。

二、移动光标

- 在编辑栏或单元格内某一点单击鼠标左键，光标定位到该位置。
- 用键盘上的光标移动键也可移动光标，如表 12-2 所示。

表 12-2　　　　　　常用的移动光标按键

按键	移动到	按键	移动到	按键	移动到
←	左侧一个字符	Ctrl+←	左侧一个词	Home	当前行的行首
→	右侧一个字符	Ctrl+→	右侧一个词	End	当前行的行尾
↑	上一行	Ctrl+↑	前一个段落	Ctrl+Home	单元格内容的开始
↓	下一行	Ctrl+↓	后一个段落	Ctrl+End	单元格内容的结束

三、插入与删除

- 在改写状态下（光标是黑色方块），输入的字符将覆盖方块上的字符。在插入状态下（光标是竖线），输入的字符将插入到光标处。按 Insert 键可切换插入/改写状态。
- 按 Backspace 键，可删除光标左边的一个字符或选定的字符，按 Delete 键，可删除光标右边的一个字符或选定的字符。

四、确认或取消修改

- 单击编辑栏左边的☑按钮，所做修改有效，活动单元格不变。
- 单击编辑栏左边的☒按钮或按 Esc 键，取消所做的修改，活动单元格不变。
- 按 Enter 键，所做修改有效，本列下一行的单元格为活动单元格。
- 按 Tab 键，所做修改有效，本行下一列的单元格为活动单元格。

12.2.4 删除数据

用以下方法可以删除活动单元格或所选定单元格中的所有内容。

- 按 Delete 键或 Backspace 键。
- 单击【编辑】组（见图12-8）中的 ⌀▾ 按钮，在打开的列表中选择【清除内容】选项。

单元格中的内容被删除后，单元格以及单元格中内容的格式仍然保留，以后再往此单元格内输入数据时，数据采用原来的格式。

12.2.5 查找数据

查找和替换都是从当前活动单元格开始搜索整个工作表，若只搜索工作表的一部分，应先选定相应的区域。

按 Ctrl+F 键，或单击【编辑】组（见图 12-8）中的【查找和选择】按钮，在打开的列表中选择【查找】选项，弹出【查找和替换】对话框，当前选项卡是【查找】选项卡（见图 12-12），可进行以下操作。

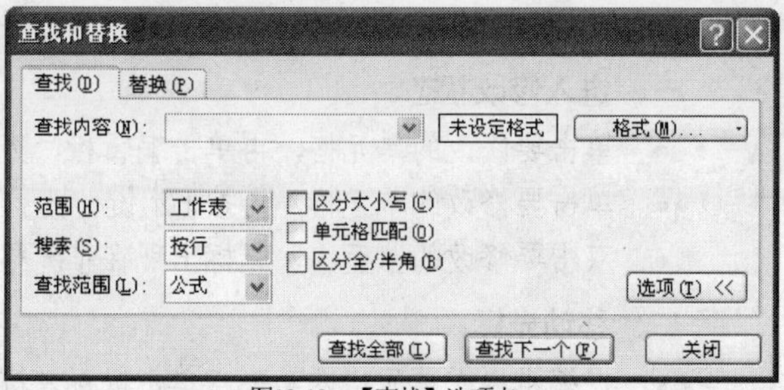

图12-12 【查找】选项卡

- 在【查找内容】下拉列表中，输入或选择要查找的内容。
- 单击 格式(M)... 按钮，打开一个列表，可从中选择一个选项，用来设置要查找文本的格式。查找过程中，将查找内容与格式都相同的文本。
- 在【范围】下拉列表中，如果选择【工作表】选项，则在当前工作表中查找。如果选择【工作簿】选项，则在工作簿中的所有工作表中查找。
- 在【搜索】下拉列表中，如果选择【按行】选项，则逐行搜索工作表。如果选择【按列】选项，则逐列搜索工作表。
- 在【查找范围】下拉列表中，如果选择"公式"，则查找时仅与公式比较。如果选择"值"，则查找时与数据或公式的计算结果比较。
- 选择【区分大小写】复选项，则查找时将区分大小写字母。
- 选择【单元格匹配】复选项，则只查找与查找内容完全相同的单元格。
- 选择【区分全/半角】复选项，则查找时区分全角和半角字符。
- 单击 查找下一个(F) 按钮，开始按所做设置查找。如果搜索成功，则搜索到的单元格为活动单元格，否则弹出一个对话框，提示没找到。

12.2.6 替换数据

按 Ctrl+H 键，或单击【编辑】组（见图 12-8）中的【查找和选择】按钮，在打开的列表中选择【替换】选项，弹出【查找和替换】对话框，当前选项卡是【替换】选项卡（见图 12-13），【替换】选项卡与【查找】选项卡的不同部分解释如下。

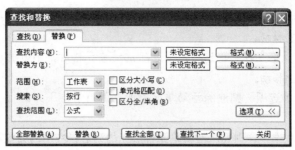

图12-13　【替换】选项卡

- 在【替换为】下拉列表中输入要替换成的内容。
- 单击 查找下一个(F) 按钮，查找被替换的内容。
- 单击 替换(R) 按钮，将【替换为】下拉列表中的内容替换查找到的内容，并自动查找下一个被替换的内容。
- 单击 全部替换(A) 按钮，全部替换所有查找到的内容。

12.3　单元格的编辑

工作表表格常用的编辑操作包括插入单元格、删除单元格、复制单元格和移动单元格。

12.3.1　插入单元格

在功能区【开始】选项卡的【单元格】组（见图 12-14）中，单击 插入 按钮右边的 按钮，在打开的列表中选择【单元格】选项，弹出如图 12-15 所示的【插入】对话框。

图12-14　【单元格】组

图12-15　【插入】对话框

在【插入】对话框中，4 个单选项的作用如下。

- 选择【活动单元格右移】单选项，则插入单元格后，活动单元格及其右侧的单元格依次向右移动。
- 选择【活动单元格下移】单选项，则插入单元格后，活动单元格及其下方的单元格依次向下移动。
- 选择【整行】单选项，则插入一行后，当前行及其下方的行依次向下移动。
- 选择【整列】单选项，则插入一列后，当前列及其右侧的列依次向右移动。

12.3.2　删除单元格

在功能区【开始】选项卡的【单元格】组（见图 12-14）中，单击 删除 按钮右边的 按钮，在打开的列表中选择【单元格】选项，弹出如图 12-16 所示的【删除】对话框。

在【删除】对话框中，4 个单选项的作用如下。

- 选择【右侧单元格左移】单选项，则删除活动单元格后，右侧的单元格依次向左移动。
- 选择【下方单元格上移】单选项，则删除活动单元格后，下方的单元格依次向上移动。
- 选择【整行】单选项，则删除活动单元格所在的行后，下方的行依次向上移动。
- 选择【整列】单选项，则删除活动单元格所在的列后，右侧的列依次向左移动。

图12-16 【删除】对话框

12.3.3 复制单元格

把鼠标指针放到选定的单元格或单元格区域的边框上，按住 Ctrl 键和鼠标左键的同时拖动鼠标指针到目标单元格，可复制单元格。另外，把选定的单元格或单元格区域的内容复制到剪贴板，再将剪贴板上的内容粘贴到目标单元格或单元格区域中，也可复制单元格。

复制单元格时，单元格的内容和格式一同被复制。如果单元格中的内容是公式，复制后的公式根据目标单元格的地址进行调整，参见"14.2.3 复制公式"小节。

12.3.4 移动单元格

把鼠标指针放到选定的单元格或单元格区域的边框上，按鼠标左键拖动鼠标指针到目标单元格，可移动单元格。另外，把选定的单元格或单元格区域的内容剪切到剪贴板，再把剪贴板上的内容粘贴到目标单元格或单元格区域中，也可移动单元格。

移动单元格时，单元格的内容和格式一同移动。如果单元格中的内容是公式，移动后的公式不根据目标单元格的地址进行调整，参见"14.2.4 移动公式"小节。

12.4　习题

1.　建立以下工作表。

	A	B	C	D	E	F
1	课程表					
2		星期一	星期二	星期三	星期四	星期五
3	1-2节	数学	语文	英语	数学	语文
4	3-4节	语文	英语	数学	语文	英语
5	5-6节	体育	音乐	美术	计算机	书法
6	7-8节	自习	自习	自习	自习	自习
7						

2.　建立以下工作表。

	A	B	C	D	E
1	报销台账				
2	日期	部门	员工	事由	金额
3	4月1日	销售	张三	出差	1234.89
4	4月1日	研发	李四	通讯费	246.76
5	4月2日	生产	王五	劳保	524.26
6					
7					

Excel 2007 的工作表格式化

工作表中的数据和单元格表格采用默认格式，可以改变它们的格式。常用操作包括格式化单元格数据、格式化单元格表格、使用高级格式化和页面设置。在对单元格格式化时，如果选定了单元格，则格式化所选定单元格，否则格式化当前单元格。本讲课时为 2 小时。

ℹ️ 学习目标

◆ 熟练掌握工作表数据格式的设置方法。
◆ 熟练掌握工作表表格格式的设置方法。
◆ 掌握高级格式的设置方法。
◆ 熟练掌握工作表页面的设置方法。

13.1　工作表数据的格式化

单元格内数据的格式化主要包括设置字符格式、设置数字格式、设置对齐与方向、设置缩进等。

13.1.1　设置字符格式

通过功能区【开始】选项卡的【字体】组（见图 13-1）中的工具，可以很容易地设置数据的字符格式，这些设置与 Word 2007 中的几乎相同，不再重复。

与 Word 2007 不同的是，Excel 2007 不支持中文的"号数"，只支持"磅值"。"号数"和"磅值"的换算关系详见"4.2.1 设置字体、字号和字颜色"小节。

图13-1　【字体】组

13.1.2　设置数字格式

利用功能区【开始】选项卡的【数字】组（见图 13-2）中的工具，可进行以下数字格式设置操作。

- 单击【数字样式】下拉列表（位于【数字】组的顶部）中的 ▾ 按钮，打开【数字样式】列表，可从中选择一种数字样式。
- 单击 按钮，设置数字为中文（中国）货币样式（数值前加 "¥" 符号，千分位用 "," 分隔，保留两位小数）。单击 按钮右边的 ▾ 按钮，在打开的列表中可选择其他语言（国家）的货币样式。

图13-2 【数字】组

- 单击 % 按钮，设置数字为百分比样式（如 1.23 变为 123%）。
- 单击 , 按钮，为数字加千分位（如 123456.789 变为 123,456.789）。
- 单击 按钮，增加小数位数。单击 按钮，减少小数位数（4 舍 5 入）。
- 单击【数字】组右下角的 按钮，弹出【设置单元格格式】对话框，当前选项卡是【数字】选项卡（见图 13-3）。在【分类】列表框中选择一种数字类型，右侧会出现该类型的说明、示例和若干选项，可根据需要对这些选项进行设置，单击 确定 按钮，按所做的选择设置数字格式。

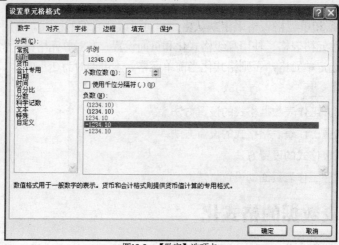

图13-3 【数字】选项卡

图 13-4 所示为数 123456.789 的各种数字格式的示例。

	A	B
1	123456.789	常规（不包含任何数字格式）
2	123456.79	数值（默认2位小数）
3	¥123,456.79	货币（默认￥货币符号，含千分位，默认2位小数）
4	¥ 123,456.79	会计（默认￥货币符号，含千分位，默认2位小数，同一列中货币符号和小数位对齐）
5	12345678.90%	百分比（默认2位小数）
6	123456 15/19	分数（小数部分用分数表示，分母选2位）
7	1.23E+05	科学记数（默认2位小数）
8	123456.789	文本（数字作为文本处理，自动左对齐）
9	123457	特殊-邮政编码（转换为邮政编码，取前7位）
10	一十二万三千四百五十六.七八九	特殊-中文小写数字（转换为中文小写数字）
11	壹拾贰万叁仟肆佰伍拾陆.柒捌玖	特殊-中文大写数字（转换为中文大写数字）

图13-4 数字格式示例

13.1.3 设置对齐与方向

利用功能区【开始】选项卡的【对齐方式】组（见图 13-5）中的工具，可进行以下对齐方式设置。

- 单击  按钮,设置垂直靠上对齐。
- 单击 ▦ 按钮,设置垂直中部对齐。
- 单击 ▦ 按钮,设置垂直靠下对齐。
- 单击 ▦ 按钮,设置水平左对齐。
- 单击 ▦ 按钮,设置水平居中对齐。
- 单击 ▦ 按钮,设置水平右对齐。

图13-5 【对齐方式】组

- 单击 ❖ 按钮,打开【文字方向】列表,可从中选择一种文字方向。
- 单击【对齐方式】组右下角的 ▦ 按钮,弹出【设置单元格格式】对话框,当前选项卡是【对齐】选项卡(见图 13-6),可在【对齐】选项卡中设置对齐方式和文字方向。

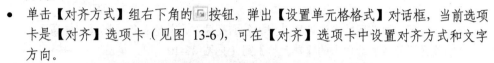

图13-6 【对齐】选项卡

图 13-7 所示为对齐、排列和转动示例。

图13-7 对齐、排列和转动示例

13.1.4 设置缩进

单元格内的数据左边可以缩进若干个单位,1 个单位相当于两个字符的宽度。利用功能区【开始】选项卡的【对齐方式】组(见图 13-5)中的工具,可进行以下缩进设置。

- 单击 ▦ 按钮,缩进增加 1 个单位。
- 单击 ▦ 按钮,缩进减少 1 个单位。

图 13-8 所示为不同缩进的示例。

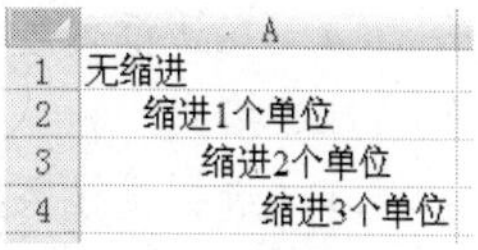

图13-8 不同缩进示例

13.2 工作表表格的格式化

单元格表格的格式化常用的操作包括设置行高、设置列宽、设置边框、设置合并居中等。

13.2.1 设置行高

改变某一行或某些行的高度，有以下方法。

- 将鼠标指针移动到要调整行高的行分隔线上（该行行号按钮的下边线），鼠标指针呈 ✛ 状（见图 13-9），按住鼠标左键垂直拖动鼠标指针，即可改变行高。
- 选定若干行，用前面的方法调整其中一行的高度，则其他各行设置成同样高度。
- 在功能区【开始】选项卡的【单元格】组（见图 13-10）中，单击 格式 按钮，在打开的列表中选择【行高】选项，弹出如图 13-11 所示的【行高】对话框。在【行高】文本框中输入数值，单击 确定 按钮，将当前行或被选定的行设置成相应的高度。

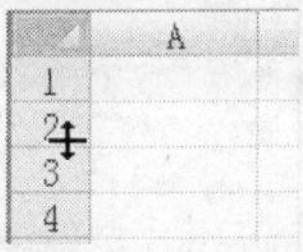

图13-9 行分隔线

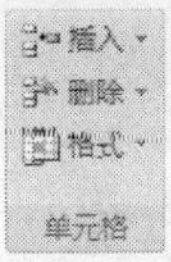

图13-10 【单元格】组

图13-11 【行高】对话框

13.2.2 设置列宽

改变某一列或某些列的宽度，有以下方法。

- 将鼠标指针移动到要调整列宽的列分隔线上（该列列号按钮的右边线），鼠标指针呈 ✛ 状（见图 13-12），按住鼠标左键水平拖动鼠标指针，即可改变列宽。
- 选定若干列，用上面的方法调整其中一列的宽度，则其他各列设置成同样宽度。
- 在功能区【开始】选项卡的【单元格】组（见图 13-11）中，单击 格式 按钮，在打开的列表中选择【列宽】选项，弹出如图 13-13 所示的【列宽】对话框。在【列宽】文本框中输入数值，单击 确定 按钮，将当前列或被选定的列设置成相应的宽度。

图13-12 列分隔线

图13-13 【列宽】对话框

13.2.3 设置边框

单击功能区【开始】选项卡的【字体】组（见图 13-1）中 按钮右边的 按钮，打开的边框列表，如图 13-14 所示，可进行以下边框设置。

- 在边框列表中选择一种边框类型，可将活动单元格或选定单元格的边框设置成相应格式。
- 选择【线条颜色】选项，在打开的【线条颜色】列表中选择一种颜色，这时鼠标指

针变为 ⁄ 状，在工作表中按住鼠标左键拖动鼠标指针，鼠标指针所经过的边框设置成相应颜色，边框的线型为最近使用过的边框线型。

- 选择【线型】选项，在打开的【线型】列表中选择一种线型，这时鼠标指针变为 ⁄ 状，在工作表中按住鼠标左键拖动鼠标指针，鼠标指针所经过的边框设置成相应线型，边框的颜色为最近使用过的边框颜色。

- 选择【绘图边框】选项，这时鼠标指针变为 ⁄ 状，在工作表中按住鼠标左键拖动鼠标指针，绘制鼠标指针所经过的单元格的外围边框，边框颜色为最近使用过的边框颜色，边框线型为最近使用过的边框线型。

- 选择【绘图边框网格】选项，这时鼠标指针变为 ⁄ 状，在工作表中按住鼠标左键拖动鼠标指针，绘制鼠标指针所经过的单元格的内部网格，边框颜色为最近使用过的边框颜色，边框线型为最近使用过的边框线型。

- 选择【擦除边框】选项，这时鼠标指针变为 ⌫ 状，在工作表中按住鼠标左键拖动鼠标指针，鼠标指针所经过的边框被擦除。

以上绘制或擦除边框的操作完成后，鼠标指针没还原成原来的形状，还可以继续绘制或擦除边框。

再次单击 ▦ 按钮（注意，该按钮随操作的不同而改变），或按 Esc 键，鼠标指针还原成原来的形状。

图 13-15 所示为边框设置示例。

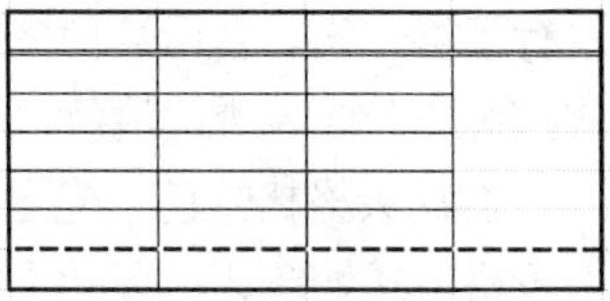

图13-14　边框列表

图13-15　边框设置示例

13.2.4 设置合并居中

在功能区【开始】选项卡的【对齐方式】组（见图 13-5）中，单击 ▦ 按钮右边的 ▾ 按钮，打开【合并居中】列表（见图 13-16），可进行以下合并居中设置。

图13-16　【合并居中】列表

- 选择【合并后居中】选项，把选定的单元格区域合并成一个单元格，合并后单元格的内容为最左上角非空单元格的内容，并且该内容水平居中对齐。

- 选择【跨越合并】选项，把选定单元格区域的第一行合并成一个单元格，合并后单元格的内容为最左上角非空单元格的内容。跨越合并只能水平合并一行，既不能合并多行，也不能垂直合并。

- 选择【合并单元格】选项，把选定的单元格区域合并成一个单元格，合并后单元格的内容为最左上角非空单元格的内容。

- 选择【取消单元格合并】选项，把已合并的单元格还原成合并前的单元格，最左上角单元格的内容为原单元格的内容。

合并居中非常适合设置表格的标题，对于水平标题，合并居中后即可完成，由于单元格中内容默认的文字方向是水平，因此，要设置垂直标题，合并居中后还需要设置文字方向为"竖排"。

图 13-17 所示为合并居中的示例。

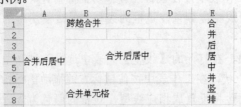

图13-17 合并居中示例

13.3 工作表的高级格式化

利用功能区【开始】选项卡的【样式】组中的命令按钮，可以实现高级格式化。高级格式化操作包括套用表格格式、套用单元格样式、设置条件格式。这些设置操作通常使用【样式】组（见图 13-18）中的工具来完成。

图13-18 【样式】组

13.3.1 套用表格格式

Excel 2007 预置了 60 种表格格式，这些格式既对单元格数据进行了格式化，又对单元格表格进行了格式化。套用某种格式，可以快速格式化表格，无需对单元格逐一进行格式化。预置表格格式按色彩分成 3 类：浅色、中等深浅、深色。

套用表格格式前，先选定要套用格式的单元格区域。单击【样式】组（见图 13-18）中的【套用表格格式】按钮，打开【表格格式】列表，如图 13-19 所示。

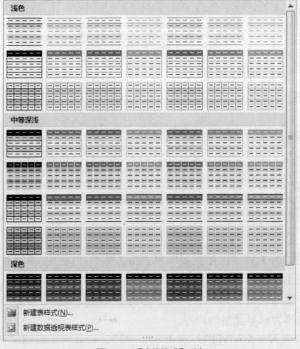

图13-19 【表格格式】列表

在【表格格式】列表中，选择一种格式，弹出如图13-20所示的【套用表格式】对话框。

在【套用表格式】对话框中，根据需要修改文本框中单元格区域的地址（有关地址的概念详见“14.1.2 单元格地址”和“14.1.3 单元格引用”小节），根据需要选择【表包含标题】复选项，单击 确定 按钮。

套用表格格式后，Excel 2007 自动把表格设置为自动筛选状态（有关筛选的概念详见“15.3 数据筛选”节），标题行的每个标题上都带有下拉箭头（见图13-21），如果要取消自动筛选状态，只需在功能区【数据】选项卡的【排序和筛选】组中单击【筛选】按钮即可。

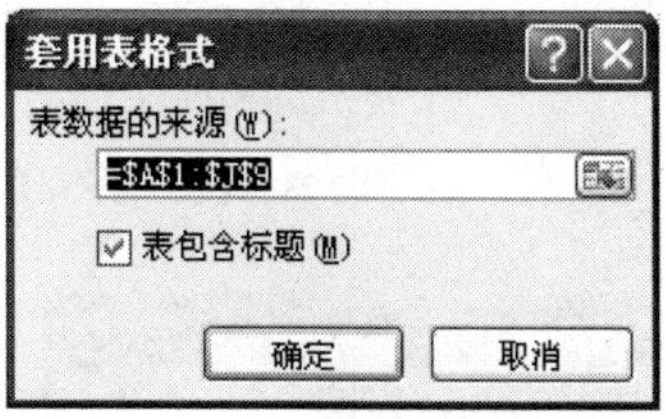

图13-20 【套用表格式】对话框

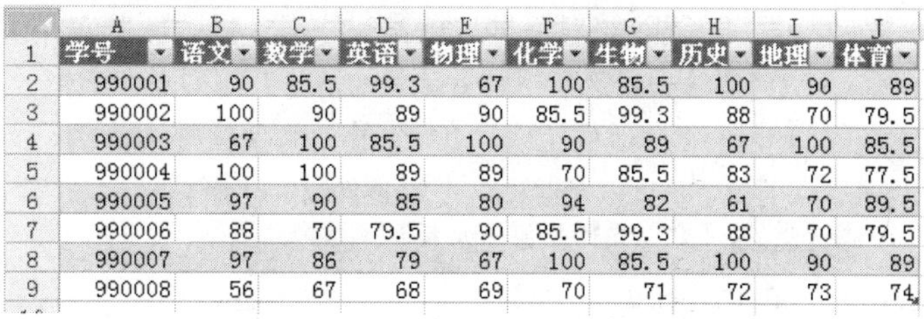

	A	B	C	D	E	F	G	H	I	J
1	学号	语文	数学	英语	物理	化学	生物	历史	地理	体育
2	990001	90	85.5	99.3	67	100	85.5	100	90	89
3	990002	100	90	89	90	85.5	99.3	88	70	79.5
4	990003	67	100	85.5	100	90	89	67	100	85.5
5	990004	100	100	89	89	70	85.5	83	72	77.5
6	990005	97	90	85	80	94	82	61	70	89.5
7	990006	88	70	79.5	90	85.5	99.3	88	70	79.5
8	990007	97	86	79	67	100	85.5	100	90	89
9	990008	56	67	68	69	70	71	72	73	74

图13-21 套用表格格式后的单元格区域

13.3.2 套用单元格样式

Excel 2007 预置了40多种单元格样式，这些样式对单元格数据的字体、字号、字颜色、底色、边框、对齐等格式进行了设置。套用某种样式，可以快速格式化单元格，无需对每项格式逐一进行设置。

选定要套用格式的单元格或单元格区域，单击【样式】组（见图13-18）中的【单元格样式】按钮，打开如图13-22所示的【单元格样式】列表，从中选择一种样式，选定的单元格或单元格区域即设置成相应的格式。

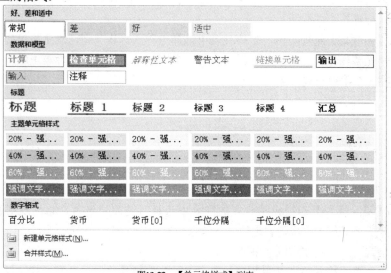

图13-22 【单元格样式】列表

13.3.3 设置条件格式

条件格式是指单元格中数据的格式依赖于某个条件，当条件的值为真时，数据的格式为指定的格式，否则为原来的格式。

选定要条件格式化的单元格或单元格区域，单击【样式】组（见图 13-18）中的【条件格式化】按钮，打开【条件格式化】列表，如图 13-23 所示。

图13-23 【条件格式化】列表

通过【条件格式化】列表，可进行以下条件格式化操作。

- 选择【突出显示单元格规则】选项，从打开的列表中选择一个规则后，弹出一个对话框（以"大于"规则为例，如图 13-24 所示），通过该对话框，设置条件格式化所需的界限值和格式。
- 选择【项目选取规则】选项，从打开的列表中选择一个规则后，弹出一个对话框（以"10 个最大的项"规则为例，如图 13-25 所示），通过该对话框，设置条件格式化所需的项目数和格式。

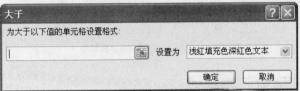

图13-24 【大于】对话框

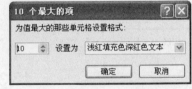

图13-25 【10 个最大的项】对话框

- 选择【数据条】选项，从打开的列表中选择一种数据条的颜色类型，设置相应的数据条格式。单元格区域中用来表示数据大小的彩条叫数据条。数据条越长，表示数据在单元格区域中越大。图 13-26 所示为单元格区域的一种数据条设置。
- 选择【色阶】选项，从打开的列表中选择一种色阶的颜色类型，设置相应的色阶格式。单元格区域中用来表示数值大小的双色或三色渐变的底色叫色阶。色阶的颜色深浅不同，表示数值在单元格区域中的大小不同。图 13-27 所示为单元格区域的一种色阶设置。
- 选择【图标集】选项，从打开的列表中选择一种图标集类型，设置相应的图标集格式。单元格区域中用来表示数据大小的多个图标叫图标集。图标集中的一个图标用来表示一个值或一类（如大、中、小）值。图 13-28 所示为单元格区域的一种图标集设置。

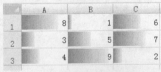

图13-26 数据条设置

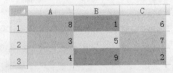

图13-27 色阶设置

图13-28 图标集设置

- 选择【清除规则】选项，从打开的列表中选择【清除所选单元格的规则】选项或【清除所选工作表的规则】选项，以清除相应的条件格式。

设置条件格式时，需要注意以下事项。

- 对同一个单元格区域，使用某一规则设置了条件格式后，还可使用其他规则再设置条件格式。
- 除了【突出显示单元格规则】以外，多次设置的其他规则，仅最后一次生效。

13.4 工作表的页面设置

工作表页面的设置包括设置纸张、设置打印区域、插入分页符、设置背景、设置打印标题等。

13.4.1 设置纸张

设置纸张通常包括设置纸张大小、设置纸张方向和设置页边距等操作。这些操作通过【页面布局】选项卡【页面设置】组（见图 13-29）中的工具来完成。

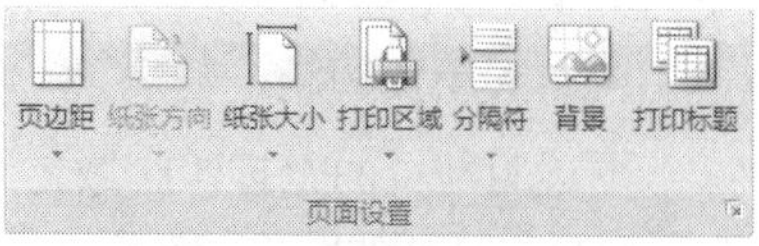

图13-29 【页面设置】组

一、设置纸张大小

单击【页面设置】组（见图 13-29）中的【纸张大小】按钮，打开如图 13-30 所示的【纸张大小】列表，从中选择一种纸张类型，即可将当前文档的纸张设置为相应的大小。

在【纸张大小】列表中，如果选择了【其他页面大小】选项，弹出【页面设置】对话框，当前选项卡是【页面】选项卡，如图 13-31 所示，可进行以下操作。

图13-30 【纸张大小】列表

图13-31 【页面】选项卡

- 在【方向】分组框中，如果选择【纵向】单选项，纸张方向为纵向。
- 在【方向】分组框中，如果选择【横向】单选项，纸张方向为横向。
- 在【缩放】分组框中，如果选择【缩放比例】单选项，可在其右边的文本框中输入或调整相应的比例值。
- 在【缩放】组中，如果选择【调整为】单选项，可在其右边的文本框中输入或调整相应的值。
- 在【纸张大小】下拉列表中选择所需要的标准纸张类型，Excel 2007 中默认设置为"A4（210 毫米×297 毫米）"纸。
- 在【打印质量】下拉列表中，选择定义的质量，有【600 点/英寸】和【300 点/英寸】两个选项，"600 点/英寸"的打印质量比"300 点/英寸"高。

- 在【起始页码】文本框中，输入页码的起始值。
- 单击 确定 按钮，完成纸张设置。

二、设置纸张方向

单击【页面设置】组（见图 13-29）中的【纸张方向】选项，打开如图 13-32 所示的【纸张方向】列表，从中选择一个选项，即可将当前文档的纸张设置为相应的方向。

图13-32 【纸张方向】列表

三、设置页边距

页边距是页面上打印区域之外的空白空间。单击【页面设置】组（见图 13-29）中的【页边距】按钮，打开如图 13-33 所示的【页边距】列表，从中选择一种页边距类型，即可将当前文档的纸张设置为相应的边距。

如果选择【自定义边距】选项，弹出【页面设置】对话框，当前选项卡是【页边距】，如图 13-24 所示，可进行以下操作。

图13-33 【页边距】列表

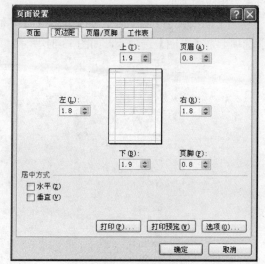

图13-34 【页边距】选项卡

- 在【上】、【下】、【左】、【右】、【页眉】、【页脚】文本框中，输入数值或调整数值，改变上、下、左、右、页眉、页脚的边距。
- 如果在【居中】方式组中选择【水平】复选项，忽略【左】、【右】边距设置，工作表水平居中打印在纸张上。
- 如果在【居中】方式组中选择【垂直】复选项，忽略【上】、【下】边距设置，工作表垂直居中打印在纸张上。
- 单击 确定 按钮，完成页边距的设置。

13.4.2 设置打印区域

Excel 2007 打印工作表时，默认情况下打印整个工作表。如果想打印工作表的一部分，需要设置打印区域。要设置工作表的打印区域，首先选定该区域，单击【页面设置】组（见图 13-29）中的【打印区域】按钮，打开如图 13-35 所示的【打印区域】列表，再从列表中选择【设置打印区域】选项，当选定区域

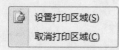

图13-35 【打印区域】列表

的边框上出现虚线时，表示打印区域已设置好了。

设置好打印区域后，打印时只打印该区域中的数据。如果要取消该打印区域的选定状态，单击【打印区域】按钮，在打开的列表中选择【取消打印区域】选项即可。

13.4.3 插入分页符

Excel 2007 打印工作表时，会根据纸张的大小自动对打印区域分页，如果要想手工分页，应插入分页符。

单击【页面设置】组（见图 13-29）中的【分隔符】按钮，打开如图 13-36 所示的【分隔符】列表，再从列表中选择【插入分页符】选项，则插入一个分页符，分页符在工作表中用虚线表示。

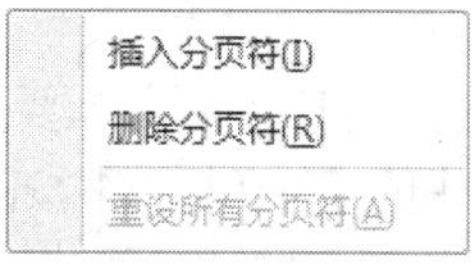

插入分页符有以下几种情况。

- 如果选定一行，在该行前插入分页符。
- 如果选定一列，在该列左侧插入分页符。
- 如果没有选定行或列，则在活动单元格所在行前插入分页符，同时在活动单元格所在列左侧插入分页符，即原来的 1 页被分成 4 页。

把活动单元格移动到分页符下一行的单元格，或分页符右一列的单元格，再在【分隔符】列表中选择【删除分页符】选项，则删除相应的分页符。

> 插入分页符(I)
> 删除分页符(R)
> 重设所有分页符(A)

图13-36 【分隔符】列表

13.4.4 设置背景

默认情况下，工作表没有背景，Excel 2007 允许用一幅图片作为背景。单击【页面设置】组（见图 13-29）中的【背景】按钮，弹出如图 13-37 所示的【工作表背景】对话框。

图13-37 【工作表背景】对话框

在【工作表背景】对话框中，可进行以下操作。

- 在【查找范围】下拉列表中选择图片文件所在的文件夹，也可在窗口左侧的预设位置列表中选择要保存到的文件夹。文件列表框（窗口右边的区域）中列出该文件夹中图片和子文件夹的图标。
- 在文件列表中，双击一个文件夹图标，打开该文件夹。

- 在文件列表中，单击一个图片文件图标，选择该图片。
- 在文件列表中，双击一个图片文件图标，插入该图片。
- 单击 插入(S) 按钮，所选择的图片作为工作表背景。

设置了工作表背景后，原来的【背景】按钮就变成了【删除背景】按钮，单击该按钮即可删除工作表背景。

13.4.5 设置打印标题

打印标题是指要在打印页的顶端或左端重复出现的行或列。单击【页面设置】组（见图 13-29）中的【打印标题】按钮，弹出如图 13-38 所示的【页面设置】对话框，当前选项卡是【工作表】选项卡，可进行以下操作。

- 在【顶端标题行】文本框中输入顶端标题行在工作表中的位置，或者单击右边的 ▦ 按钮，在工作表中选择顶端标题行。
- 在【左端标题列】文本框中输入左端标题列在工作表中的位置，或者单击右边的 ▦ 按钮，在工作表中选择左端标题列。
- 单击 确定 按钮，完成打印标题的设置。

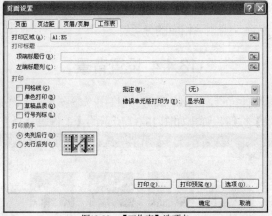

图13-38 【工作表】选项卡

13.5 习题

建立课程表。

	星期一	星期二	星期三	星期四	星期五
课程表
星期\课节	星期一	星期二	星期三	星期四	星期五
第1节	数学	语文	英语	数学	语文
第2节	英语	数学	语文	英语	数学
第3节	美术	音乐	品德	美术	音乐
第4节	品德	美术	音乐	品德	美术
第5节	语文	英语	数学	语文	数学
第6节	数学	语文	英语	数学	英语

Excel 2007 的公式使用

Excel 2007 的一个强大功能是可以在单元格内输入公式，系统自动在单元格内显示计算结果。公式中除了使用一些数学运算外，还可以使用系统提供的强大的数据处理函数。本讲课时为 2 小时。

ⓘ **学习目标**

◆ 深刻理解公式的基本概念。

◆ 熟练掌握公式的使用方法。

14.1 公式的基本概念

Excel 2007 公式涉及的基本概念有常量、单元格地址、单元格引用、运算符和内部函数。

14.1.1 常量

常量是一个固定的值，从字面上就能知道该值是什么或它的大小是多少。公式中的常量有数值型常量、文本型常量和逻辑常量。

一、数值型常量

数值型常量可以是整数、小数、分数、百分数，可以带正（负）号，但不能带千分位和货币符号。

以下是合法的数值型常量：100（整数）、-200（整数，带负号）、3.14（小数）、-2.48（小数，带负号）、1/2（真分数）、1 1/2（带分数，整数和分数中间有一个空格）、15%（百分数，等于 0.15）。

以下是非法的数值型常量。

- 2A：不是一个数。
- 1,000：带千分位，不是一个数值型常量。
- $123：带货币符号，不是一个数值型常量。
- 1+1：是一个运算式，不是一个数值型常量。
- "250"：是一个文本型常量，不是一个数值型常量。

二、文本型常量

文本型常量是用英文双引号（""）括起来的若干字符，但其中不能包含英文双引号。例如"平均值是"、"总金额是"等都是合法的文本型常量。

以下是非法的文本型常量。

- 平均值是：无英文双引号。
- "平均值是"：双引号是中文双引号。
- "平均值是：少一半英文双引号。
- "平均值"是"：多一个英文双引号。

三、逻辑常量

逻辑常量只有 TRUE 和 FALSE 这两个值，分别表示真和假。

14.1.2 单元格地址

单元格的列号与行号称为单元格地址，地址有相对地址、绝对地址、混合地址等 3 种类型。

一、相对地址

相对地址仅包含单元格的列号与行号（列号在前，行号在后），如 A1、B2。相对地址是 Excel 2007 默认的单元格引用方式。在复制或填充公式时，系统根据目标位置自动调节公式中的相对地址。例如 C2 单元格中的公式是"=A2+B2"，如果将 C2 单元格中的公式复制或填充到 C3 单元格，则 C3 单元格中的公式自动调整为"=A3+B3"，即公式中相对地址的行坐标加 1。

二、绝对地址

绝对地址是在列号与行号前均加上"$"符号，如$A$1、$B$2。在复制或填充公式时，系统不改变公式中的绝对地址。例如 C2 单元格中的公式是"=$A$2+$B$2"，如果将 C2 单元格中的公式复制或填充到 C3 单元格，则 C3 单元格的公式仍然为"=$A$2+$B$2"。

三、混合地址

混合地址是在列号和行号中的一个之前加上"$"符号，如$A1、B$2。在复制或填充公式时，系统改变公式中的相对部分（不带"$"者），不改变公式中的绝对部分（带"$"者）。例如 C2 单元格中的公式是"=$A2+B$2"，如果把它复制或填充到 C3 单元格，则 C3 单元格中的公式变为"=$A3+B$2"。

单元格区域是一个连续的单元格矩形区域，也有一个地址，包括单元格区域左上角的单元格地址、英文冒号":"和单元格区域右下角的单元格地址 3 部分，如 A1:F4、B2:E10。单元格区域左上角（或右下角）的单元格地址可以是相对地址，也可以是绝对地址。

14.1.3 单元格引用

单元格引用就是确定一个单元格或单元格区域的地址，分为工作表内引用、工作表间引用和工作簿间引用。

一、工作表内引用

工作表内引用只包含一个单元格地址或单元格区域地址，是最常用的引用方式，表示当前工作簿的当前工作表中的单元格。工作表内引用的单元格地址可以是相对地址，也可以是绝对地址。

二、工作表间引用

工作表间引用也叫三维引用，需要在单元格地址或单元格区域地址前标明工作表名，工作表名与地址中间加一个英文叹号（!），如 Sheet2!A1，表示当前工作簿中 Sheet2 工作表的 A1 单元格。工作表间引用的单元格地址可以是相对地址，也可以是绝对地址。

三、工作簿间引用

工作簿间引用需要在单元格地址或单元格区域地址前标明工作簿名和工作表名，工作簿名就是工作簿的文件名，工作簿名用英文方括号（[ ]）括起来，工作表名与地址中间加一个英文叹号（!），如[Book2.xlsx]Sheet2!A1，表示 Book2.xlsx 工作簿中 Sheet2 工作表的 A1 单元格。工作簿间引用的单元格地址可以是相对地址，也可以是绝对地址。

14.1.4 单元格名称

如果单元格或单元格区域地址很复杂，在公式中使用时往往会出错，并且仅单元格或单元格区域地址不能理解该单元格或单元格区域的作用。给单元格或单元格区域起一个名，在公式中使用该名称，以上问题迎刃而解。例如，可以给一个单元格区域（如 B2:B30）命名为"销售量"，在公式中使用"销售量"要比使用 B2:B30 更容易理解。

一、名称的语法规则

创建名称时，名称应符合以下规则。

- 名称的第 1 个字符必须是字母、汉字、下划线（_）、反斜线（\），名称中的其余字符可以是字母、汉字、下划线、句点。
- 名称不能和单元格地址相同，如：A1。
- 名称不能和已有的名称相同。
- 名称长度不能超过 255 个字符。
- 名称中不区分大小写，Salse 和 SALSE 是同一个名称。

二、创建名称

创建名称常用的方法是通过名称框和对话框创建。

(1) 通过名称框创建。

Excel 2007 的名称框是一个下拉列表，位于编辑栏的左面，如图 14-1 所示。如果当前单元格或选定的单元格区域已经建立名称，名称框中显示相应的名称，否则，显示当前单元格的地址。

图14-1 名称框

为单元格或单元格区域创建名称时，先选定要命名的单元格或单元格区域，然后单击名称框，在名称框中输入名称最后按 Enter 键。

(2) 通过对话框创建。

通过对话框创建名称时，先选定要命名的单元格或单元格区域，然后单击【公式】选项卡中【定义的名称】组（见图 14-2）中的 定义名称 按钮，弹出如图 14-3 所示的【新建名称】对话框。

图14-2 【定义的名称】组

图14-3 【新建名称】对话框

在【新建名称】对话框中，可进行以下操作。

- 在【名称】文本框中，输入新建名称的名字。
- 在【范围】下拉列表中，选择一个工作表，为该工作表的单元格区域定义名称。
- 在【引用位置】文本框中，显示了用户选定的单元格区域的地址，还可以在文本框中改变这个地址，用鼠标指针在工作表中选定单元格区域，也可改变文本框中的地址。单击文本框右边的 按钮，把【新建名称】对话框折叠成只包含【引用位置】文本框，再次单击该【新建名称】对话框还原成原来的样子。
- 单击 确定 按钮，按所做设置定义名称。

三、管理名称

定义名称后，有时需要更改或删除，单击【定义的名称】组（见图 14-2）中的【名称管理器】按钮，弹出如图 14-4 所示的【名称管理器】对话框，可进行以下操作。

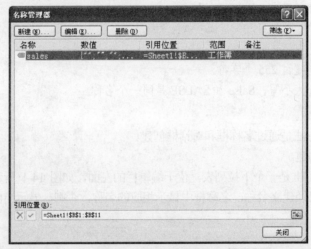

图14-4 【名称管理器】对话框

- 单击 新建(N)... 按钮，弹出如图 14-3 所示【新建名称】对话框，可新建一个名称，操作方法同前。
- 在【名称】列表中选择一个名称后，单击 编辑(E)... 按钮，弹出如图 14-5 所示的【编辑名称】对话框，可改变该名称的名字或单元格区域，操作方法同前。
- 在【名称】列表中选择一个名称后，单击 删除(D) 按钮，弹出如图 14-6 所示的【Microsoft Office Excel】对话框，让用户确定是否删除。

图14-5 【编辑名称】对话框

图14-6 【Microsoft Office Excel】对话框

- 在【名称】列表中选择一个名称后，在【引用位置】文本框中，可改变名称的单元格区域，操作方法同前。
- 单击 关闭 按钮，关闭【名称管理器】对话框。

14.1.5 运算符

公式中表示运算的符号叫运算符。运算符根据参与运算数值的个数分为单目运算符和双目运算符。单目运算符只有一个数值参与运算，双目运算符有两个数值参与运算。常用的运算符有算术运算符、比较运算符、文字连接符。

一、算术运算符

算术运算符用来表示算术运算，算数运算的结果还是数值。算术运算符共有 7 个，它们的含义如表 14-1 所示。

表 14-1　　　　　　　　　　　　　算术运算符

算术运算符	类型	含义	示例
–	单目	求负	–A1（等于–1*A1）
+	双目	加	3+3
–	双目	减	3–1
*	双目	乘	3*3
/	双目	除	3/3
%	单目	百分比	20%（等于 0.2）
^	双目	乘方	3^2（等于 3*3）

算术运算的优先级由高到低为：–（求负）、%、^、*和/、+和–。如果优先级相同（如"*"和"/"），则按从左到右的顺序计算。

例如，运算式"1+2%–3^4/5*6"的计算顺序是%、^、/、*、+、–，计算结果是-96.18。

二、比较运算符

比较运算符用来表示比较运算，参与比较运算的数据必须是同一类型，文本、数值、日期、时间都可继续比较。比较运算的结果是一个逻辑值（TRUE 或 FALSE）。比较运算的优先级比算术运算的低。比较运算符及其含义如表 14-2 所示。

表 14-2   比较运算符

比较运算符	含义	比较运算符	含义
=	等于	>=	大于等于
>	大于	<=	小于等于
<	小于	<>	不等于

各种类型数据的比较规则如下。

- 数值型数据的比较规则是：按照数的大小进行比较。
- 日期型数据的比较规则是：昨天<今天<明天。
- 时间型数据的比较规则是：过去<现在<将来。
- 文本型数据的比较规则是：按照字典顺序比较。

字典顺序的比较规则如下。

- 从左向右进行比较，第 1 个不同字符的大小就是两个文本数据的大小。
- 如果前面的字符都相同，则没有剩余字符的文本小。
- 英文字符<中文字符。
- 英文字符按在 ASCII 码表中的顺序进行比较，位置靠前的小。从 ASCII 码表中不难看出：空格<数字<大写字母<小写字母。
- 汉字的大小按字母顺序，即汉字的拼音顺序，如果拼音相同则比较声调，如果声调相同则比较笔画。如果一个汉字有多个读音，或者一个读音有多个声调，则系统选取最常用的拼音和声调。

例如："12"<"3"、"AB"<"AC"、"A"<"AB"、"AB"<"ab"、"AB"<"中"、"美国"<"中国"的结果都为 TRUE。

三、文字连接符

文字连接符只有一个"&"，是双目运算符，用来连接文本或数值，结果是文本类型。文字连接的优先级比算术运算符的低，但比比较运算符的高。以下是文字连接的示例。

- "计算机"&"应用"，其结果是"计算机应用"。
- "总成绩是"&543，其结果是"总成绩是543"。
- "总分是"&87+88+89，其结果是"总分是264"。

14.1.6 函数

内部函数是 Excel 2007 预先定义的计算公式或计算过程。按要求传递给函数一个或多个数据（称为参数），就能计算出一个惟一的结果。例如 SUM（1,3,5,7）的结果是 16。

使用内部函数时，必须以函数名称开始，后面是圆括号括起来的参数，参数之间用逗号分隔，如 SUM（1,3,5,7）。参数可以是常量、单元格地址、单元格区域地址、名称、运算式或其他函数，给定的参数必须符合函数的要求，如 SUM 函数的参数必须是数值型数据。

Excel 2007 提供了近 200 个内部函数，以下是 8 个常用的函数。

一、SUM 函数

SUM 函数用来将各参数累加，求它们的和。参数可以是一个数值常量，也可以是一个单元格地址，还可以是一个单元格区域引用。下面是 SUM 函数的例子。

- SUM(1,2,3)：计算 1+2+3 的值，结果为 6。
- SUM(A1,A2,A3)：求 A1、A2 和 A3 单元格中数的和。
- SUM(A1:F4)：求 A1:F4 单元格区域中数的和。

二、AVERAGE 函数

AVERAGE 函数用来求参数中数值的平均值。其参数要求与 SUM 函数的一样。下面是 AVERAGE 函数的例子。

- AVERAGE(1,2,3)：求 1、2 和 3 的平均值，结果为 2。
- AVERAGE(A1,A2,A3)：求 A1、A2 和 A3 单元格中数的平均值。
- AVERAGE (A1:F4)：求 A1:F4 单元格区域中数的平均值。

三、COUNT 函数

COUNT 函数用来计算参数中数值项的个数，只有数值类型的数据才被计数。下面是 COUNT 函数的例子。

- COUNT (A1,B2,C3,E4)：统计 A1、B2、C3、E4 单元格中数值项的个数。
- COUNT (A1:A8)：统计 A1:A8 单元格区域中数值项的个数。

四、MAX 函数

MAX 函数用来求参数中数值的最大值。其参数要求与 SUM 函数的一样。下面是 MAX 函数的例子。

- MAX(1,2,3)：求 1、2 和 3 中的最大值，结果为 3。
- MAX(A1,A2,A3)：求 A1、A2 和 A3 单元格中数的最大值。
- MAX (A1:F4)：求 A1:F4 单元格区域中数的最大值。

五、MIN 函数

MIN 函数用来求参数中数值的最小值。其参数要求与 SUM 函数的一样。下面是 MIN 函数的例子。

- MIN(1,2,3)：求 1、2 和 3 中的最小值，结果为 1。
- MIN(A1,A2,A3)：求 A1、A2 和 A3 单元格中数的最小值。
- MIN (A1:F4)：求 A1:F4 单元格区域中数的最小值。

六、LEFT 函数

LEFT 函数用来取文本数据左面的若干个字符。它有两个参数，第 1 个是文本常量或单元格地址，第 2 个是整数，表示要取字符的个数。在 Excel 2007 中，系统把一个汉字当作一个字符处理。下面是 LEFT 函数的例子。

- LEFT("Excel 2007",3)：取"Excel 2007"左边的 3 个字符，结果为"Exc"。
- LEFT("计算机",2)：取"计算机"左边的两个字符，结果为"计算"。

七、RIGHT 函数

RIGHT 函数用来取文本数据右面的若干个字符，参数与 LEFT 函数相同。下面是 RIGHT 函数的例子。

- RIGHT("Excel 2007",3)：取"Excel 2007"右边的 3 个字符，结果为"007"。
- RIGHT("计算机",2)：取"计算机"右边的两个字符，结果为"算机"。

八、IF 函数

IF 函数检查第 1 个参数的值是真还是假，如果是真，则返回第 2 个参数的值，如果是假，则返回第 3 个参数的值。此函数包含 3 个参数：要检查的条件、当条件为真时的返回值和条件为假时的返回值。下面是 IF 函数的例子。

- IF（1+1=2, "天才", "奇才"）：因为 "1+1=2" 为真，所以结果为 "天才"。
- IF(B5<60, "不及格", "及格")：如果 B5 单元格中的值小于 60，则结果为 "不及格"，否则结果为 "及格"。

14.1.7 公式

公式是 Excel 2007 的主要功能，在使用公式时一定要遵循公式的组成规则。实际应用中，使用公式可很方便地完成数据计算功能。

一、公式的组成规则

Excel 2007 公式的组成规则如下。

- 公式必须以英文等于号 "=" 开始，然后再输入计算式。
- 常量、单元格引用、函数名、运算符等不能用汉字输入状态下输入的全角符号。
- 参与运算数据的类型必须与运算符相匹配。
- 使用函数时，函数参数的数量和类型必须和要求的一致。
- 括号必须成对出现，并且配对正确。

二、公式举例

公式在工作表中的应用非常广泛，以下是应用公式的几个例子。

(1) 计算销售额。

单元格 F3 为商品单价，单元格 F4 为商品销售量，如果单元格 F5 为商品销售额，则单元格 F5 的公式应为："=F3*F4"。

(2) 计算余额。

单元格 A1 为上次余额，单元格区域 B2:B10 为收入额，单元格区域 C2:C10 为发生额，单元格 A11 为本次余额，单元格 A11 中的公式为："=A1+SUM(B2:B10)–SUM(C2:C10)"。

(3) 合并单位、部门名。

单元格 D5 为单位名，单元格 E5 为部门名，如果单元格 F5 为单位名和部门名，则单元格 F5 中的公式应为："=D5&E5"。

(4) 按百分比增加。

单元格 F5 为一个初始值，如果单元格 F6 为计算初始值增长 5%的值，则单元格 F6 的公式应为："=F5*(1+5%)"。

(5) 增长或减少百分比。

单元格 F5 为初始值，单元格 F6 为变化后的值，如果单元格 F7 为增长或减少百分比，则单元格 F7 中的公式应为 "=((F6-F5)/F5)%"。

14.2　公式的使用

在 Excel 2007 中，可在单元格中输入公式，也可编辑已输入的公式。

14.2.1 输入公式

输入公式有两种方式：直接输入公式、插入常用函数。

一、直接输入公式

直接输入公式的过程与编辑单元格中内容的过程大致相同（参见"12.2 单元格数据的编辑"节），不同之处是公式必须以英文等于号（"="）开始。如果输入的公式中有错误，系统会弹出如图 14-7 所示的【Microsoft Excel】对话框。

图14-7 【Microsoft Excel】对话框

输入公式后，如果公式运算出现错误，会在单元格中显示错误信息代码，表 14-3 列出了常见的公式错误代码及其错误原因。

表 14-3   常见的公式错误代码及其错误原因

错误代码	错误原因
#DIV/0	除数为 0
#N/A	公式中无可用数值或缺少函数参数
#NAME?	使用了 Excel 不能识别的名称
#NULL!	使用了不正确的区域运算或不正确的单元格引用
#NUM!	在需要数值参数的函数中使用了不能接受的参数或结果数值溢出
#REF!	公式中引用了无效的单元格
#VALUZ!	需要数值或逻辑值时输入了文本

如果公式中有单元格地址，当相应单元格中的数据变化时，公式的计算结果也随之变化。图 14-8 是不同的计算总分方式在单元格中的显示情况。图 14-9 是数据变化后公式计算结果的显示情况。

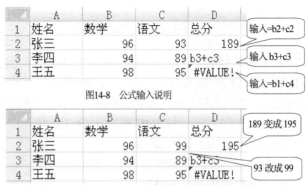

图14-8 公式输入说明

图14-9 计算结果同步更新

二、插入常用函数

在功能区【开始】选项卡的【编辑】组中单击 Σ 按钮，当前单元格中出现一个包含 SUM 函数的公式，同时出现被虚线方框围住的用于求和的单元格区域，如图 14-10 所示。如果要改变求和的单元格区域，用鼠标选定所需的区域，然后按回车键，或按 Tab 键，或单击编辑栏中的 ✓ 按钮，即可完成公式的输入。单击 Σ 按钮右边的 · 按钮，在打开的列表中选择一种常用函数，用类似的方法可插入相应的公式。

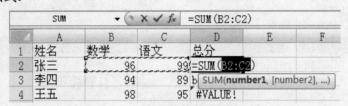

图14-10　SUM 函数与单元格区域

通常，在单元格中我们只能看到公式的计算结果。单击相应的单元格，在编辑框内就可看到相应的公式，如图 14-11 所示。双击单元格，单元格和编辑框内都可看到相应的公式，并且在单元格内可编辑其中的公式，如图 14-12 所示。

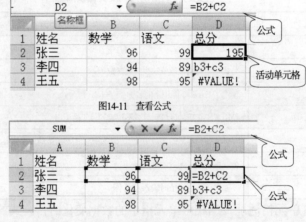

图14-11　查看公式

图14-12　编辑公式

实际应用中，我们可以通过填充、复制与移动公式的方法，快速输入公式。

14.2.2 填充公式

填充公式与填充单元格数据的方法大致相同（参见"12.2.2 填充数据"小节），不同的是，填充的公式根据目标单元格与原始单元格的位移，自动调整原始公式中的相对地址或混合地址的相对部分，并且填充公式后，填充的单元格或单元格区域中显示公式的计算结果。

例如：C2 单元格中的公式是"=A2*0.7+B2*0.3"，把 C2 单元格中的公式填充到 C3 单元格时，C3 单元格中的公式是"=A3*0.7+B3*0.3"。

C2 单元格中的公式是"=$A$2*0.7+$B$2*0.3"，把 C2 单元格中的公式填充到 C3 单元格时，C3 单元格中的公式是"=$A$2*0.7+$B$2*0.3"。

C2 单元格中的公式是"=$A2*0.7+B$2*0.3"，把 C2 单元格中的公式填充到 C3 单元格时，C3 单元格中的公式是"=$A3*0.7+B$2*0.3"。

14.2.3 复制公式

复制公式的方法与复制单元格的方法大致相同（参见"12.3.3 复制单元格"小节），不同的是，复制的公式根据目标单元格与原始单元格的位移，自动调整原始公式中的相对地址或混合地址的相对部分，并且复制公式后，复制的单元格或单元格区域中显示公式的计算结果。

由于填充和复制的公式仅调整原始公式中的相对地址或混合地址的相对部分，因此输入原始公式时，一定要正确使用相对地址和绝对地址。

以图 14-13 所示计算美元换算人民币值为例，如果 B3 单元格中输入公式"=A3*B1"，虽然 B3 单元格中的结果正确，但是将公式复制或填充到 B4、B5 单元格时，公式分别是"=A4*B2"、"=A5*B3"，结果不正确，如图 14-14 所示。原因是 B3 单元格公式中的汇率采用相对地址 B1，填充公式后，公式中的汇率不再是 B1 了，因而出现错误。

	A	B
1	汇率	7.05
2	美元	人民币
3	100	
4	200	
5	300	

图14-13　美元换算为人民币

	A	B
1	汇率	7.05
2	美元	人民币
3	100	705
4	200	#VALUE!
5	300	211500

=A3*B1

图14-14　错误的原始公式

如果 B3 单元格输入公式"=A3*$B$1"，即汇率使用绝对地址，再将公式填充到 B4、B5 单元格时，公式分别是"= A4*$B$1"、"= A5*$B$1"，结果正确，如图 14-15 所示。

=A3*$B$1

	A	B
1	汇率	7.05
2	美元	人民币
3	100	705
4	200	1410
5	300	2115

图14-15　正确的原始公式

14.2.4 移动公式

移动公式的方法与移动单元格的方法大致相同（参见"12.3.4 移动单元格"小节）。与复制公式不同的是，移动公式不自动调整原始公式。

14.2.5 应用实例

以下用 4 个例子来说明公式的应用。

一、总评成绩计算

用公式计算图 14-16 所示的成绩表中的"总评"成绩，计算公式如下。

总评=作业×10%＋期中×10%＋期末×80%

	A	B	C	D	E
1	学号	作业	期中	期末	总评
2	2004001	50	40	80	73
3	2004002	90	90	70	74
4	2004003	70	70	80	78
5	2004004	80	60	70	70

图14-16　成绩表

操作步骤如下。

1. 在 E2 单元格中输入公式 "=B2*10%+C2*10%+D2*80%"。
2. 选定 E2 单元格，拖动填充柄到 E5 单元格。

二、工资计算

用公式计算图 14-17 所示的工资表中的"应发金额"、"扣款金额"、"实发金额"以及"总计"，计算公式如下。

应发金额=基本工资+职务工资

扣款金额=房租+公积金

实发金额=应发金额-扣款金额

总计为每个人各项的总和

	A	B	C	D	E	F	G	H
1	姓名	基本工资	职务工资	应发金额	房租	公积金	扣款金额	实发金额
2	赵亮明	1000	700	1700	100	50	150	1550
3	钱广阔	1200	840	2040	110	60	170	1870
4	孙孝寿	1800	1260	3060	200	90	290	2770
5	李红	1500	1050	2550	150	75	225	2325
6	总计	5500	3850	9350	560	275	835	8515

图14-17 工资表

操作步骤如下。

1. 在"赵亮明"的"应发金额"单元格（D2 单元格）内输入以下公式：

    "=B2+C2"

2. 选定 D2 单元格，拖动填充柄到 D5 单元格。
3. 在"赵亮明"的"扣款金额"单元格（G2 单元格）内输入以下公式：

    "=E2+F2"

4. 选定 G2 单元格，拖动填充柄到 G5 单元格。
5. 在"赵亮明"的"实发金额"单元格（H2 单元格）内输入以下公式：

    "=D2-G2"

6. 选定 H2 单元格，拖动填充柄到 H5 单元格。
7. 在"基本工资"的"总计"单元格（B6 单元格）中输入以下公式：

    "=SUM(B2:B5)"

8. 选定 B6 单元格，拖动填充柄到 H6 单元格。

三、建立九九乘法表

建立图 14-18 所示的九九乘法表，要求除了第 1 行和第 1 列外，其余单元格用公式计算。

	A	B	C	D	E	F	G	H	I	J
1		1	2	3	4	5	6	7	8	9
2	1	1	2	3	4	5	6	7	8	9
3	2	2	4	6	8	10	12	14	16	18
4	3	3	6	9	12	15	18	21	24	27
5	4	4	8	12	16	20	24	28	32	36
6	5	5	10	15	20	25	30	35	40	45
7	6	6	12	18	24	30	36	42	48	54
8	7	7	14	21	28	35	42	49	56	63
9	8	8	16	24	32	40	48	56	64	72
10	9	9	18	27	36	45	54	63	72	81

图14-18 九九乘法表

操作步骤如下。

1. 在工作表中的 B1 单元格中输入 "1"，C1 单元格中输入 "2"。

2. 选定 B1:C1 单元格区域，拖动填充柄到 J1 单元格。

3. 按步骤 2、步骤 3 的方法，填充第 1 列。

4. 在 B2 单元格中输入公式 "=$A2*B$1"。

5. 选定 B2 单元格，拖动填充柄到 J2 单元格，再拖动填充柄到 J10 单元格。

四、成绩统计

根据图 14-19 所示的成绩表，用公式计算成绩统计信息，要求 "备注" 栏、人数统计单元格和分数统计单元格使用公式，以便在分数发生变化时能立即体现所发生的变化。分数大于等于 85 分为优秀，分数大于等于 70 分但小于 85 分为中等，分数大于等于 60 分但小于 70 分为及格，分数小于 60 分为不及格。

	A	B	C	D
1	学号	姓名	成绩	备注
2	2004001	赵东梅	88	
3	2004002	钱南兰	54	不及格
4	2004003	孙西竹	67	
5	2004004	李北菊	75	
6	2004005	周春纸	82	
7	2004006	吴夏笔	78	
8	2004007	郑秋砚	92	
9	2004008	王冬墨	64	
10	优秀人数	2	平均分	75
11	中等人数	3	最高分	92
12	及格人数	2	最低分	54
13	不及格人数	1		

图14-19 成绩统计

操作步骤如下。

1. 在 "赵东梅" 的 "备注" 单元格（D2 单元格）中输入以下公式：

    "=IF(C2<60,"不及格","")"

2. 选定 D2 单元格，拖动填充柄到 D9 单元格。

3. 在 "优秀人数" 右边的单元格（B10 单元格）中输入以下公式：

    "=COUNTIF(C2:C9,">=85")"

4. 在 "中等人数" 右边的单元格（B11 单元格）中输入以下公式：

    "=COUNTIF(C2:C9,">=70")- COUNTIF(C2:C9,">=85")"

5. 在 "及格人数" 右边的单元格（B12 单元格）中输入以下公式：

    "=COUNTIF(C2:C9,">=60")- COUNTIF(C2:C9,">=70")"

6. 在 "不及格人数" 右边的单元格（B13 单元格）中输入以下公式：

    "=COUNTIF(C2:C9,"<60")"

7. 在 "平均分" 右边的单元格（D10 单元格）中输入以下公式：

    "=AVERAGE(C2:C9)"

8. 在 "最高分" 右边的单元格（D11 单元格）中输入以下公式：

    "=MAX(C2:C9)"

9. 在 "不及格人数" 右边的单元格（D12 单元格）中输入以下公式：

    "=MIN(C2:C9)"

14.3 习题

建立以下奖金发放表。

	A	B	C	D	E
1	奖金发放表				
2		总基本奖	12000	总业绩奖	20000
3		总人数	12	总积点	1000
4					
5	姓名	业绩积点	基本奖	积点奖	总奖金
6	赵东	50	1000	1000	2000
7	钱西	100	1000	2000	3000
8	孙南	80	1000	1600	2600
9	李北	90	1000	1800	2800
10	周上	50	1000	1000	2000
11	吴下	90	1000	1800	2800
12	郑左	80	1000	1600	2600
13	王右	90	1000	1800	2800
14	冯春	100	1000	2000	3000
15	陈夏	70	1000	1400	2400
16	褚秋	80	1000	1600	2600
17	卫冬	120	1000	2400	3400
18					

在本题中，原始数据有"总基本奖"、"总业绩奖"以及各个员工的"姓名"和"业绩积点"。需要公式计算的项如下。

- "总积点"为各员工业绩积点的和。
- "总基本奖"平均分配给各个员工。
- 各员工的"积点奖"根据各自的业绩积点所占总积点的比例分配"总业绩奖"。
- 各员工的"总奖金"为"基本奖"和"积点奖"的和。

Excel 2007 的数据管理

Excel 2007 具有强大的数据管理功能，它的数据管理通常基于工作表数据库（简称为表）。数据管理功能包括数据排序、数据筛选、分类汇总等。本讲课时为 2 小时。

学习目标

◆ 理解表的概念。

◆ 熟练掌握数据排序的方法。

◆ 熟练掌握数据筛选的方法。

◆ 熟练掌握数据分类汇总的方法。

15.1 Excel 表的概念

表是满足以下条件的工作表中的一块连续区域。

- 每列必须有一个标题，称为列标题，列标题必须惟一，并且不能重复。
- 各列标题必须在同一行上，称为标题行，标题行必须在数据的上方。
- 每列中的数据必须是基本的，不能再分，并且是同一种类型。
- 不能有空行或空列，也不能有空单元格。
- 与非表中的数据之间必须留出一个空行和空列。

表的一列称为一个字段，列标题名为字段名，表的一行为一条记录。图 15-1 所示为一个表。

	A	B	C	D	E	F	G
1							
2	姓名	系别	性别	英语	计算机	体育	总分
3	赵东春	数学	男	52	78	84	214
4	钱南夏	中文	男	69	74	43	186
5	孙西秋	数学	女	83	92	88	263
6	李北冬	中文	女	72	56	69	197
7	周前梅	数学	男	76	83	84	243
8	吴后兰	中文	女	79	67	77	223
9	郑左竹	中文	男	84	78	46	208
10	王右菊	数学	女	54	93	64	211

图15-1 表

15.2 数据排序

实际应用中，往往需要按表中的某一个或某几个字段排序，以便对照分析。

15.2.1 按单个关键字段排序

把活动单元格移到表中要排序的列，在功能区【数据】选项卡的【排序和筛选】组（见图 15-2）中，单击 ⬆️ 按钮则从小到大排序，单击 ⬇️ 按钮则从大到小排序。

图15-2 【排序和筛选】组

排序的字段称为关键字段，以上方法仅能对一个关键字段排序。关键字段排序有以下特点。

- 排序时，数值、日期、时间的大小比较，参见"14.1.5 运算符"小节。
- 文本数据的大小比较有两种方式：字母顺序和笔画顺序，排序时采用最近使用过的方式，默认方式是按字母顺序排序。
- 如果当前列或选定单元格区域的内容是公式，则按公式的计算结果进行排序。
- 如果两个关键字段的数据相同，则原来在前面的数据排序后仍然排在前面，原来在后面的数据排序后仍然排在后面。

15.2.2 按多个关键字段排序

按多个关键字段排序时，如果第 1 关键字段的值相同，则比较第 2 关键字段，依此类推。Excel 2007 最多可对 64 个关键字段排序。

在功能区【数据】选项卡的【排序和筛选】组（见图 15-2）中，单击【排序】按钮，弹出如图 15-3 所示的【排序】对话框。

在【排序】对话框中，可进行以下操作。

- 在【主要关键字】下拉列表中选择排序的主要关键字。
- 在【排序依据】下拉列表中选择排序的依据，通常选择"数值"，即按数据的大小排序。
- 在【次序】下拉列表中选择排序的方式，主要有"升序"、"降序"和"自定义序列" 3 种方式。
- 如果还要按其他关键字排序，单击 📋 添加条件(A) 按钮，添加一个条件行，从【主要关键字】、【排序依据】和【次序】下拉列表中做相应选择，方法同前。这一操作可进行多次，但不能超过 64 个条件行。
- 单击 ✕ 删除条件(D) 按钮，删除当前的条件行。
- 单击 📋 复制条件(C) 按钮，复制当前的条件行。
- 单击 ⬆️ 按钮，当前条件行上升一级。
- 单击 ⬇️ 按钮，当前条件行下降一级。
- 选择【数据包含标题】复选项，则认为工作表有标题行。
- 单击 确定 按钮，按所做设置进行排序。

在【排序】对话框中单击 选项(O)... 按钮，将弹出如图 15-4 所示的【排序选项】对话框。

图15-3 【排序】对话框

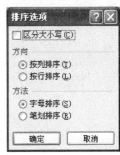

图15-4 【排序选项】对话框

在【排序选项】对话框中，可进行以下排序设置操作。

- 选择【区分大小写】复选项，则排序时字母区分大小写。
- 选择【按列排序】单选项，则按表列中数据的大小对表中的各行排序。
- 选择【按行排序】单选项，则按表行中数据的大小对表中的各列排序。
- 选择【字母排序】单选项，则汉字的排序方式是按拼音字母的顺序。
- 选择【笔划排序】单选项，则汉字的排序方式是按笔画数的多少。
- 单击  按钮，所做的设置生效，同时关闭该对话框，返回【排序】对话框。

15.3　数据筛选

数据筛选是指显示满足条件的记录，隐藏其他记录。数据筛选并不删除表中的记录。Excel 2007 有两种筛选方法：自动筛选和高级筛选。

15.3.1 自动筛选

自动筛选常用的操作有启用自动筛选、用字段值进行筛选、自定义筛选、多次筛选、取消筛选。

一、启用自动筛选

单击表内的一个单元格，在功能区【数据】选项卡的【排序和筛选】组中，单击【筛选】按钮，即可启用自动筛选。这时，表中各字段名称变成下拉列表项，以图 15-1 所示的表为例，启用自动筛选后的结果如图 15-4 所示。启用自动筛选后，表中的记录不变。

图15-5 自动筛选

二、用字段值进行筛选

在自动筛选状态下，单击字段下拉列表框，打开如图 15-6 所示的【自动筛选】列表（以"系别"字段为例）。

【自动筛选】列表的下半部分是字段值复选项组，默认的方式是所有字段值全选，如果取消选择某字段值，则筛选掉该字段值的所有记录。

以图 15-1 所示的表为例，在【系别】下拉列表中选择"数学"，结果如图 15-7 所示。

图15-6　【自动筛选】列表

	A	B	C	D	E	F	G
1							
2	姓名	系别	性别	英语	计算机	体育	总分
3	赵东春	数学	男	52	78	84	214
5	孙西秋	数学	女	83	92	88	263
7	周前梅	数学	男	76	83	84	243
10	王右菊	数学	女	54	93	64	211

图15-7　根据字段值的筛选结果

三、自定义筛选

有时需要按某个条件进行筛选，可在【自动筛选】列表中选择【文本筛选】选项（对于数值字段，则是【数值筛选】选项），在打开的列表中选择【自定义】选项，则弹出【自定义自动筛选方式】对话框。例如，在图 15-7 所示的表中，在打开的"计算机"字段的【自动筛选】列表中，选择【数值筛选】选项，在打开的列表中选择【自定义】选项，则弹出如图 15-8 所示的【自定义自动筛选方式】对话框。

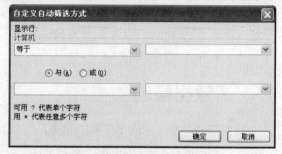

图15-8　【自定义自动筛选方式】对话框

在【自定义自动筛选方式】对话框中，可进行以下操作。

- 在第 1 个条件的左边下拉列表中选择一种比较方式。
- 在第 1 个条件的右边下拉列表中输入或选择一个值。
- 选择【与】单选项，则筛选出同时满足两个条件的记录。
- 选择【或】单选项，则筛选出满足任何一个条件的记录。
- 如果必要，在第 2 个条件的左边下拉列表中选择一种比较方式，在第 2 个条件的右边下拉列表中输入或选择一个值。
- 单击 确定 按钮，按所做设置进行筛选。

在图 15-8 所示的【自定义自动筛选方式】对话框中，如果第一个条件为"大于""70"，第 2 个条件为"小于""90"，选择【与】单选项，筛选结果如图 15-9 所示。

	A	B	C	D	E	F	G
1							
2	姓名	系别	性别	英语	计算机	体育	总分
3	赵东春	数学	男	52	78	84	214
4	钱南夏	中文	男	69	74	43	186
7	周前梅	数学	男	76	83	84	243
9	郑左竹	中文	男	84	78	46	208

图15-9　自定义条件的筛选结果

四、多次筛选

对一个字段筛选完后，还可以用以上方法对其他字段再次筛选。如在图 15-9 所示的筛选基础上，再筛选体育分大于 80 的记录，结果如图 15-10 所示。

图15-10 多次筛选

五、取消筛选

取消某一次筛选或取消所有筛选的方法如下。

- 在某个字段的【自动筛选】列表的字段值复选项组中，选择【全部】复选项，取消对该字段的筛选。
- 单击【排序和筛选】组中的【筛选】按钮，取消所有筛选，恢复原样。

15.3.2 高级筛选

高级筛选的筛选条件不是在字段的【自动筛选】列表中定义，而是在表所在工作表的条件区域中定义筛选条件，Excel 2007 根据条件区域中的条件进行筛选。高级筛选常用的操作有定义条件区域、启用高级筛选、取消高级筛选。

一、定义条件区域

条件区域是一个矩形单元格区域，用来表达高级筛选的筛选条件，域有以下要求。

- 条件区域与表之间至少留一个空白行。
- 条件区域可以包含若干列，列标题必须是表中某列的列标题。
- 条件区域可以包含若干行，每行为一个筛选条件（称为条件行），表中的记录只要满足其中一个条件行的条件，筛选时就显示。
- 如果在一个条件行的多个单元格中输入了条件，当这些条件都满足时，该条件行的条件才算满足。
- 条件行单元格中条件的格式是在比较运算符后面跟一个数据（如>60）。无运算符表示=（如60表示等于60），无数据表示0（如>表示大于0）。

条件区域中的条件有以下几种常见情况。

- 单列上具有多个条件行。如图 15-11 所示的条件区域，只有 1 个列（"姓名"），该列有两个条件行（"钱南夏"和"周前梅"）。该条件区域的作用是：显示"姓名"列中有"钱南夏"或者"周前梅"的行。
- 多列上具有单个条件行。如图 15-12 所示的条件区域，有两个列（"系别"和"英语"），只有 1 个条件行（"数学"和"<60"在一行上）。该条件区域的作用是：显示"系别"列中为"数学"并且"英语"列中的值小于 60 的行。

图15-11 条件1

图15-12 条件2

- 多列上具有多个简单条件行。如图 15-13 所示的条件区域，有两个列（"系别"和"英语"），有两个条件行（"数学"为一行、"<60"为一行），该条件区域的作用是：显示"系别"列中为"数学"或者"英语"列中的值小于 60 的行。
- 多列上具有多个复杂条件行。如图 15-14 所示的条件区域，有两个列（"系别"和

"英语"），有两个条件行（"数学"和">80"为一行、"中文"和">75"为一行）。该条件区域的作用是：显示"系别"列中为"数学"并且"英语"列中的值大于80的行，也显示"系别"列中为"中文"并且"英语"列中的值大于75的行。

- 多个相同列。如图 15-15 所示条件区域，有两个"英语"列。该条件区域的作用是：显示"英语"列中的值大于等于80并且小于90的行，也显示小于60的行。

系别	英语
数学	
	<60

图15-13　条件3

系别	英语
数学	>80
中文	>75

图15-14　条件4

英语	英语
>=80	<90
<60	

图15-15　条件5

二、启用高级筛选

设定好条件区域后，在功能区【数据】选项卡的【排序和筛选】组（见图 15-2）中，单击 高级 按钮，弹出如图 15-16 所示的【高级筛选】对话框，可进行以下操作。

图15-16　【高级筛选】对话框

- 选择【在原有区域显示筛选结果】单选项，则筛选结果在原有区域显示。
- 选择【将筛选结果复制到其他位置】单选项，则将筛选结果复制到其他位置，位置在【复制到】文本框内输入或在工作表中选择。
- 在【列表区域】文本框内输入或在工作表中选择筛选数据的区域。
- 在【条件区域】文本框内输入或在工作表中选择筛选条件的区域。
- 如果选择【选择不重复的记录】复选项，重复记录只显示一条，否则全显示。
- 单击 确定 按钮，按所做设置进行高级筛选。

三、取消高级筛选

进行了高级筛选后，在功能区【数据】选项卡的【排序和筛选】组（见图 15-2）中，单击 清除 按钮，取消所做的高级筛选，表恢复到筛选以前的状态。

15.4　分类汇总

将表中同一类别的数据放在一起，求出它们的总和、平均值或个数等，称为分类汇总。对同一类数据分类汇总后，还可以对其中的另一类数据再分类汇总，称为多级分类汇总。

Excel 2007 在分类汇总前，必须先按分类的字段进行排序，否则分类汇总的结果不是所要求的结果。

15.4.1　单级分类汇总

按分类字段（如系别）排序（不限升序和降序），再将活动单元格移动到表中，在功能区【数据】选项卡的【分级显示】组（见图 15-17）中，单击【分类汇总】按钮，弹出如图 15-18 所示的【分类汇总】对话框（以图 15-1 所示的表为例），可进行以下操作。

图15-17　【分级显示】组

- 在【分类字段】下拉列表中，选择一个分类字段，这个字段必须是排序时的关键字段。
- 在【汇总方式】下拉列表中，选择一种汇总方式，有【求和】、【平均值】、【计数】、【最大值】、【最小值】等选项。
- 在【选定汇总项】列表框中，选择按【汇总方式】进行汇总的字段名，可以选择多个字段名。
- 选择【替换当前分类汇总】复选项，则先前的分类汇总结果被删除，以最新的分类汇总结果取代，否则再增加一个分类汇总结果。
- 选择【每组数据分页】复选项，则分类汇总后，在每组数据后面自动插入分页符，否则不插入分页符。
- 选择【汇总结果显示在数据下方】复选项，则汇总结果放在数据下方，否则放在数据上方。
- 单击 确定 按钮，按所做设置进行分类汇总。

图15-18 【分类汇总】对话框

图 15-19 所示为按"系别"对各科成绩求平均值的结果，行标左侧是分类汇总控制区域。

	姓名	系别	性别	英语	计算机	体育	总分
3	赵东春	数学	男	52	78	84	214
4	孙西秋	数学	女	83	92	88	263
5	周前梅	数学	男	76	83	84	243
6	王右菊	数学	女	54	93	64	211
7		数学 平均值		66.25	86.5	80	232.75
8	钱南夏	中文	男	69	74	43	186
9	李北冬	中文	女	72	56	69	197
10	吴后兰	中文	女	79	67	77	223
11	郑左竹	中文	男	84	78	46	208
12		中文 平均值		76	68.75	58.75	203.5
13		总计平均值		71.125	77.625	69.375	218.125

图15-19 分类汇总结果

15.4.2 多级分类汇总

要进行多级分类汇总，必须按分类汇总级别进行排序。比如要按系别求平均成绩，每个系再按性别求平均成绩，则必须以"系别"为第 1 关键字排序，以"性别"为第 2 关键字排序，然后再分类汇总。多级分类汇总时先分类汇总的关键字为第 1 关键字，后分类汇总的关键字分别为第 2、第 3 关键字。

用前面的方法先增加第 1 级分类汇总结果，再增加第 2 级分类汇总结果，这样就完成了多级分类汇总。图 15-20 所示为多级分类汇总的示例。

	姓名	系别	性别	英语	计算机	体育	总分
3	赵东春	数学	男	52	78	84	214
4	周前梅	数学	男	76	83	84	243
5			男 平均值	64	80.5	84	228.5
6	孙西秋	数学	女	83	92	88	263
7	王右菊	数学	女	54	93	64	211
8			女 平均值	68.5	92.5	76	237
9	钱南夏	中文	男	69	74	43	186
10	郑左竹	中文	男	84	78	46	208
11			男 平均值	76.5	76	44.5	197
12	李北冬	中文	女	72	56	69	197
13	吴后兰	中文	女	79	67	77	223
14			女 平均值	75.5	61.5	73	210
15			总计平均	71.125	77.625	69.375	218.125

图15-20 多级分类汇总

15.4.3 分类汇总控制

分类汇总完成后，可以利用分类汇总控制区域中的按钮，折叠或展开表中的数据，还可以删除全部分类汇总结果，恢复到分类汇总前的状态。

一、折叠或展开数据

分类汇总后，利用分类汇总控制区域的按钮，可折叠或展开数据，常用的操作如下。

- 单击 **-** 按钮，折叠该组中的数据，只显示分类汇总结果，同时该按钮变成 **+**。
- 单击 **+** 按钮，展开该组中的数据，显示该组中的全部数据，同时该按钮变成 **-**。
- 单击分类汇总控制区域顶端的数字按钮，只显示该级别的分类汇总结果。

在图 15-20 所示的分类汇总结果中，单击第 2 级的第 1 个 **-** 按钮，折叠该组数据，结果如图 15-21 所示。

1 2 3		A	B	C	D	E	F	G
	1							
	2	姓名	系别	性别	英语	计算机	体育	总分
+	5			男 平均值	64	80.5	84	228.5
	6	孙西秋	数学	女	83	92	88	263
	7	王右菊	数学	女	54	93	64	211
-	8			女 平均值	68.5	92.5	76	237
	9	钱南夏	中文	男	69	74	43	186
	10	郑左竹	中文	男	84	78	46	208
-	11			男 平均值	76.5	76	44.5	197
	12	李北冬	中文	女	72	56	69	197
	13	吴后兰	中文	女	79	67	77	223
-	14			女 平均值	75.5	61.5	73	210
	15			总计平均	71.125	77.625	69.375	218.125

图15-21 折叠一组数据

二、删除分类汇总

可删除全部分类汇总结果，恢复到分类汇总前的状态，方法是：把活动单元格移动到表中，再次单击【分类汇总】按钮，打开【分类汇总】对话框（见图 15-18），在该对话框中，单击 全部删除(R) 按钮，即可删除全部分类汇总结果。

15.5 习题

1. 对以下销售报表，完成数据管理操作。

	A	B	C	D	E
1	销售表				
2					
3	流水号	日期	售货员	商品	金额
4	1	10月1日	张三	电视机	6700
5	2	10月1日	李四	空调	8400
6	3	10月1日	王五	电冰箱	3600
7	4	10月1日	张三	洗衣机	2540
8	5	10月1日	李四	电视机	5620
9	6	10月1日	王五	空调	4920
10	7	10月2日	张三	电冰箱	7810
11	8	10月2日	李四	洗衣机	6800
12	9	10月2日	王五	电视机	3900
13	10	10月2日	张三	空调	7400
14	11	10月2日	李四	电冰箱	8900
15	12	10月2日	王五	洗衣机	6300
16	13	10月3日	张三	电视机	4830
17	14	10月3日	李四	空调	5840
18	15	10月3日	王五	电冰箱	6720
19	16	10月3日	张三	洗衣机	8120
20	17	10月3日	李四	电视机	4520
21	18	10月3日	王五	空调	6310
22	19	10月4日	张三	电冰箱	7020
23	20	10月4日	李四	洗衣机	5920
24	21	10月4日	王五	电视机	6360
25	22	10月4日	张三	空调	6410
26	23	10月4日	李四	电冰箱	3950
27	24	10月4日	王五	洗衣机	4940
28	25	10月5日	张三	电视机	4820
29	26	10月5日	李四	空调	5730
30	27	10月5日	王五	电冰箱	6640
31	28	10月5日	张三	洗衣机	5750
32	29	10月5日	李四	电视机	6810
33	30	10月5日	王五	空调	8340

(1) 分别按"售货员"、"商品"、"金额"对销售表进行排序。

(2) 对销售表按售货员名的笔画顺序从小到大进行排序，同一售货员再按商品名称的笔画顺序从小到大进行排序，同一商品再按金额从大到小进行排序。

(3) 在销售表中筛选出所有"电视机"的销售记录，以及筛选出"金额"介于 6000～7000 之间的销售记录。

(4) 筛选出"10 月 4 日"售货员"李四"销售"电冰箱"的销售记录。

(5) 分别按"售货员"和"商品"汇总金额。

(6) 按"日期"汇总金额，如是同一日期，再按"商品"汇总金额。

2. 对以下工资信息表进行数据管理操作。

	A	B	C	D	E
1	工资信息表				
2					
3	姓名	性别	学历	职称	工资额
4	赵东	男	大专	助理工程师	1234.56
5	钱西	男	博士	高级工程师	5678.96
6	孙南	女	硕士	工程师	3456.78
7	李北	男	硕士	高级工程师	4567.89
8	周上	男	本科	工程师	3579.12
9	吴下	女	大专	工程师	3157.48
10	郑左	男	博士	高级工程师	5135.79
11	王右	女	博士	工程师	4126.33
12	冯春	女	硕士	工程师	3792.68
13	陈夏	男	硕士	高级工程师	4546.47
14	褚秋	女	本科	工程师	3434.56
15	卫冬	男	本科	助理工程师	2345.67
16	蒋梅	男	大专	助理工程师	1793.48
17	沈兰	女	博士	高级工程师	4913.77
18	韩竹	男	硕士	工程师	3535.35
19	杨菊	女	硕士	高级工程师	4747.47

(1) 按姓氏笔画由小到大进行排序。

(2) 筛选出硕士高级工程师。

(3) 筛选出女博士。

(4) 统计各学历的平均工资和工资总额。

(5) 统计不同性别各职称的平均工资。

第16讲

Excel 2007 的图表使用

图表就是将表中的数据以各种图的形式显示，使数据更加直观。图表具有较好的视觉效果，可方便用户比较数据、预测趋势。本讲课时为 2 小时。

i 学习目标

◆ 理解图表的概念。

◆ 熟练掌握图表创建的方法。

◆ 熟练掌握图表设置的方法。

16.1 图表的概念

工作表中的数据除了以文字的形式表现外，还可以用图的形式表现，这就是图表。图表有多种类型，每一种类型又有若干子类型。图表和工作表是密切相关的，当工作表中的数据发生变化时，图表也随之变化。图 16-1 所示为一个图表的示例。

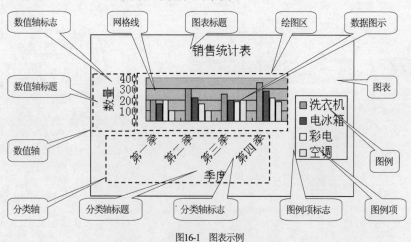

图16-1 图表示例

图表由图表标题、数值轴、分类轴、绘图区和图例等 5 部分组成。

一、图表标题

图表标题在图表的顶端，用来说明图表的名称、种类或性质。

二、绘图区

绘图区是图表中数据的图形显示，包括网格线和数据图示。

- 网格线：把数值轴或分类轴分成若干相同部分的横线或竖线。
- 数据图示：根据数据的大小和分类，显示相应高度的图例项标志。

三、数值轴

数值轴是图表中的垂直轴，用来区分数据的大小。

- 数值轴标题：在图表左边，用来说明数据数值的种类。
- 数值轴标志：数据数值大小的刻度值。

四、分类轴

分类轴是图表的水平轴，用来区分数据的类别。

- 分类轴标题：在图表底端，用来说明数据分类种类。
- 分类轴标志：数据的各分类名称。

五、图例

图例用于区分数据各系列的彩色小方块和名称。

- 图例项：数据的系列名称。
- 图例项标志：代表某一系列的彩色小方块。

16.2　图表的创建

Excel 2007 提供了两种建立图表的方法，即按默认方式建立图表和用自选方式建立图表。以默认方式会建立一个默认类型的图表，建立的图表放置在一个新工作表中；以自选方式会建立一个自选类型的图表，建立的图表嵌入到当前的工作表中。

利用【插入】选项卡【图表】组（见图 16-2）中的工具，可以方便地创建图表，还可以设置图表。

图16-2　【图表】组

16.2.1 以默认方式建立图表

建立默认图表的方法是：首先激活表（以图 16-3 所示的表为例）中的一个单元格，然后按 F11 键，则 Excel 2007 自动产生一个工作表，工作表名为"chart1"（如果前面创建过图表工作表，名称中的序号依次递增），工作表的内容是该表的图表，如图 16-4 所示。

按默认方式建立的图表的类型是二维簇状柱型，大小充满一个页面，页面设置自动调整为"横向"。图表没有图表标题、分类轴标题和数值轴标题，图例的位置靠右。

如果对图表不满意，可以用本节后面介绍的方法对其进行设置。

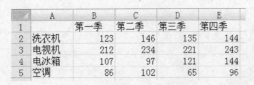

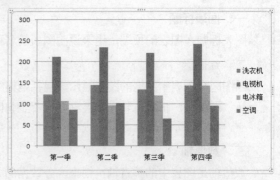

	A	B	C	D	E
1		第一季	第二季	第三季	第四季
2	洗衣机	123	146	135	144
3	电视机	212	234	221	243
4	电冰箱	107	97	121	144
5	空调	86	102	65	96

图16-3 表　　　　　　　　　　　　　　　　　　图16-4 图表

16.2.2 以自选方式建立图表

在功能区【插入】选项卡的【图表】组中，包含了以下常用的图表类型。

- 柱形图（见图 16-5）：柱形图用于显示一段时间内的数据变化或显示各项之间的比较情况。
- 折线图（见图 16-6）：折线图可以显示随时间变化的连续数据，因此非常适用于显示在相等时间间隔下数据的趋势。

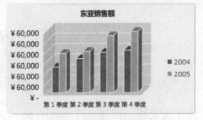

图16-5 柱形图

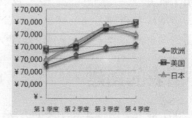

图16-6 折线图

- 饼图（见图 16-7）：饼图显示一个数据系列中各项的大小与各项总和的比例。
- 条形图（见图 16-8）：条形图显示各个项目之间的比较情况。

图16-7 饼图

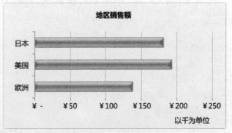

图16-8 条形图

- 面积图（见图 16-9）：面积图强调数量随时间而变化的程度，也可用于引起人们对总值趋势的注意。
- 散点图（见图 16-10）：散点图显示若干数据系列中各数值之间的关系。散点图通常用于显示和比较数值，例如科学数据、统计数据和工程数据。

选定要建立图表的单元格区域后，单击其中一个图表类型按钮，打开该类图表的一个列表（以柱形图为例，列表如图 16-11 所示），可从图表列表中选择一种图表子类型，则在当前工作表中，为当前表建立相应类型及其子类型的图表。

图16-11 柱形图列表

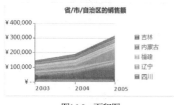

图16-9 面积图

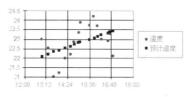

图16-10 散点图

16.3 图表的设置

单击图表，图表被选定，同时功能区中会增加【设计】、【布局】和【格式】3 个选项卡，通过这些选项卡的组中的命令按钮，可设置图表。

16.3.1 总体设置

图表的总体设置包括设置图表类型、设置图表布局、设置图表样式、设置图表位置、设置图表大小。图表的总体设置通常使用【设计】选项卡的组中的命令按钮。

图16-12 【类型】组

一、设置图表类型

建立图表后，还可以更改图表的类型和子类型。首先选定图表，然后单击【设计】选项卡中【类型】组（见图 16-12）中的【更改图表类型】按钮，弹出如图 16-13 所示的【更改图表类型】对话框。

图16-13 【更改图表类型】对话框

在【更改图表类型】对话框中，可进行以下操作。

- 在对话框左侧的【图表类型】列表框中选择一种图表类型，这时对话框右侧的【图表子类型】列表框中将列出所有的子类型。
- 在【图表子类型】列表框中选择一种图表子类型。
- 单击 确定 按钮，所选定的图表设置成相应的类型和子类型。

图 16-4 所示图表更改为"折线图"后如图 16-14 所示。

二、设置图表布局

图表布局是指图表的标题、数值轴、分类轴、绘图区和图例的位置关系。图表预置的布局样式被组织在【设计】选项卡的【图表布局】组（见图 16-15）中，常用的操作如下。

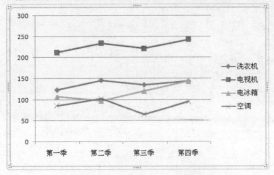

图16-14 更改图表类型后的图表

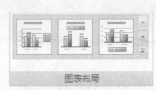

图16-15 【图表布局】组

- 单击【布局】列表中的一种布局样式，选定的图表设置成相应的布局样式。
- 单击【布局】列表中的 ▲ 按钮，布局样式上翻一页。
- 单击【布局】列表中的 ▼ 按钮，布局样式下翻一页。
- 单击【布局】列表中的 ▼ 按钮，打开一个【布局样式】列表，可从中选择一种样式，选定的图表设置成相应的布局样式。

图 16-4 所示图表更改布局后如图 16-16 所示。

三、设置图表样式

图表样式是指图表绘图区中网格线和数据图示的大小、形状和颜色。图表预置的图表样式被组织在【设计】选项卡的【图表样式】组（见图 16-17）中，常用的操作如下。

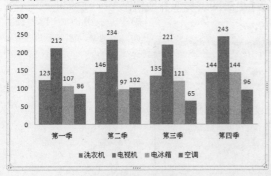

图16-16 更改布局后的图表

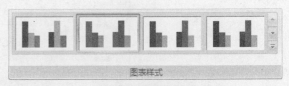

图16-17 【图表样式】组

- 单击【图表样式】列表中的一种图表样式，所选定的图表设置成相应的图表样式。
- 单击【图表样式】列表中的 ▲ 按钮，图表样式上翻一页。

- 单击【图表样式】列表中的 按钮，图表样式下翻一页。
- 单击【图表样式】列表中的 按钮，打开一个【图表样式】列表，可从中选择一种样式，所选定的图表设置成相应的图表样式。

图 16-4 所示图表更改图表样式后如图 16-18 所示。

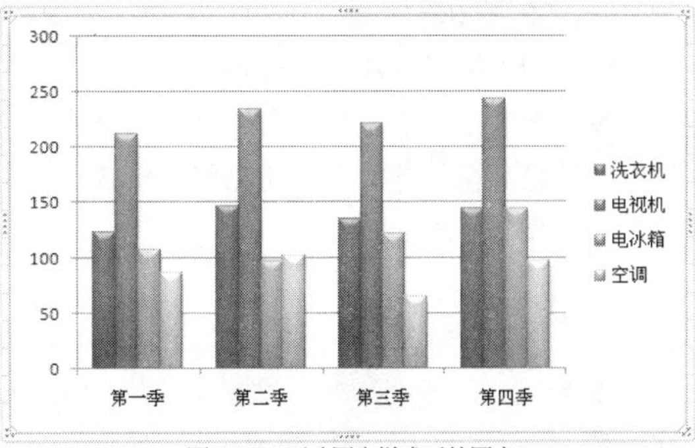

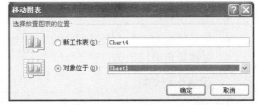

图16-18　更改图表样式后的图表

四、设置图表位置

单击【设计】选项卡的【位置】组（见图 16-19）中的【移动图表】按钮，弹出如图 16-20 所示的【移动图表】对话框，可进行以下操作。

图16-19　【位置】组

图16-20　【移动图表】对话框

- 选择【新工作表】单选项，并在其右边的文本框中输入一个工作表名，则图表将移动到这个新建的工作表中。
- 选择【对象位于】单选项，并在其右边的下拉列表中选择一个工作表名，则图表将移动到这个已有的工作表中。
- 单击 确定 按钮，按所做的设置移动工作表。

将鼠标指针移动到图表的空白区域，鼠标指针变成 状，拖动图表，同时有一个虚框随之移动，松开鼠标左键，图表就移动到相应的位置。

五、设置图表大小

选定图表后，通过【格式】选项卡中的【大小】组（见图 16-21）中的工具，也可以设置图表的大小。

- 在【大小】组的【高度】文本框中，输入或调整一个高度值，选定的图表设置为该高度。
- 在【大小】组的【宽度】文本框中，输入或调整一个宽度值，选定的图表设置为该宽度。

图16-21　【大小】组

单击图表，图表四周出现 8 个黑点组，称为图表的尺寸控点。将鼠标指针移动到图表的尺寸控点上，鼠标指针变成↕、↔、↘、↗状，单击鼠标左键拖动鼠标指针就可以改变图表的大小。图表的大小改变时，图表内的对象图也随之改变。

16.3.2 局部设置

图表的局部设置包括设置图表标题、设置坐标轴标题、设置图例、设置数据标签、设置数据表、设置坐标轴、设置网格线。图表的局部设置通常使用【布局】选项卡的组中的命令按钮。

一、设置图表标题

设置图表标题常用的操作如下。

- 选定图表后，单击【布局】选项卡的【标签】组（见图 16-22）中的【图表标题】按钮，在打开的列表（见图 16-23）中选择一个选项，可设置有无图表标题，或指定图表标题的样式。

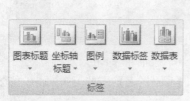

图16-22 【标签】组

图16-23 【图表标题】列表

- 选定图表标题后，再单击标题，标题内出现光标，这时可编辑标题。
- 把鼠标指针移动到图表标题上，鼠标指针变成 状，这时按住鼠标左键拖动鼠标，可移动图表标题的位置。

二、设置坐标轴标题

设置坐标轴标题常用的操作如下。

- 选定图表后，单击【布局】选项卡中【标签】组（见图 16-22）中的【坐标轴标题】按钮，在打开的列表（见图 16-24）中选择【主要横坐标轴标题】或【主要纵坐标轴标题】选项，再从打开的列表（以选择【主要横坐标轴标题】选项为例，如图 16-25 所示）中选择一个选项，可设置有无横（纵）坐标轴标题，或指定横（纵）坐标轴标题的样式。

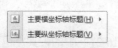

图16-24 【坐标轴标题】列表

图16-25 【主要横坐标轴标题】列表

- 选定横（纵）坐标轴标题后，再单击该标题，标题内出现光标，这时可编辑标题。
- 把鼠标指针移动到横（纵）坐标轴标题上，鼠标指针变成 状，这时按住鼠标左键拖动鼠标，可移动横（纵）坐标轴标题的位置。

三、设置图例

设置图例常用的操作如下。

- 选定图表后，单击【布局】选项卡的【标签】组（见图 16-22）中的【图例】按钮，在打开的列表（见图 16-26）中选择一个选项，可设置有无图例，或指定图例的样式。
- 把鼠标指针移动到图例上，鼠标指针变成 状，这时按住鼠标左键拖动鼠标，可移动图例的位置。
- 单击图例，图例四周出现尺寸控点，把鼠标指针移动到尺寸控点上，按住鼠标左键拖动鼠标可改变图例的大小。图例大小改变时，图例内的图和文字不改变。

四、设置数据标签

数据标签就是绘图区中在每个数据图示上标注的数值，这个值就是该数据图示对应表中的值。默认方式下建立的图表没有数据标签。

选定图表后，单击【布局】选项卡的【标签】组（见图 16-22）中的【数据标签】按钮，在打开的列表（见图 16-27）中选择一个选项，可设置有无数据标签，或指定数据标签的样式。

图16-26　【图例】列表

图16-27　【数据标签】列表

图 16-4 所示图表添加数据标签后如图 16-28 所示。

五、设置数据表

数据表就是在图表中同时显示表中的数据。默认方式下建立的图表没有数据标签。

选定图表后，单击【布局】选项卡的【标签】组中的【数据表】按钮，在打开的列表（见图 16-29）中选择一个选项，可设置有无数据表，或指定数据表的样式。

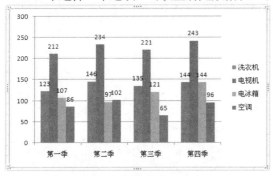

图16-28　添加数据标签后的图表

图16-29　【数据表】菜单

图 16-4 所示图表添加数据表后如图 16-30 所示。

六、设置坐标轴

选定图表后，单击【布局】选项卡的【坐标轴】组（见图 16-31）中的【坐标轴】按钮，在打开的列表（见图 16-32）中选择【主要横坐标轴】或【主要纵坐标轴】选项，再从打开的列表（以选择【主要横坐标轴】选项为例，如图 16-33 所示）中选择一个选项，可设置有无横（纵）坐标轴，或指定横（纵）坐标轴的样式。

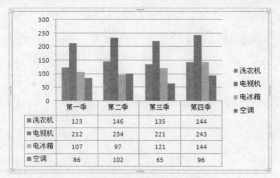

图16-30 添加数据表后的图表

图16-31 【坐标轴】组

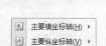

图16-32 【坐标轴】列表

图16-33 【主要横坐标轴】列表

七、设置网格线

网格线就是绘图区中均分数值轴（或分类轴）的横线（或竖线），网格线有主要网格线和次要网格线两种类型，主要网格线之间较疏，次要网格线之间较密。默认方式下建立的图表只有主要横网格线。

选定图表后，单击【布局】选项卡中【坐标轴】组（见图 16-31）中的【网格线】按钮，在打开的列表（见图 16-34）中选择【主要横网格线】或【主要纵网格线】选项，再从打开的列表（以选择【主要横网格线】选项为例，如图 16-35 所示）中选择一个选项，可设置有无横（纵）网格线，或指定横（纵）网格线的样式。

图 16-4 所示图表设置了次要横网格线以及次要纵网格线后如图 16-36 所示。

图16-34 【网格线】列表

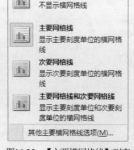

图16-35 【主要横网格线】列表

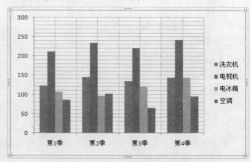

图16-36 添加数据表后的图表

16.4 习题

1. 对以下公司利润表制作两张图表。

	A	B	C	D	E
1	公司利润表				
2	年度	收入总额	利润总额	收入增长	利润增长
3	96	1000	300		
4	97	1100	350	10.0%	16.7%
5	98	1230	400	11.8%	14.3%
6	99	1300	440	5.7%	10.0%
7	00	1500	520	15.4%	18.2%
8	01	1700	600	13.3%	15.4%
9	02	2000	720	17.6%	20.0%
10	03	2300	820	15.0%	13.9%
11	04	2700	1000	17.4%	22.0%
12	05	3200	1300	18.5%	30.0%

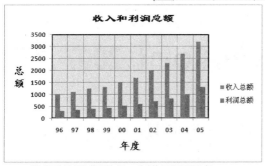
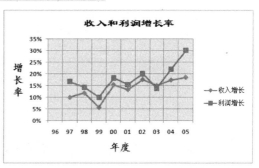

2.　对以下公司费用表，制作两张图表。

	A	B	C	D	E
1	公司费用表				
2					
3	月份	交通费	通信费	午餐费	合计
4	1月	1200	860	600	2660
5	2月	820	870	670	2360
6	3月	860	1300	700	2860
7	4月	570	680	790	2040
8	5月	1100	560	670	2330
9	6月	650	760	870	2280
10	7月	980	870	760	2610
11	8月	550	660	1200	2410
12	9月	640	730	820	2190
13	10月	920	830	740	2490
14	11月	640	1500	470	2610
15	12月	760	750	740	2250

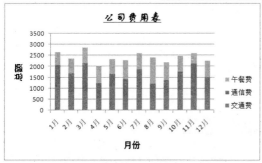
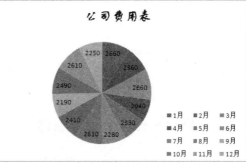

PowerPoint 2007 入门

PowerPoint 2007 是 Office 2007 中的一个组件，利用它可以方便地制作图文并茂、感染力强的幻灯片，是电脑办公的得力工具。本讲课时为 2 小时。

学习目标

◆ 了解PowerPoint 2007的主要功能。

◆ 熟练掌握PowerPoint 2007的启动与退出方法。

◆ 了解PowerPoint 2007的窗口组成。

◆ 了解PowerPoint 2007的视图方式。

◆ 熟练掌握PowerPoint 2007的演示文稿操作方法。

17.1　PowerPoint 2007 的主要功能

PowerPoint 有以下的主要功能。

- 幻灯片制作：建立幻灯片、添加幻灯片内容、建立幻灯片链接和管理幻灯片。
- 幻灯片静态效果设置：更换版式、更换主题、更换背景、更改母版、设置页眉和页脚。
- 幻灯片动态效果设置：设置动画效果和切换效果。
- 幻灯片放映、幻灯片打印和幻灯片打包。

17.2　PowerPoint 2007 的启动与退出

PowerPoint 2007 的启动与退出是 PowerPoint 2007 的两种最基本操作。PowerPoint 2007 必须启动后才能使用，工作完毕后应退出 PowerPoint 2007，释放占用的系统资源。

17.2.1 PowerPoint 2007 的启动

启动 PowerPoint 2007 有多种方法，用户可根据自己的习惯或喜好选择其中一种，以下是常用的方法。

- 选择【开始】/【程序】/【Microsoft Office】/【Microsoft Office PowerPoint 2007】命令。
- 打开一个 PowerPoint 演示文稿文件。

用第一种方法启动 PowerPoint 2007 后，系统将自动建立一个空白演示文稿，默认的演示文稿名为"演示文稿1"。用后一种方法启动 PowerPoint 2007 后，系统将自动打开相应的演示文稿。

17.2.2 PowerPoint 2007 的退出

关闭 PowerPoint 2007 窗口即可退出 PowerPoint 2007，退出 PowerPoint 2007 时，系统会关闭所打开的演示文稿。如果演示文稿创建或改动后没有被保存，系统会弹出如图 17-1 所示的【Microsoft Office PowerPoint】对话框（以"演示文稿 1"为例），以确定是否保存。

图17-1 【Microsoft Office PowerPoint】对话框

17.3 PowerPoint 2007 的窗口组成

启动 PowerPoint 2007 后，出现如图 17-2 所示的窗口。PowerPoint 2007 的窗口由 4 个区域组成：标题栏、功能区、工作区和状态栏。

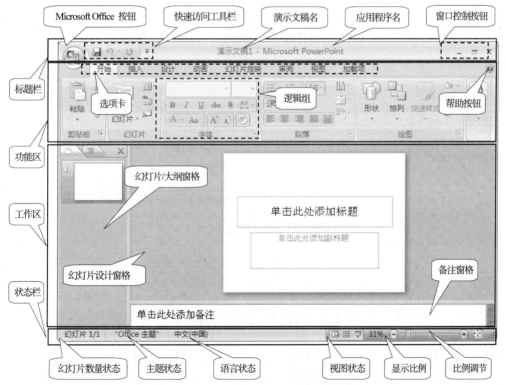

图17-2 PowerPoint 2007 窗口

PowerPoint 2007 的窗口与 Word 2007 的窗口大致相似，不同之处是，PowerPoint 2007 的工作区相当于 Word 2007 的文档区，在不同的视图方式下，工作区是不同的。

17.4 **PowerPoint 2007** 的视图方式

PowerPoint 2007 有 4 种视图方式：普通视图、幻灯片浏览视图、幻灯片放映视图和备注页视图，每种视图都将用户的处理焦点集中在演示文稿的某个要素上。

单击状态栏中的某个视图按钮，或选择功能区【视图】选项卡的【演示文稿视图】组（见图 17-3）中的相应工具，就会切换到相应的视图方式。

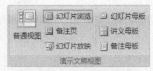

图17-3 【演示文稿视图】组

17.4.1 普通视图

单击状态栏上【视图状态】区中的 按钮，或单击【演示文稿视图】组（见图 17-3）中的【普通视图】按钮，即可切换到普通视图方式，如图 17-4 所示。普通视图是启动 PowerPoint 2007 后默认视图方式，主要用于撰写或设计演示文稿。

普通视图包含 3 个窗格：幻灯片/大纲窗格、幻灯片设计窗格和备注窗格。幻灯片/大纲窗格又包含【幻灯片】和【大纲】两个选项卡，用于显示演示文稿中幻灯片的缩略图和演示文稿中幻灯片中文字的大纲。

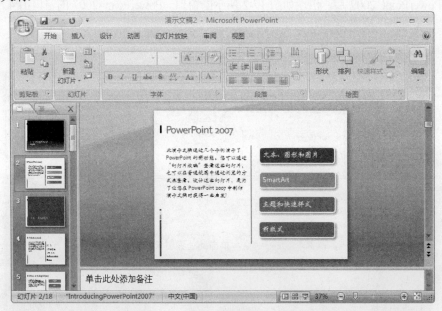

图17-4 普通视图

17.4.2 幻灯片浏览视图

单击状态栏上【视图状态】区中的 按钮，或单击【演示文稿视图】组（见图 17-3）中的【幻灯片浏览】按钮，即可切换到幻灯片浏览视图方式，如图 17-5 所示。幻灯片浏览视图是以缩略图形式显示幻灯片的视图。在幻灯片浏览视图中，可以很容易地添加、删除和移动幻灯片及选择幻灯片的动画切换方式。

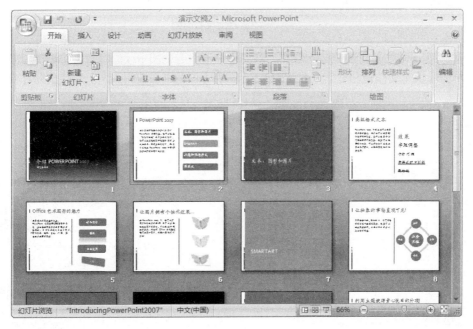

图17-5　幻灯片浏览视图

17.4.3　幻灯片放映视图

单击状态栏上【视图状态】区中的 ▤ 按钮，或单击【演示文稿视图】组（见图 17-3）中的【幻灯片放映】按钮，即可切换到幻灯片放映视图方式，如图 17-6 所示。幻灯片放映视图占据整个计算机屏幕，从当前幻灯片开始一幅一幅地放映演示文稿中的幻灯片。

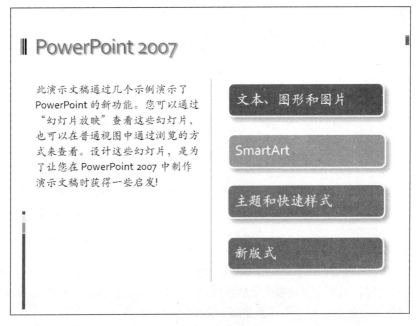

图17-6　幻灯片放映视图

17.4.4 备注页视图

用户可以在【备注】窗格中键入备注，该窗格位于普通视图中【幻灯片】窗格的下方（见图 17-2）。单击【演示文稿视图】组（见图 17-3）中的【备注页】按钮，即可切换到备注页视图方式，如图 17-7 所示。在备注页视图方式下，可以整页格式查看和使用备注。

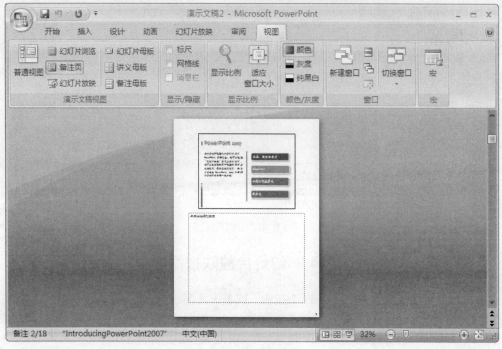

图17-7　备注页视图

17.5　PowerPoint 2007 的演示文稿操作

演示文稿是用 PowerPoint 2007 建立的文件，用来存储用户建立的幻灯片。一个演示文稿对应一个文件，PowerPoint 2007 先前版本演示文稿文件的扩展名是 "ppt" 或 "pps"，PowerPoint 2007 演示文稿文件的扩展名为 "pptx" 或 "ppsx"，该类文件的图标分别是 和 。

17.5.1 新建演示文稿

启动 PowerPoint 2007 时，系统会自动建立一个只有一张标题幻灯片的演示文稿，默认的文档名是 "演示文稿 1"。在 PowerPoint 2007 中，还可以再新建演示文稿，新建演示文稿有以下方法。

- 按 Ctrl+N 键。
- 单击 按钮，在打开的菜单中选择【新建】命令。

使用第 1 种方法，系统会自动根据默认模板建立一个只有一张标题幻灯片的演示文稿。使用第 2 种方法，将弹出如图 17-8 所示的【新建演示文稿】对话框。

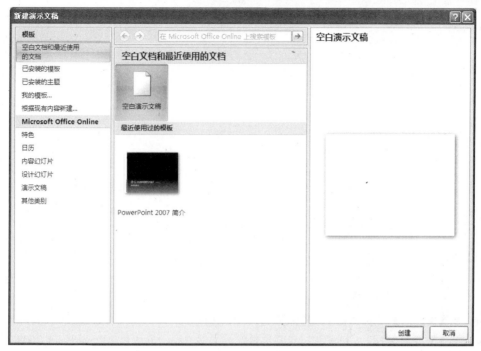

图17-8　【新建演示文稿】对话框

在【新建演示文稿】对话框中，可进行以下新建文档的操作。

- 单击【模板】列表框中的一个选项，【模板列表】列表框显示该组模板中的所有模板。
- 单击【模板列表】列表框中的一个模板选择该模板，【模板效果】列表框显示该模板的效果。
- 单击 [创建] 按钮，基于所选择模板，建立一个新演示文稿。

17.5.2 保存演示文稿

PowerPoint 2007 工作时，演示文稿的内容驻留在计算机内存和磁盘的临时文件中，没有正式保存。保存演示文稿有两种方式：保存和另存为。

一、保存

在 PowerPoint 2007 中，保存演示文稿有以下方法。

- 按 Ctrl + S 键。
- 单击【快速访问工具栏】中的 日 按钮。
- 单击 按钮，在打开的菜单中选择【保存】命令。

如果演示文稿已被保存过，系统自动将演示文稿的最新内容保存起来。如果演示文稿从未保存过，系统需要用户指定文件的保存位置以及文件名，相当于执行另存为操作（见下面内容）。

二、另存为

另存为是指把当前编辑的演示文稿以新文件名或在新的保存位置保存起来。单击 按钮，在打开的菜单中选择【另存为】命令，弹出如图 17-9 所示的【另存为】对话框。

图17-9 【另存为】对话框

在【另存为】对话框中，可进行以下操作。

- 在【保存位置】下拉列表中，选择要保存到的文件夹，也可在窗口左侧的预设保存位置列表中，选择要保存到的文件夹。
- 在【文件名】下拉列表中，输入或选择一个文件名。
- 在【保存类型】下拉列表中，选择要保存的文件类型。应注意，PowerPoint 2007 以前版本默认的保存类型是 ".ppt"，PowerPoint 2007 则是 ".pptx"。
- 单击 保存(S) 按钮，按所做设置保存文件。

17.5.3 打开演示文稿

在 PowerPoint 2007 中，打开演示文稿有以下方法。

- 按 Ctrl+O 键。
- 单击 按钮，在打开的菜单中选择【打开】命令。

采用以上方法，会弹出如图 17-10 所示的【打开】对话框。

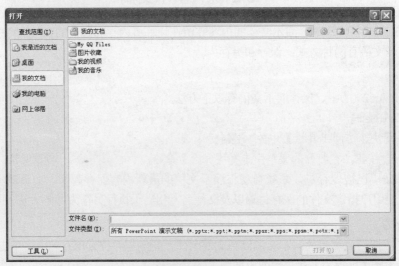

图17-10 【打开】对话框

在【打开】对话框中，可进行以下操作。

- 在【查找范围】下拉列表中，选择要打开文件所在的文件夹，也可在窗口左侧的预设位置列表中，选择要打开文件所在的文件夹。
- 在打开的文件列表中，单击一个文件图标，选择该文件。
- 在打开的文件列表中，双击一个文件图标，打开该文件。
- 在【文件名】下拉列表中，输入或选择所要打开的文件名。
- 单击 打开(O) 按钮，打开所选择的文件或在【文件名】下拉列表中指定的文件。

打开演示文稿后，便可以在演示文稿中添加、删除和修改幻灯片，还可对幻灯片进行设置，在对演示文稿操作的过程中，要撤销最近对文档所做的改动，单击【快速访问工具栏】中的 按钮即可，并且可进行多次撤销。

17.5.4 关闭演示文稿

在 PowerPoint 2007 中，关闭演示文稿有以下常用方法。

- 单击 PowerPoint 2007 窗口右上角的【关闭】按钮 ✕。
- 双击 按钮。
- 单击 按钮，在打开的菜单中选择【关闭】命令。

关闭演示文稿时，如果文档改动过并且没有保存，系统会弹出如图 17-1 所示的【Microsoft Office PowerPoint】对话框（以"演示文稿 1"为例），以确定是否保存，操作方法同前。

17.6　习题

启动 PowerPoint 2007，依次打开功能区中的各选项卡，查看有哪些组，各组中有哪些工具；在第一张幻灯片中输入一些内容，分别切换到各视图方式，观察它们的区别；以"我的第 1 个演示文稿.pptx"为文件名，保存演示文稿到【我的文档】文件夹中；新建一个演示文稿，在第一张幻灯片中输入一些内容，以"我的第 2 个演示文稿.docx"为文件名，保存文档到【我的文档】文件夹中；关闭"我的第 2 个演示文稿.pptx"，再打开"我的第 2 个演示文稿.pptx"；退出 PowerPoint 2007。

PowerPoint 2007 幻灯片制作

一个演示文稿由若干张按一定顺序排列的幻灯片组成，在 PowerPoint 2007 新建的演示文稿中，PowerPoint 2007 自动建立一张或多张幻灯片。制作幻灯片常用的操作包括建立幻灯片、添加幻灯片内容、建立超级链接和管理幻灯片等。本讲课时为 2 小时。

ⓘ 学习目标

◆ 熟练掌握建立幻灯片的方法。

◆ 熟练掌握添加幻灯片内容的方法。

◆ 掌握建立幻灯片链接的方法。

◆ 熟练掌握幻灯片管理的方法。

18.1 建立幻灯片

一张幻灯片中可以包括文本、表格、形状、图片、剪贴画、艺术字、图表、音频和视频等内容。每张幻灯片都有一个版式，版式决定了幻灯片各内容的排放位置，它们的位置由占位符所决定。占位符是幻灯片中的虚线方框，分为文本占位符和内容占位符两类。文本占位符中有相应的文字提示，只能输入文本。内容占位符的中央有一个图标列表，只能插入图形对象。

建立幻灯片通常使用功能区【开始】选项卡的【幻灯片】组（见图 18-1）
中的工具，建立幻灯片有以下方法。

图18-1 【幻灯片】组

- 单击【幻灯片】组中的 按钮，建立一张空白幻灯片，幻灯片的版
  式是最近使用过的版式。
- 单击【幻灯片】组中的【新建幻灯片】按钮，打开一个【幻灯片版
  式】列表（见图18-2），从中选择一个版式，建立一张该版式的空白幻灯片。

新建立的幻灯片的位置有以下几种情况。

- 在普通视图中，在幻灯片设计窗格中制作幻灯片时插入的幻灯片，位于当前幻灯片
  的后面。
- 在幻灯片浏览视图中，如果选定了幻灯片，新幻灯片位于该幻灯片的后面，否则，
  窗口中会出现一个垂直闪动的光条（称为光标），这时，新幻灯片位于光标处。

图18-2 【幻灯片版式】列表

18.2 添加幻灯片内容

针对幻灯片内容类型的不同，有不同的添加方法。以下介绍这些不同内容类型的添加方法。

18.2.1 添加文本

在 PowerPoint 2007 中添加文本有两种方式：在文本占位符中添加文本和文本框。占位符可视为文本框，有关操作参见"9.1 使用文本框"节。在占位符或文本框中编辑文本的操作与 Word 2007 基本相同，这里不再重复，参见"第 3 讲 Word 2007 的文本编辑"。在文本占位符或文本框中设置文本格式的操作与 Word 2007 基本相同，这里不再重复，参见"4.2 文本排版"节。

18.2.2 添加表格

在功能区【插入】选项卡的【表格】组（见图 18-3）中单击【表格】按钮，打开一个表格区（见图 18-4），在表格区域拖动鼠标，幻灯片中会出现相应行和列的表格，松开鼠标左键后，即可插入相应的表格。

图18-3　【表格】组　　　　　　　　　　　　图18-4　表格区

PowerPoint 2007 表格的操作与 Word 2007 基本相同，这里不再重复，可参见"第 7 讲 Word 2007 表格处理"。

18.2.3　添加形状

在功能区【插入】选项卡的【插图】组（见图 18-5）中，单击【形状】按钮，打开【形状】列表（见图 18-6）。在【形状】列表中，单击一个形状图标，鼠标指针变成＋状，在幻灯片中利用鼠标绘制相应的形状。

图18-5　【插图】组　　　　　　　　　　　　图18-6　【形状】列表

PowerPoint 2007 形状的操作与 Word 2007 基本相同，这里不再重复，可参见"8.1 使用形状"节。

18.2.4　添加图片

在功能区【插入】选项卡的【插图】组（见图 18-5）中，单击【图片】按钮，打开【插入图片】对话框，通过该对话框可选择一个图片文件，插入到幻灯片中。

PowerPoint 2007 图片的操作与 Word 2007 基本相同，这里不再重复，可参见"8.2 使用图片"节。

18.2.5 添加剪贴画

在功能区【插入】选项卡的【插图】组（见图 18-5）中，单击【剪贴画】按钮，窗口中出现【剪贴画】任务窗格，通过该窗格可选择一个图片文件，插入到幻灯片中。

PowerPoint 2007 剪贴画的操作与 Word 2007 基本相同，这里不再重复，可参见"8.3 使用剪贴画"节。

18.2.6 添加艺术字

在功能区【插入】选项卡的【文本】组（见图 18-7）中，单击【艺术字】按钮，打开【艺术字样式】列表，从中选择一种艺术字样式，再在弹出的【编辑艺术字文字】对话框中输入艺术字文字，在幻灯片中插入相应的艺术字。

图18-7 【文本】组

PowerPoint 2007 艺术字的操作与 Word 2007 基本相同，这里不再重复，可参见"9.2 使用艺术字"节。

18.2.7 添加图表

在功能区【插入】选项卡的【插图】组（见图 18-5）中，单击【图表】按钮，弹出如图 18-8 所示的【插入图表】对话框。

在【插入图表】对话框中，选择一种图表类型及其子类型，单击 确定 按钮后，幻灯片插入一个默认数据清单的图表，同时打开一个 Excel 2007 窗口，如图 18-9 所示。在 Excel 2007 窗口中，可根据需要更改数据清单中的数据，幻灯片中的图表会同步更改。

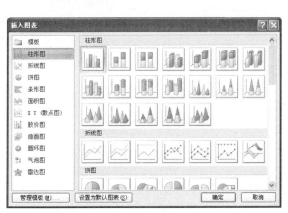

图18-8 【插入图表】对话框

图18-9 Excel 2007 窗口

PowerPoint 2007 图表的操作与 Excel 2007 基本相同，这里不再重复，可参见"第 16 讲 Excel 2007 的图表使用"。

18.2.8 添加音频

幻灯片中的音频有 3 类：文件中的声音、剪辑管理器的声音和 CD 乐曲。

一、插入文件中的声音

在功能区【插入】选项卡的【媒体剪辑】组（见图 18-10）中，单击【声音】按钮，打开【声音】列表，如图 18-11 所示。

图18-10 【媒体剪辑】组

图18-11 【声音】列表

在【声音】列表中，选择【文件中的声音】选项，弹出如图 18-12 所示的【插入声音】对话框，通过该对话框选择一个声音文件，插入到幻灯片中。

二、插入剪辑管理器中的声音

在【声音】列表（见图 18-11）中，选择【剪辑管理器中的声音】选项，窗口中出现如图 18-13 所示的【剪贴画】任务窗格，可进行以下操作。

图18-12 【插入声音】对话框

图18-13 【剪贴画】任务窗格

- 在【搜索文字】文本框内，输入所需要声音的名称或类别。
- 在【搜索范围】下拉列表中，选择要搜索的文件夹。
- 在【结果类型】下拉列表中，选择要搜索声音的类型。
- 单击 搜索 按钮，在任务窗格中列出所搜索到的声音文件的图标。
- 单击某一声音文件图标，该声音插入到幻灯片中。

三、插入 CD 乐曲

在【声音】列表（见图 18-11）中，选择【播放 CD 乐曲】选项，弹出如图 18-14 所示的【插入 CD 乐曲】对话框，可进行以下操作。

- 在【开始曲目】文本框中，输入或调整开始的曲目。
- 在【结束曲目】文本框中，输入或调整结束的曲目。
- 选择【循环播放，直到停止】复选项，则在播放 CD 乐曲时循环播放。
- 选择【幻灯片放映时隐藏声音图标】复选项，则在幻灯片放映时，不显示声音图标。
- 单击 确定 按钮，按所做设置在幻灯片中插入 CD 乐曲。

插入文件中的声音或管理器中的声音后，幻灯片中插入声音文件的图标 ，插入 CD 乐曲后，幻灯片中插入 CD 乐曲的图标 。

插入声音文件或 CD 乐曲后，会弹出如图 18-15 所示的【Microsoft Office PowerPoint】对话框，可进行以下操作。

图18-14 【插入 CD 乐曲】对话框

图18-15 【Microsoft Office PowerPoint】对话框

- 单击 **自动(A)** 按钮，则在幻灯片放映时，自动播放插入的声音。
- 单击 **在单击时(C)** 按钮，则在幻灯片放映时，只有单击声音图标 或 CD 乐曲图标 后才播放声音或 CD 乐曲。

18.2.9 添加视频

幻灯片中的影片包括文件中的影片和剪辑管理器中的影片。

一、插入文件中的影片

在【媒体剪辑】组（见图 18-10）中，单击【影片】按钮，打开【影片】列表，如图 18-16 所示。

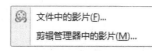

图18-16 【影片】列表

在【影片】列表中选择【文件中的影片】选项，弹出图 18-16 所示的【插入影片】对话框。通过该对话框，可选择一个影片文件，插入到幻灯片中。

图18-17 【插入影片】对话框

插入影片后，弹出如图 18-18 所示的【Microsoft Office PowerPoint】对话框，可进行以下操作。

- 单击 **自动(A)** 按钮，则在幻灯片放映时，自动播放插入的影片。
- 单击 **在单击时(C)** 按钮，则在幻灯片放映时，只

图18-18 【Microsoft Office PowerPoint】对话框

有单击声音影片区域，才播放该影片。

二、插入剪辑管理器中的影片

在【影片】列表中选择【剪辑管理器中的影片】选项，窗口中会出现类似图 18-13 所示的【剪贴画】任务窗格。通过该任务窗格，可选择一个影片文件，插入到幻灯片中。

在幻灯片中插入影片后，对影片可进行以下操作。

- 将鼠标指针移动到影片上，鼠标指针变成 状，按住鼠标左键拖动鼠标可改变影片的位置。
- 单击影片将其选定，影片周围出现 8 个尺寸控点，如图 18-19 所示。

图18-19　选定后的影片

- 选定影片后，将鼠标指针移动到影片的尺寸控点上，鼠标指针变成 ↕、↔、↖ 或 ↗ 状，按住鼠标左键拖动鼠标可改变影片的大小。
- 选定影片后，按 Delete 键或 Backspace 键，可删除该影片。

18.3　建立幻灯片链接

幻灯片链接是指幻灯片中的某个对象（称链接对象）与另外对象（被链接对象）的关联。链接对象可以是幻灯片中的文本、图片等，还可以是 PowerPoint 2007 预置的动作按钮。被链接对象可以是当前演示文稿中的幻灯片，也可以是其他演示文稿中的某张幻灯片，或者是 Internet 上的某个网页或电子邮件地址。幻灯片放映时，单击链接对象，会自动跳转到被链接对象。

18.3.1　建立超链接

在 PowerPoint 2007 中，只能为文本、文本占位符、文本框和图片建立超链接。在演示文稿中建立超链接有以下方法。

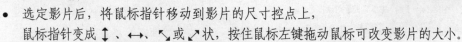

- 按 Ctrl+K 键。
- 在功能区【插入】选项卡的【链接】组（见图 18-20）中，单击【超链接】按钮。

图18-20　【链接】组

用以上任何方法都弹出如图 18-21 所示的【插入超链接】对话框。建立超级链接前，用户选定不同的对象会影响【插入超链接】对话框中【要显示的文字】编辑框的内容，具体有以下 3 种情况。

- 如没选定对象，则【要显示的文字】文本框的内容为空白，并可对其编辑。
- 如选定了文本，则【要显示的文字】文本框的内容为该文本，并可对其编辑。
- 如果选定了文本占位符、文本框、图片等，【要显示的文字】文本框的内容为"<<在文档中选定的内容>>"，并且不可编辑。

最常用的超链接是链接到当前演示文稿中的某张幻灯片，即在【插入超链接】对话框中，单击【链接到】组中的【本文档中的位置】链接。在【插入超链接】对话框中，可进行以下操作。

- 如果【要显示的文字】文本框可编辑，在该文本框中输入或编辑文本。
- 单击 屏幕提示(P)... 按钮，弹出如图 18-22 所示的【设置超链接屏幕提示】对话框，在该对话框的【屏幕提示文字】文本框中，可输入用于屏幕提示的文字。在幻灯片放映时，把鼠标指针移动到带链接的文本或图形上时，屏幕上会出现【屏幕提示文字】文本框中的文字。

- 在【请选择文档中的位置】分组框中，可选择【第一张幻灯片】、【最后一张幻灯片】、【下一张幻灯片】或【上一张幻灯片】，指定超链接的相对位置，同时在【幻灯片预览】框内显示所选择幻灯片的预览图。

- 单击【幻灯片标题】左边的⊞按钮，展开幻灯片标题，从展开的幻灯片标题中选择一张幻灯片，指定超链接的绝对位置，同时在【幻灯片预览】框内显示所选择幻灯片的预览图。

- 单击 确定 按钮，按所做设置创建超链接。

图18-21 【插入超链接】对话框

图18-22 【设置超链接屏幕提示】

要删除超链接，先选定建立链接的对象，用建立超链接的方法打开【插入超链接】对话框，该对话框比图 18-21 所示的对话框多了一个 删除链接(R) 按钮，单击该按钮即可删除超链接。

18.3.2 设置动作

为某一对象设置动作的方法是：选定某对象后，在功能区【插入】选项卡的【链接】组（见图 18-19）中，单击【动作】按钮，弹出如图 18-23 所示的【动作设置】对话框。

在【动作设置】对话框中，有【单击鼠标】和【鼠标移过】这两个选项卡，这两个选项卡中所设置的动作大致相同。在【单击鼠标】选项卡中所设置的动作，仅当用鼠标单击所选对象时起作用，在【鼠标移过】选项卡中所设置的动作，仅当鼠标指针移过所选对象时起作用。在【动作设置】对话框中，可进行以下操作。

- 选择【无动作】单选项，则所选对象无动作。这一选项用来取消对象已设置的动作。

图18-23 【动作设置】对话框

- 选择【超链接到】单选项，可从其下面的下拉列表中选择所链接到的幻灯片，或【结束放映】选项。

- 选择【运行程序】单选项，可在其下面的编辑框内输入程序文件名，或者单击 浏览(B)... 按钮，从弹出的对话框中指定程序文件。

- 选择【播放声音】复选项，可从其下面的下拉列表中选择所需的声音。

- 单击 确定 按钮，完成动作设置。

18.3.3 建立动作按钮

动作按钮是系统预置的某些形状（如左箭头和右箭头），这些形状预置了相应的动作。在功能区【插入】选项卡的【插图】组（见图 18-5）中，单击【形状】按钮，打开【形状】列表，【形状】列表的最后一组是【动作按钮】组，如图 18-24 所示。

在【动作按钮】组中，单击一个动作按钮后，鼠标指针变成＋状，如果在幻灯片中拖动鼠标，即可绘出相应大小的动作按钮。如果在幻灯片中单击鼠标，即可绘出默认大小的动作按钮。绘出动作按钮后，自动打开【动作设置】对话框（与图 18-20 所示的对话框类似，不同之处是，【动作设置】对话框根据插入的动作按钮，设置了相应的动作），可更改按钮的动作。

图18-24 【动作按钮】组

如果要删除动作按钮，先单击动作按钮，再按 Delete 键或 Backspace 键即可。

18.4   幻灯片管理

PowerPoint 2007 幻灯片管理常用的操作有：选定幻灯片、移动幻灯片、复制幻灯片和删除幻灯片。这些操作在幻灯片选项卡、大纲选项卡和在幻灯片浏览视图中都可完成。

18.4.1 选定幻灯片

选定幻灯片有以下常用方法。

- 单击幻灯片图标或幻灯片缩略图，选定该幻灯片。
- 选定一张幻灯片后，按住 Shift 键，再单击另一张幻灯片图标或幻灯片缩略图，即可选定这两张幻灯片间的所有幻灯片。
- 选定一张幻灯片后，按住 Ctrl 键，再单击另一张未选定的幻灯片图标或幻灯片缩略图，该幻灯片被选定。
- 选定一张幻灯片后，按住 Ctrl 键，再单击另一张已选定的幻灯片图标或幻灯片缩略图，该幻灯片被取消选定状态。
- 按 Ctrl+A 键，或在功能区【开始】选项卡的【编辑】组中，单击 选择 按钮，在打开的列表中选择【全选】选项，选定所有的幻灯片。

选定幻灯片后，在幻灯片图标或幻灯片缩略图外的任意一点单击鼠标，可取消对幻灯片的选定。

18.4.2 移动幻灯片

移动幻灯片用来改变演示文稿中幻灯片的顺序，移动幻灯片有以下几种常用方法。

- 拖动幻灯片图标或幻灯片缩略图，将幻灯片移动到目标位置。
- 先选定要移动的多张幻灯片，再拖动所选定幻灯片中某一张幻灯片，将选定的幻灯片移动到目标位置。
- 先把要移动的幻灯片剪切到剪贴板上，再选定一张幻灯片，然后从剪贴板上将幻灯片粘贴到选定幻灯片的后面。

18.4.3 复制幻灯片

复制幻灯片有以下常用方法。

- 按住 Ctrl 键拖动幻灯片图标或幻灯片缩略图，在目标位置复制该幻灯片。
- 先选定要复制的多张幻灯片，再按住 Ctrl 键拖动所选定幻灯片中某一张幻灯片，将选定的幻灯片复制到目标位置。
- 先把选定的幻灯片复制到剪贴板上，再选定一张幻灯片，然后从剪贴板上将幻灯片粘贴到选定幻灯片的后面。

18.4.4 删除幻灯片

选定幻灯片后，按 Delete 键或 Backspace 键，或把选定的幻灯片剪切到剪贴板上，都可删除所选定的幻灯片。

在大纲选项卡中删除幻灯片（剪切到剪贴板上除外）时，如果幻灯片中包含注释页或图形，会弹出如图 18-25 所示的【Microsoft Office PowerPoint】对话框，让用户确定是否删除。

图18-25 【Microsoft Office PowerPoint】对话框

18.5 习题

建立以下幻灯片。

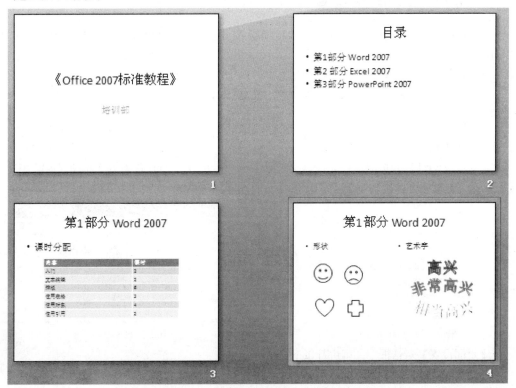

第19讲

PowerPoint 2007 幻灯片效果设置

幻灯片的效果包括静态效果和动态效果。静态效果是静止不动的效果，如页面大小、版式、背景等。动态效果是幻灯片放映时的动画效果。本讲课时为 2 小时。

① 学习目标

◆ 熟练掌握幻灯片静态效果的设置方法。
◆ 熟练掌握幻灯片动态效果的设置方法。

19.1 幻灯片的静态效果设置

幻灯片的静态效果设置包括设置页面、更换版式、更换主题、更换背景、更改母版、设置页眉和页脚等。

19.1.1 设置页面

幻灯片的页面是指幻灯片的大小、方向以及起始编号。在制作幻灯片时，通常使用默认的页面设置，也可以重新设置幻灯片的页面。

要重新设置幻灯片的页面，在功能区【设计】选项卡的【页面设置】组（见图 19-1）中，单击【页面设置】按钮，弹出如图 19-2 所示的【页面设置】对话框。

图19-1 【页面设置】组

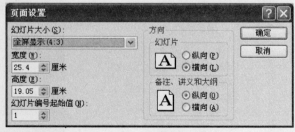

图19-2 设置页面

在【页面设置】对话框中，可进行以下操作。

• 在【幻灯片大小】下拉列表中，选择一种幻灯片大小的比例。

- 在【宽度】文本框中，输入或调整幻灯片的宽度。
- 在【高度】文本框中，输入或调整幻灯片的高度。
- 在【幻灯片编号起始值】文本框中，输入或调整幻灯片编号的起始值。
- 如果选择【幻灯片】的【纵向】单选项，幻灯片的方向为纵向。
- 如果选择【幻灯片】的【横向】单选项，幻灯片的方向为横向。
- 如果选择【备注、讲义和大纲】的【纵向】单选项，备注、讲义和大纲的方向为纵向。
- 如果选择【备注、讲义和大纲】的【横向】单选项，备注、讲义和大纲的方向为横向。
- 单击 ▢ 确定 ▢ 按钮，完成页面设置，关闭对话框。

19.1.2 更换版式

　　幻灯片版式是指幻灯片的内容在幻灯片上的排列方式，由占位符组成。在制作幻灯片时，首先要指定幻灯片的版式，制作完幻灯片后，还可以更换幻灯片的版式。

　　要更换幻灯片版式，先选定要更换版式的幻灯片，再在功能区【开始】选项卡的【幻灯片】组（见图 19-3）中，单击 ▣版式 ▾ 按钮，打开【版式】列表（见图 19-4），单击一个版式图标，即可把当前幻灯片设定为该版式。

图19-3　【幻灯片】组　　　　　　　　　　　　　　图19-4　【版式】列表

　　图 19-5 所示为使用"内容与标题"版式的幻灯片，将其更换为"垂直排列标题与文本"版式后，如图 19-6 所示。

图19-5 "内容与标题"版式的幻灯片　　　　图19-6 "垂直排列标题与文本"版式的幻灯片

更换幻灯片版式有以下特点。

- 幻灯片内容的格式随版式的更换而更改。
- 幻灯片的内容不会因版式的更换而丢失。
- 如果新版式中有与旧版式不同的占位符，则幻灯片中自动添加一个空占位符。
- 如果旧版式中有与新版式不同的占位符，则旧版式中占位符的位置及其内容不变。

19.1.3 更换主题

文档主题由一组格式选项构成，包括一组主题颜色、一组主题字体以及一组主题效果。PowerPoint 2007 创建的每个演示文稿内都包含一个主题，默认主题是"Office 主题"。

PowerPoint 2007 的预置样式被组织在功能区【设计】选项卡的【主题】组（见图 19-7）中，常用的操作如下。

图19-7 【主题】组

- 单击【主题】列表中的一种主题，应用该主题。
- 单击【主题】列表中的▲按钮，主题上翻一页。
- 单击【主题】列表中的▼按钮，主题下翻一页。
- 单击【主题】列表中的▼按钮，打开【主题】列表，如图 19-8 所示，可从中选择一种主题，应用该主题。
- 单击【颜色】按钮，打开【主题颜色】列表，可从中选择一种主题颜色，应用该主题颜色。
- 单击【字体】按钮，打开【主题字体】列表，可从中选择一种主题字体，应用该主题字体。
- 单击【效果】按钮，打开【主题效果】列表，可从中选择一种主题效果，应用该主题效果。

图19-8 【主题】列表

在更换主题以及主题颜色、主题字体和主题效果时，如果只选定了一张幻灯片，将更换所有的幻灯片，如果选定了多张幻灯片，则只更换所选定的幻灯片。

图 19-9 所示为"夏至"主题的幻灯片，图 19-10 所示为"龙腾四海"主题的幻灯片。

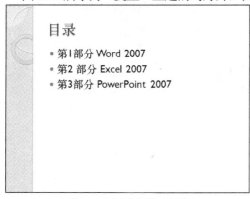

图19-9 "夏至"主题的幻灯片

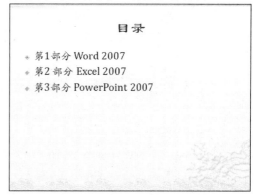

图19-10 "龙腾四海"主题的幻灯片

19.1.4 更换背景

幻灯片的主题中设置了相应的背景。背景有纯色填充、渐变填充、纹理填充和图片填充 4 种方式。

一、选择背景样式

背景样式是 PowerPoint 2007 主题中所预置的纯色填充和渐变填充样式。不同的主题有不同的背景样式。通常每种主题预置了 13 种背景样式。

选定要更换背景的幻灯片，再在功能区【设计】选项卡的【背景】组（见图 19-11）中，单击 背景样式 按钮，打开如图 19-12 所示的【背景样式】列表，从中选择一种背景样式，将所选定的幻灯片设置成相应的背景样式。

图19-11 【背景】组

图19-12 【背景样式】列表

图 19-13 所示为应用背景样式后的幻灯片。

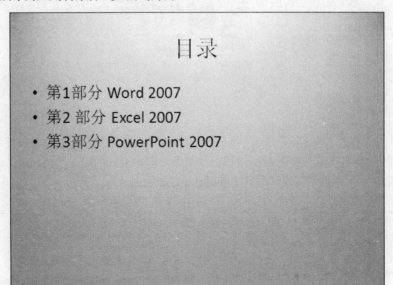

目录

- 第1部分 Word 2007
- 第2 部分 Excel 2007
- 第3部分 PowerPoint 2007

图19-13 应用背景样式后的幻灯片

二、自定义背景

在【背景样式】列表（见图 19-10）中，选择【设置背景格式】选项，弹出如图 19-14 所示的【设置背景格式】对话框，可进行以下操作。

- 如果选择【纯色填充】单选项，则背景为纯色填充，可在详细设置区（见图 19-14）中根据需要设置纯色填充。
- 如果选择【渐变填充】单选项，则背景为渐变填充，可在详细设置区（见图 19-15）中根据需要设置渐变填充。

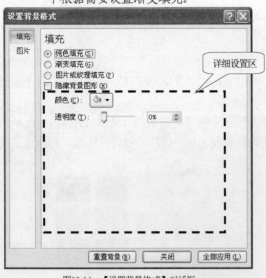

图19-14 【设置背景格式】对话框

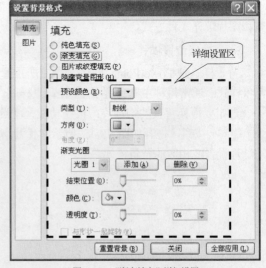

图19-15 "渐变填充"详细设置

- 如果选择【图片或纹理填充】单选项，则背景为图片或纹理填充，可在详细设置区

（见图 19-16）中根据需要设置图片或纹理填充。

- 选择【隐藏背景图形】复选项，则背景中不显示背景图形。
- 单击 重置背景(B) 按钮，把背景还原为设置前的背景。
- 单击 关闭 按钮，把所设置的背景应用于选定的幻灯片。
- 单击 全部应用(T) 按钮，把所设置的背景应用于所有的幻灯片。

图19-16 "图片或纹理填充"详细设置

图 19-17 所示为"纹理填充"背景的幻灯片。

图19-17 "纹理填充"背景的幻灯片

19.1.5 更改母版

幻灯片母版存储幻灯片的模板信息，包括字形、占位符的大小和位置、主题和背景。幻灯片母版的主要用途是使用户能方便地进行全局更改（如替换字形、添加背景等），并使该更改应用到演示文稿中的所有幻灯片。

在功能区【视图】选项卡的【演示文稿视图】组（见图 19-18）中，单击【幻灯片母版】按钮，切换到幻灯片母版视图，功能区自动增加一个【幻灯片母版】选项卡。

母版视图包括两个窗格，左边的窗格为幻灯片缩略图窗格，右边的窗格为幻灯片窗格。在幻灯片缩略图窗格（见图 19-19）中，第 1 个较大的缩略图为幻灯片母版缩略图，相关的版式缩略图位于其下。

图19-18　【演示文稿视图】组

图19-19　幻灯片缩略图窗格

在幻灯片缩略图窗格中，单击幻灯片母版缩略图，幻灯片窗格如图 19-20 所示；单击版式缩略图（以第 1 个版式为例），幻灯片窗格如图 19-21 所示。

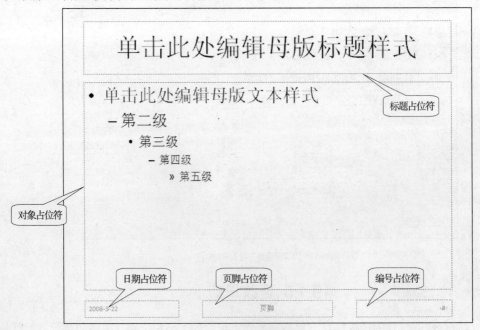

图19-20　幻灯片母版

图19-21　标题幻灯片版式母版

幻灯片母版中有以下几个占位符。

- 标题占位符：用于设置标题的位置和样式。
- 对象占位符：用于设置对象的位置和样式。
- 日期占位符：用于设置日期的位置和样式。
- 页脚占位符：用于设置页脚的位置和样式。
- 编号占位符：用于设置编号的位置和样式。

母版占位符中的文本只用于样式，实际的文本（如标题和列表）应在普通视图下的幻灯片上键入，而页眉和页脚中的文本应在【页眉和页脚】对话框中键入。

用户可以像更改演示文稿中的幻灯片一样更改幻灯片母版，常用的操作有以下几种。

- 更改字体或项目符号。
- 更改占位符的位置和大小。
- 更改背景颜色、背景填充效果或背景图片。
- 插入新对象。

与更改演示文稿中的幻灯片不一样的是，在幻灯片母版中可插入占位符。在【幻灯片母版】选项卡的【母版版式】组（见图 19-22）中，单击【插入占位符】按钮，打开如图 19-23 所示的【占位符】列表。

图19-22　【母版版式】组

在【占位符】列表中，选择一种占位符后，鼠标指针变成"＋"状，这时，在幻灯片母版中按住鼠标左键拖动鼠标，即可在相应位置插入相应大小的占位符。

更改幻灯片母版有以下特点。

- 更改幻灯片母版后，幻灯片中的内容并不改变。
- 母版中的所有更改会影响所有基于该母版的幻灯片。
- 母版中某一版式的所有更改会影响所有基于该版式的幻灯片。
- 如果先前幻灯片更改的项目与母版更改的项目相同，则保留先前的更改。

在【幻灯片母版】选项卡的【关闭】组（见图 19-24）中，单击【关闭母版视图】按钮，退出母版视图，返回到原来的视图方式。

图19-23 【占位符】列表

图19-24 【关闭】组

19.1.6 设置页眉和页脚

在幻灯片母版中，预留了日期、页脚和编号这 3 种占位符，统称为页眉和页脚。默认情况下，页眉和页脚都不显示，通过【页眉和页脚】对话框可使某个或全部页眉和页脚显示，还可设置页脚的内容。

在功能区【插入】选项卡中的【文本】组（见图19-25）中，单击【页眉和页脚】按钮，弹出如图 19-26 所示的【页眉和页脚】对话框，当前选项卡是【幻灯片】选项卡。

图19-25 【文本】组

在【幻灯片】选项卡中，可进行以下操作。

- 如果选择【日期和时间】复选项，可在幻灯片的日期占位符中添加日期和时间，否则不能添加日期和时间。

- 选择【日期和时间】复选项后，如果再选择【自动更新】单选项，系统将自动插入当前的日期和时间，插入的日期和时间会根据演示时的日期和时间自动更新。插入日期和时间后，还可从【自动更新】下的 3 个下拉列表中选择日期和时间的格

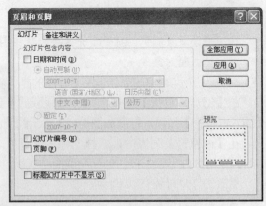

图19-26 【页眉和页脚】对话框

　式、日期和时间所采用的语言、日期和时间所采用的日历类型。

- 选择【日期和时间】复选项后，如果再选择【固定】单选项，可直接在其下面的文

本框中输入日期和时间，插入的日期和时间不会根据演示时的日期和时间自动更新。

- 如果选择【幻灯片编号】复选项，可在幻灯片的数字占位符中显示幻灯片编号，否则不显示幻灯片编号。
- 如果选择【页脚】复选项，可在幻灯片的页脚占位符中显示页脚，否则不显示页脚。页脚的内容在其下面的文本框中输入。
- 如果选择【标题幻灯片中不显示】复选项，则在标题幻灯片中不显示页眉和页脚，否则显示页眉和页脚。
- 单击 全部应用(Y) 按钮，对所有的幻灯片设置页眉和页脚，同时关闭该对话框。
- 单击 应用(A) 按钮，对当前幻灯片或选定的幻灯片设置页眉和页脚，同时关闭该对话框。

设置了页眉和页脚后，幻灯片中显示出相应的页眉和页脚，如图 19-27 所示。PowerPoint 2007 中，显示出来的页眉和页脚，可改变其内容和格式，这些改变仅对当前幻灯片起作用。要使页眉和页脚的内容对所有幻灯片起作用，应通过【页眉和页脚】对话框，并且在完成前单击 全部应用(Y) 按钮。要使页眉和页脚的格式对所有幻灯片起作用，应在幻灯片母版的相应占位符中设置相应的格式。

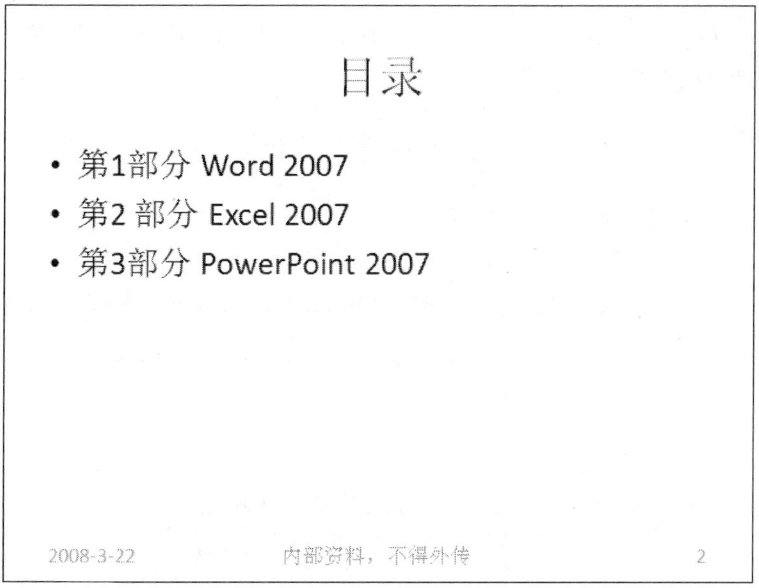

图19-27　显示页眉和页脚的幻灯片

19.2　幻灯片的动态效果设置

幻灯片的动态效果包括动画效果和切换效果。动画效果是指在一张幻灯片内，给文本或对象添加的特殊视觉或声音效果。切换效果是指在从一张幻灯片切换到另一张幻灯片时，添加的特殊视觉或声音效果。

默认情况下，幻灯片中的文本和对象没有动画效果。制作完幻灯片后，用户可根据需要给文本设置相应的动画效果。设置动画效果有两种常用的方法：应用预置动画和自定义动画。

19.2.1 应用预置动画

预置动画是指系统为文字已设定好的动画方案，PowerPoint 2007 预置了 3 种动画方案：淡出、擦除和飞入。

在功能区【动画】选项卡的【动画】组（见图 19-28）中，对于标题占位符，【动画】下拉列表中只有"淡出"、"擦除"和"飞入"这 3 种动画方案（见图 19-29），对于内容占位符，每种动画方案又有两种方式："整批发送"和"按第一级段落"。

"整批发送"是指该内容占位符中的所有文字整批采用动画方式。"按第一级段落"是指该内容占位符中项目级别为第一级的段落文字分批采用动画方式。如一个占位符中有 5 个一级项目，并且设置了"飞入"动画。如果采用"整批发送"方式，则这 5 个一级项目一起"飞入"。如果采用"按第一级段落"方式，则这 5 个一级项目逐个"飞入"。

图19-28 【动画】组

图19-29 标题占位符动画类型

从【动画】下拉列表中选择一种动画方案，或选择一种动画方案及其动画方案方式后，占位符中的文本设置成该动画方案。

19.2.2 自定义动画

除了应用预置动画外，还可以自定义动画。在功能区【动画】选项卡的【动画】组中，单击 【自定义动画】按钮，窗口中出现如图 19-30 所示的【自定义动画】任务窗格，同时，在【幻灯片设计】窗格中，在幻灯片相应段落的左侧会出现一个用方框框住的数字，该数字表示该段落文本动画的出场顺序，如图 19-31 所示。

图19-30 【自定义动画】任务窗格

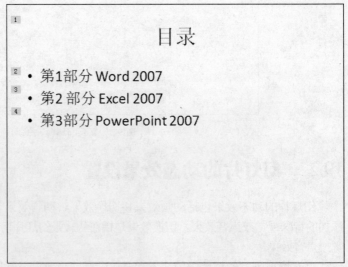

图19-31 动画顺序

通过【自定义动画】任务窗格，可添加动画、设置动画选项、调整动画顺序和删除动画。

一、添加动画

在【自定义动画】任务窗格中，单击 ⭐ 添加效果 ▾ 按钮，在打开的【动画效果】列表（见图 19-32）中选择一种动画类型，再从其子列表中选择一种动画效果，幻灯片中的文本设置成相应的动画效果。

【动画效果】菜单中 4 个选项的功能如下。

- 进入：设置项目进入时的动画效果，其子列表如图 19-33 所示。

图19-32 【动画效果】列表

图19-33 【进入】子列表

- 强调：设置项目进入后的强调动画效果，其子列表如图 19-34 所示。
- 退出：设置项目退出时的动画效果，项目退出后，幻灯片上不再显示，通常作为一个项目的最后一个动画，其子列表与图 19-34 所示相同。
- 动作路径：设置项目的运动路径，其子列表如图 19-35 所示。设置了动作路径后，在幻灯片中可看到用虚线线条表示的动作路径，如图 19-36 所示。通过拖动鼠标，可改变动作路径的起点、终点和位置。

图19-34 【强调】子列表

图19-35 【动作路径】子列表

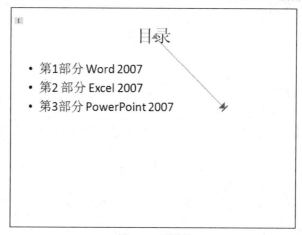

图19-36 动作路径

可以对幻灯片占位符中的项目或者对段落（包括单个项目符号和列表项）应用自定义动画。例如，可以对幻灯片上的所有项目应用飞入动画，也可以对项目符号列表中的单个段落应用该动画。此外，还可以对一个项目应用多个动画，从而可以实现项目符号项在飞入后再飞出。

设置自定义动画时，应注意以下情况。

- 如果没有选定文本，则对当前占位符中的所有文本设置相应的动画效果。
- 如果选定了文本，则对选定文本所在段落的所有文本设置相应的动画效果。

二、设置动画选项

设置了动画效果后，【自定义动画】窗格中的【开始】、【方向】和【速度】下拉列表变为可用状态，并且【动画】列表中（【自定义动画】窗格中央的区域）出现了刚定义的动画，如图 19-37 所示。

从【开始】下拉列表中，可选择该动画的开始时间，有【单击时】、【之前】、【之后】3 个选项，默认的选项是【单击时】，各选项的作用如下。

图19-37 设置动画后的【自定义动画】任务窗格

- 单击时：在幻灯片放映时，单击该项目时开始动画。
- 之前：与上一项动画同时开始动画。
- 之后：上一项动画结束后开始动画。

从【方向】（有的动画是【属性】）下拉列表中，可选择该动画属性，该下拉列表中的选项随动画的不同而不同。

从【速度】下拉列表中，可选择该动画快慢，有【非常慢】、【慢速】、【中速】、【快速】和【非常快】5 个选项。

三、调整动画顺序

设置了多个动画效果后，可从任务窗格中央的【动画】列表中选择一个动画，单击⬆或⬇按钮，改变动画的出场顺序。

四、删除动画

从任务窗格中央的列表框中选择一个动画后，单击 ✕ 删除 按钮，即删除该动画效果。

19.2.3 设置切换效果

幻灯片切换效果是幻灯片在放映时，从一个幻灯片移到下一个幻灯片时出现的类似动画的效果。可以控制每个幻灯片切换效果的速度，还可以添加声音。默认情况下，幻灯片没有切换效果，用户可根据需要设置幻灯片的切换效果。

通过功能区【动画】选项卡的【切换到此幻灯片】组（见图 19-38）中的工具，可设置幻灯片的切换效果。

图19-38 【切换到此幻灯片】组

【切换到此幻灯片】组中常用的操作如下。

- 单击【切换效果】列表中的一种切换效果，当前幻灯片应用该切换效果。
- 单击【切换效果】列表中的 ⬆ 按钮，切换效果上翻一页。

- 单击【切换效果】列表中的 按钮，切换效果下翻一页。
- 单击【切换效果】列表中的 按钮，打开该【切换效果】列表，如图 19-39 所示，可从中选择一种切换效果，当前幻灯片应用该切换效果。
- 从【切换声音】下拉列表 [无声音] 中选择一种声音，切换时伴随该声音。【切换声音】下拉列表中的选项如图 19-40 所示。

图19-39 【切换效果】列表

图19-40 【切换声音】列表

- 从【切换速度】下拉列表 快速 中选择一种切换速度，以该速度切换幻灯片。有"快速"、"中速"和"慢速" 3 个选项。
- 单击 全部应用 按钮，所选择的切换效果应用于所有的幻灯片。
- 选择【单击鼠标时】复选项，则单击鼠标时切换幻灯片。
- 选择【在此之后自动设置动画效果】复选项，并在其右侧的数值框中输入或调整一个时间值，则经过所设定的时间后，自动切换到下一张幻灯片。

设置切换效果时，应注意以下情况。

- 如果在【切换效果】列表中选择【无切换效果】选项，可取消切换效果。
- 如果在【切换效果】列表中选择了【随机】组中的最后一个切换效果，该切换效果不是一个特定的切换效果，而是随机选择一种切换效果。
- 如果既选择了【单击鼠标时】复选项，又选择了【在此之后自动设置动画效果】复选项，则在幻灯片放映时，即使还没到所设定的时间，单击鼠标也可切换幻灯片。
- 如果既没选择【单击鼠标时】复选项，又没选择【在此之后自动设置动画效果】复选项，则在幻灯片放映时，可用其他方式切换幻灯片，参见"20.2.2 控制放映"小节。

19.3 习题

对上一讲所建立的幻灯片，分别更改版式、更换主题和更换背景，在页眉和页脚中显示当前日期和幻灯片编号，并通过更改母版，使每张幻灯片上添加一个笑脸形状。为幻灯片设置自己所喜欢的动画效果和切换效果。

PowerPoint 2007 幻灯片的放映、打印与打包

制作幻灯片的最终目的是放映幻灯片，制作完幻灯片后，根据需要，还应设置放映时间以及放映方式。为了便于提交或留存查阅，可把幻灯片打印出来。如果要在没有安装 PowerPoint 2007 的计算机上放映幻灯片，还需要事先对演示文稿打包，解包后即可放映。本讲课时为 2 小时。

(i) 学习目标

- ◆ 掌握幻灯片放映的设置方法。
- ◆ 熟练掌握幻灯片的放映方法。
- ◆ 掌握幻灯片的打印方法。
- ◆ 掌握幻灯片的打包方法。

20.1 PowerPoint 2007 幻灯片的放映设置

幻灯片的放映设置包括设置放映时间和放映方式。

20.1.1 设置放映时间

放映幻灯片时，默认方式是通过单击鼠标或按空格键切换到下一张幻灯片。用户可设置每张幻灯片的放映时间，使其自动播放。设置放映时间有两种方式：人工设时和排练计时。

一、人工设时

人工设置幻灯片放映时间是通过设置幻灯片切换效果来实现的，在"19.2.3 设置切换效果"小节中，【切换到此幻灯片】组（见图 19-38）中，在【在此之后自动设置动画效果】复选项右侧的文本框中可输入或设置一个时间值，这个时间就是当前幻灯片或所选定幻灯片的放映时间。应注意的是，如果利用切换效果来实现幻灯片的自动播放，则需要对每张幻灯片进行设置。

二、排练计时

如果用户对人工设定的放映时间没有把握，可以在排练幻灯片的过程中自动记录每张幻灯片放映的时间。在功能区【幻灯片放映】选项卡的【设置】组（见图 20-1）中，单击 排练计时 按钮，系统切换到幻灯片放映视图，同时屏幕上出现如图 20-2 所示的【预演】工具栏。

图20-1 【设置】组

图20-2 【预演】工具栏

在【预演】工具栏中，各工具的功能如下。

- 第1个时间框：放映当前幻灯片所用的时间。
- 第2个时间框：幻灯片放映总共所用的时间。
- ⇒ 按钮：单击该按钮，进行下一张幻灯片的计时。
- ‖ 按钮：单击该按钮，暂停当前幻灯片的计时。
- ↩ 按钮：单击该按钮，重新对当前幻灯片计时。

在排练计时过程中，如果要中断排练计时，按 Esc 键即可。当所有的幻灯片放映完或中断排练计时的时候，弹出如图 20-3 所示的【Microsoft Office PowerPoint】对话框，让用户决定是否接受排练时间。

三、清除计时

图20-3 【Microsoft Office PowerPoint】对话框

清除排练时间有以下两种方法。

- 在功能区【幻灯片放映】选项卡的【设置】组（见图 20-1）中，取消选择【使用排练计时】复选项。
- 在设置切换效果时，取消选择【在此之后自动设置动画效果】复选项，然后单击 全部应用 按钮即可。

20.1.2 设置放映方式

为适应不同场合的需要，幻灯片有不同的放映方式。用户可以根据自己的需要设置幻灯片的放映方式。在功能区【幻灯片放映】选项卡的【设置】组（见图 20-1）中，单击【设置幻灯片放映】按钮，弹出如图20-4 所示的【设置放映方式】对话框，可进行以下操作。

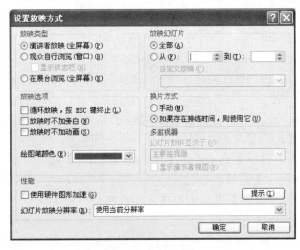

图20-4 【设置放映方式】对话框

- 选择【演讲者放映（全屏幕）】单选项，幻灯片在全屏幕中放映，放映过程中演讲者可以控制幻灯片的放映过程。

- 选择【观众自行浏览（窗口）】单选项，幻灯片在窗口中放映，用户可以控制幻灯片的放映过程，在幻灯片放映的同时，用户还可以运行其他应用程序。
- 选择【在展台浏览（全屏幕）】单选项，幻灯片在全屏幕中自动放映，用户不能控制幻灯片的放映过程，只能按 Esc 键终止放映。
- 选择【循环放映，按 Esc 键终止】复选项，循环放映幻灯片，按 Esc 键后终止放映，否则演示文稿只放映一遍。
- 选择【放映时不加旁白】复选项，即使录制了旁白，也不播放。
- 选择【放映时不加动画】复选项，即使幻灯片中设置了动画效果，放映时也不显示动画效果。
- 选择【显示状态栏】复选项，在窗口中显示状态栏，否则不显示状态栏。只有在【观众自行浏览】方式下该复选项才有效。
- 选择【全部】单选项，放映演示文稿中的所有幻灯片。
- 选择幻灯片范围单选项，可在【从】和【到】文本框中输入或调整要放映幻灯片的范围。
- 选择【手动】单选项，单击鼠标或按空格键使幻灯片换页。
- 选择【如果存在排练时间，则使用它】单选项，根据排练时间自动切换到下一张幻灯片。
- 在【绘图笔颜色】下拉列表中选择一种绘图笔颜色，在幻灯片放映时，用该颜色标注幻灯片（参见 "20.2 PowerPoint 2007 幻灯片的放映" 节）。
- 选择【使用硬件图形加速】复选项，可加快演示文稿中图形的绘制速度。
- 从【幻灯片放映分辨率】下拉列表中选择放映时显示器的分辨率。
- 单击 确定 按钮，完成幻灯片放映方式的设置。

20.2 PowerPoint 2007 幻灯片的放映

幻灯片放映常用的操作包括启动放映、控制放映和标注放映。

20.2.1 启动放映

在保存演示文稿时，常用的保存类型有 "演示文稿" 型和 "PowerPoint 放映" 型。对于 "演示文稿" 型幻灯片（文件的扩展名为 ".pptx"），只有将它打开以后，才能在 PowerPoint 2007 窗口中放映。在 PowerPoint 2007 窗口中，启动幻灯片放映有以下方法。

- 单击 PowerPoint 2007 窗口中的幻灯片放映视图按钮 🖵。
- 在功能区【幻灯片放映】选项卡的【开始放映幻灯片】组（见图 20-5）中，单击【从当前幻灯片开始】按钮。
- 在功能区【幻灯片放映】选项卡的【开始放映幻灯片】组中，单击【从头开始】按钮。
- 按 F5 键。

用前两种方法，系统是从当前幻灯片开始放映，用后两种方法，

图20-5 【开始放映幻灯片】组

系统是从第 1 张幻灯片开始放映。

对于"PowerPoint 放映"型幻灯片（文件的扩展名为"ppsx"），无论在 PowerPoint 2007 中打开，还是在 Windows 资源管理器中打开，系统都会从第 1 张幻灯片开始放映。在 PowerPoint 2007 中打开的"PowerPoint 放映"型幻灯片，放映结束后还可以对其进行编辑，而在 Windows 资源管理器中打开的"PowerPoint 放映"型幻灯片则不能对其进行编辑。

20.2.2 控制放映

如果幻灯片没有设置成"在展台浏览"放映方式（参见"20.1.2 设置放映方式"小节），则在幻灯片放映过程中，用户可以控制其放映过程。常用的控制方式有切换幻灯片、定位幻灯片、暂停放映和结束放映。

一、切换幻灯片

在幻灯片放映过程中，常常要切换到下一张幻灯片或切换到上一张幻灯片。即便使用排练计时自动放映幻灯片，用户也可以手工切换到下一张幻灯片或切换到上一张幻灯片。

在幻灯片放映过程中，切换到下一张幻灯片有以下方法。

- 单击鼠标右键，弹出如图 20-6 所示的【放映控制】快捷菜单，选择【下一张】命令。
- 单击鼠标左键。
- 按空格键。
- 按 PageDown 、 N 、 → 、 ↓ 或 Enter 键。

在幻灯片放映过程中，切换到上一张幻灯片有以下方法。

- 单击鼠标右键，在弹出的快捷菜单（见图 20-6）中，选择【上一张】命令。
- 按 PageUp 、 P 、 ← 、 ↑ 或 Backspace 键。

图20-6　【放映控制】快捷菜单

二、定位幻灯片

在幻灯片放映过程中，有时需要切换到某一张幻灯片，从该幻灯片开始顺序放映。定位到某一张幻灯片有以下方法。

- 单击鼠标右键，从弹出的快捷菜单（见图 20-6）中选择【定位至幻灯片】命令，弹出由幻灯片标题组成的子菜单，在子菜单中选择一个标题，即可定位到该幻灯片。
- 输入幻灯片的编号（注意，输入时看不到输入的编号），按 Enter 键，定位到相应编号的幻灯片（在幻灯片设计过程中，在大纲窗格或幻灯片浏览窗格中每张幻灯片前面的数字就是幻灯片编号）。
- 同时按住鼠标左、右键两秒钟，定位到第 1 张幻灯片。

三、暂停放映

使用排练计时自动放映幻灯片时，有时需要暂停放映，以便处理发生的意外情况。暂停放映有以下常用方法。

- 按 S 或 ＋ 键。
- 单击鼠标右键，从弹出的快捷菜单（见图 20-6）中选择【暂停】命令。

暂停放映后，继续放映有以下常用方法。

- 按 S 或 + 键。
- 单击鼠标右键，从弹出的快捷菜单（见图 20-6）中选择【继续执行】命令。

四、结束放映

最后一张幻灯片放映完后，出现黑色屏幕，顶部有"放映结束，单击鼠标退出。"字样，这时单击鼠标就可结束放映。

在放映过程要结束放映，有以下常用方法。

- 按 Esc、- 或 Ctrl+Break 键。
- 单击鼠标右键，从弹出的快捷菜单（见图 20-6）中选择【结束放映】命令。

20.2.3 标注放映

在幻灯片放映过程中，为了作即时说明，可以用鼠标对幻灯片进行标注，如图 20-7 所示。
常用的标注操作有：设置绘图笔颜色、标注幻灯片和擦除笔迹。

一、设置绘图笔颜色

在放映过程中，单击鼠标右键，从弹出的快捷菜单（见图 20-6）中选择【指针选项】/【墨迹颜色】命令，弹出如图 20-8 所示的【墨迹颜色】列表，单击其中的一种颜色，即可将绘图笔设置为该颜色。

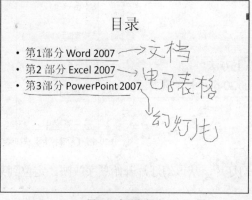

图20-7 标注幻灯片

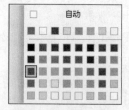

图20-8 【墨迹颜色】列表

二、标注幻灯片

要想在幻灯片放映过程中标注幻灯片，必须先转换到幻灯片标注状态。转换到幻灯片标注状态有以下方法。

- 按 Ctrl+P 键。
- 单击鼠标右键，从弹出的快捷菜单（见图 20-6）中选择【指针选项】命令，在其子菜单中选择【圆珠笔】、【毡尖笔】或【荧光笔】命令。

在幻灯片标注状态下，拖动鼠标就可以在幻灯片上进行标注。取消标注幻灯片的状态有以下常用方法。

- 按 Esc 或 Ctrl+A 键。
- 单击鼠标右键，从弹出的快捷菜单（见图 20-6）中选择【指针选项】/【箭头】命令。

三、擦除笔迹

当前幻灯片切换到下一张幻灯片后，再次回到标注过的幻灯片中，原先所标注的笔迹都被保留。在当前幻灯片中擦除幻灯片上标注的笔迹有以下常用方法。

- 按 E 键。
- 单击鼠标右键，从弹出的快捷菜单（见图 20-6）中选择【屏幕】/【隐藏墨迹标记】命令。

20.3　**PowerPoint 2007 幻灯片的打印**

打印预览是在屏幕上显示幻灯片打印时的效果，一切满意后再打印可避免不必要的浪费。

20.3.1　打印预览

单击 按钮，在打开的菜单中选择【打印】/【打印预览】命令，这时功能区只有【打印预览】选项卡，如图 20-9 所示。

图20-9　【打印预览】选项卡

【打印】组中工具的功能如下。

- 单击【打印】按钮，打印幻灯片。
- 单击【选项】按钮，打开如图 20-10 所示的【选项】列表，可设置相应的选项。

【打印内容】组中工具的功能如下。

- 在【打印内容】下拉列表中，选择要打印的内容，【打印内容】列表如图 20-11 所示。

图20-10　【选项】列表

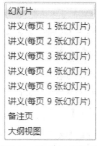

图20-11　【打印内容】列表

- 单击【纸张方向】按钮，可在横向和纵向中间切换。

【显示比例】组中工具的功能如下。

- 单击【显示比例】按钮，显示比例在"整页"和100%切换。
- 单击【适应窗口大小】按钮，调整幻灯片的大小，使其充满整个窗口。

【预览】组中工具的功能如下。

- 单击【下一页】按钮，定位到幻灯片的下一页。
- 单击【上一页】按钮，定位到幻灯片的上一页。
- 单击【关闭打印预览】按钮，关闭打印预览窗口，返回到幻灯片的编辑状态。

20.3.2 打印

打印幻灯片有以下方法。

- 按 Ctrl+P 键。
- 单击 按钮，在打开的菜单中选择【打印】/【打印】命令。
- 单击 按钮，在打开的菜单中选择【打印】/【快速打印】命令。

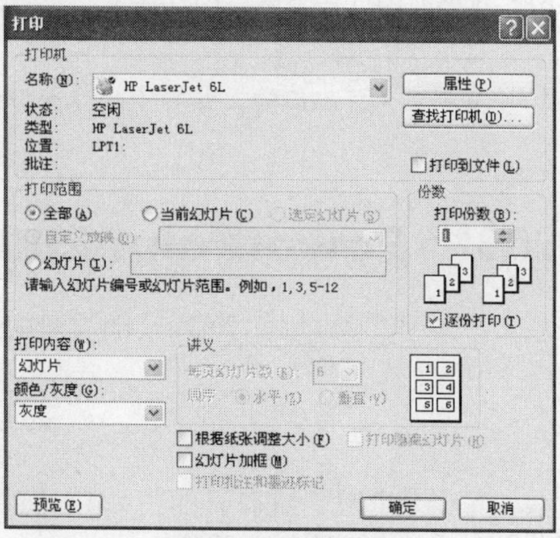

用最后一种方法，将按默认方式打印全部幻灯片一份，用第一种方法将弹出如图 20-12 所示的【打印】对话框，在【打印】对话框中，可进行以下操作。

图20-12　【打印】对话框

- 在【名称】下拉列表中，选择所用的打印机。
- 单击 属性(P) 按钮，弹出一个【打印机属性】对话框，从中可以选择纸张大小、方向、纸张来源、打印质量和打印分辨率等。
- 如果选择【打印到文件】复选项，则把幻灯片打印到某个文件上。
- 如果选择【全部】单选项，则打印所有幻灯片。
- 如果选择【当前幻灯片】单选项，则只打印当前幻灯片。
- 如果选择【选定幻灯片】单选项，则只打印选定的区域。
- 如果选择【自定义幻灯片】单选项，则可在其右面的下拉列表中选择自定义幻灯片的名称，只打印定义的幻灯片。
- 如果选择【幻灯片】单选项，则可在其右面的两个文本框中输入或调整打印的起始页码和终止页码。
- 在【打印内容】下拉列表中选择演示文稿的内容（"幻灯片"、"讲义"等）。
- 在【颜色/灰度】下拉列表中选择"灰度"或"彩色"。
- 如果选择【根据纸张调整大小】复选项，则打印时根据纸张大小来调整幻灯片的大小。
- 如果选择【幻灯片加框】复选项，则打印幻灯片时加上边框，否则不加边框。
- 在【打印份数】文本框中，可输入或调整要打印的份数。
- 如果选择【逐份打印】复选项，则打印完从起始页到结束页一份后，再打印其余各份，否则起始页打印够指定张数后，再打印下一页。
- 单击 确定 按钮，按所做设置进行打印。

20.4　PowerPoint 2007 幻灯片的打包

如果要在一台没有安装 PowerPoint 的计算机上放映幻灯片，可以用 PowerPoint 2007 提供的"打包"功能，把演示文稿打包，再把打包文件复制到没有安装 PowerPoint 的计算机上，把打包的文件解包后，就可放映该幻灯片。

20.4.1 打包幻灯片

单击 按钮，在打开的菜单中选择【发布】/【CD 数据包】命令，弹出如图 20-13 所示的【打包成CD】对话框，可进行以下操作。

- 单击 添加文件(A)... 按钮，弹出一个【添加文件】对话框，从中可选择一个演示文稿文件，将其与当前的演示文稿文件一起打包。

- 单击 选项(O)... 按钮，弹出如图 20-14 所示的【选项】对话框，在该对话框中可设置打包的选项。

图20-13 【打包成CD】对话框

- 单击 复制到文件夹(F)... 按钮，弹出如图 20-15 所示【复制到文件夹】对话框，在该对话框中指定文件夹的名称和位置，打好的包将保存到这个文件夹中。

- 单击 关闭 按钮，关闭【打包成CD】对话框，退出打包操作。

图20-14 【选项】对话框

图20-15 【复制到文件夹】对话框

在图 20-14 所示的【选项】对话框中，可进行以下操作。

- 如果选择【PowerPoint 播放器】复选项，打包文件中包含 PowerPoint 播放器，打包后的幻灯片，在没有安装 PowerPoint 的系统中也能放映幻灯片。

- 在【选择演示文稿在播放器中的播放方式】下拉列表中，选择一种播放方式，播放方式列表如图 20-16 所示。

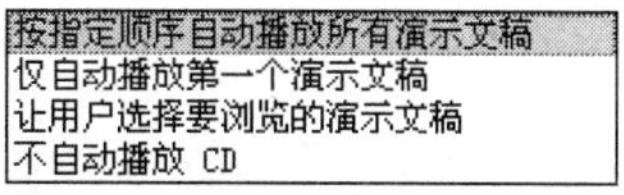

按指定顺序自动播放所有演示文稿
仅自动播放第一个演示文稿
让用户选择要浏览的演示文稿
不自动播放 CD

图20-16 播放方式列表

- 如果选择【链接的文件】复选项，把幻灯片中所链接的文件一同打包。

- 如果选择【嵌入的 TureType 字体】复选项，把幻灯片所用到的 TureType 字体文件一同打包。

- 在【打开文件的密码】文本框中，输入打开文件的密码，幻灯片打包后，要打开其中的幻灯片，需要正确输入这个密码。

- 在【修改文件的密码】文本框中，输入修改文件的密码，幻灯片打包后，要修改其中的幻灯片，需要正确输入这个密码。

20.4.2 使用打包幻灯片

幻灯片打包成 CD 后，光盘具有自动放映功能，即把光盘插入到光驱后，系统能够自动放映打包的幻灯片，即使系统中没有安装 PowerPoint 也能放映。

幻灯片复制到文件夹后，在文件夹中建立一个子文件夹，子文件夹的名字就是在图 20-15 所示对话框的【文件夹名称】文本框中输入的名字，该文件夹中除了包含演示文稿文件外，还包含用于放映幻灯片的程序，如图 20-17 所示。

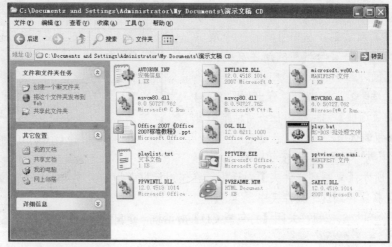

图20-17　打包后的所有文件

在打包后的文件中，包含一个 "play.bat" 文件，这是一个批处理文件，只有一个处理命令，即启动 PowerPoint 放映器（PPTVIEW.EXE），放映打包的幻灯片。双击该文件，即可放映打包的幻灯片。

在打包后的文件中，包含一个 PowerPoint 放映器文件 "PPTVIEW.EXE"，双击该文件，可启动 PowerPoint 放映器。PowerPoint 放映器启动后，弹出如图 20-18 所示的【Microsoft Office PowerPoint Viewer】对话框，在该对话框中，选择一个演示文稿文件，即可放映演示文稿中的幻灯片。

图20-18　【Microsoft Office PowerPoint Viewer】对话框

20.5　习题

对上一讲练习的幻灯片，设置每张幻灯片的放映时间为 5s，放映该幻灯片，然后在幻灯片上进行一些标注，结束幻灯片放映。把幻灯片打包到一个文件夹中，查看包含哪些文件，并用两种方法放映打包的幻灯片。